Zu diesem Buch

Die ersten Erfahrungen mit dem Sex vergißt wohl keine Frau ... Wie war das erste Mal? Hier erzählen bekannte Autorinnen Geschichten über die abenteuerliche Lebensphase, in der Mädchen zu Frauen werden. Eine prikkelnde Zeit der großen Entdeckungen mit manchmal gemischten Gefühlen.

Autorinnen und Übersetzerinnen siehe Seite 289.

Naomi Wolf u.a.
Große Gefühle, kleine Katastrophen
Geschichten vom ersten Mal

Rowohlt Taschenbuch Verlag

Originalausgabe
Veröffentlicht im Rowohlt
Taschenbuch Verlag GmbH,
Reinbek bei Hamburg, Januar 1999
Copyright © 1999 by Rowohlt Verlag GmbH,
Reinbek bei Hamburg
mit Ausnahme von
Rita Mae Brown und
Melanie Rae Thon (siehe S. 300)
Umschlaggestaltung:
C. Günther / W. Hellmann
(Foto: G. + J. Photonica)
Alle deutschen Rechte vorbehalten
Satz: Sabon und Officina
PostScript (PageOne)
Gesamtherstellung:
Clausen & Bosse, Leck
Printed in Germany
ISBN 3 499 22499 2

Inhalt

Vorwort
Naomi Wolf 9

Da waren's plötzlich zwei ... Annegrit Arens 14

Morgen kommt ein Mann, der mir guttut Sibylle Berg 40

Chaos im Kopf
Brigitte Blobel 46

Erste Liebe
Rita Mae Brown 61

Marokko
Pia Frankenberg 73

Zwischen den Lippen frisches Schußloch Ina Freiwald 96

Verdammte Unschuld
Amelie Fried 112

Meine erste Liebe
Olivia Goldsmith 126

Dressierte Flöhe
   Susannah Jowitt 133

Bunny
  Alexa Hennig
  von Lange 150

Der Kurs des Begehrens
   Marti Leimbach 163

*Auf der Suche nach
Mr. Right* Kathy Lette 179

Girls just wanna have fun
   Wiebke Lorenz 185

Das war's dann also
   Milena Moser 195

Familienrat
   Petra Oelker 206

Drei Frauen Rosa
   Jutta Raulwing 221

Die Seiltänzer
   Asta Scheib 233

*Für alles gibt es ein
erstes Mal* Annemarie Schoenle 246

Bloß Mädchen im Gras
   Melanie Rae Thon 265

«Bist eine verklemmte Kuh»
– «Mußt du gerade sagen»
*Ein Selbstgespräch zwischen Meike, 16,
und Frau Winnemuth, 38* Meike Winnemuth 277

Biographien 289

Weitere Hinweise zum Copyright 300

Vorwort
Naomi Wolf

«*Das erste Mal*»: dieser Ausdruck weckt bei Frauen aus aller Herren Länder und von verschiedenster Herkunft Erinnerungen an eine Reihe starker Reaktionen. *Wie* stark diese Reaktionen sind, weiß ich, seitdem ich ein Buch, *Das Ende der Unschuld*, geschrieben habe, das sich mit dem sexuellen Erwachsenwerden von Frauen beschäftigt. Die Diskussion, die es in den Vereinigten Staaten entfachte, bestätigte meine Intuition, daß das Thema «das erste Mal» wichtig ist – und in den Erzählungen von Frauen nicht grundlos so oft übergangen oder hinter Tabus versteckt wird. Unsere erste sexuelle Erfahrung als Mädchen, als junge Frau, ist so wichtig, daß es schwierig ist, darüber zu sprechen. Sie bestimmt, wie wir noch jahrelang darüber reden, wenn wir über uns erzählen. Für fast alle von uns ist der erste Geschlechtsverkehr mehr als ein Rite de passage. In einer modernen, industrialisierten Welt, in der die traditionellen weiblichen Übergangsriten verschwunden sind, scheint es uns häufig so, als ob der erste Geschlechtsverkehr *das* Ereignis sei, das uns zur «Frau» macht.

In anderen Zeiten und anderen Ländern gab es besondere Riten, die Mädchen auf das Frau-Sein vorbereiteten. Bei einigen Eingeborenenstämmen im Nordwesten Amerikas unternahmen Mädchen, die ihre sexuelle Reife erlangt hatten, zum Beispiel eine Art initiatorische Pilgerfahrt. Ältere Frauen lehrten sie Geschicklichkeit beim Sex und klärten sie über die Verantwortungen auf, die man eingeht, wenn man zur Frau heranreift. Die jungen Frauen mußten beweisen, daß sie die Fertigkeiten, die sie vom Status des Mädchens unterschieden, beherrschten – ob es sich nun um die Kunst des Heilens handelte, ums Weben oder darum, Kinder zur Welt zu bringen. Diese Rituale bewirken, daß junge Frauen das Gefühl haben, «angekommen» zu sein. Margaret Mead untersuchte die erotischen Übergangsriten junger Mädchen auf den Südseeinseln und wies darauf hin, welches Gefühl weiblicher Sicherheit diese jungen Frauen besaßen. Die Angst, nicht «feminin» genug zu sein, die für weibliche Teenager in Westeuropa und Nordamerika so typisch ist, kannten sie kaum.

Aber unser Wert als zukünftige Frauen hing sehr oft mit irgendeinem äußerlichen sexuellen Ideal zusammen, an dem wir uns maßen. Wir werden mit Idealvorstellungen von Brüsten, Po und Beinen und mit Bildern bombardiert, die Mädchen glorifizieren, die gerade eben mal in die Pubertät gekommen sind. So ist es in unserer Kultur nicht erstaunlich, daß das «erste Mal» zu einer Quelle von Unsicherheit wurde.

Früher pflegten junge Fauen ihren Geliebten die Macht des nackten weiblichen Körpers zu enthüllen. Heute sind junge Frauen Erbinnen eines sexualisierten Ideals, das über zwei Jahrzehnte lang schonungslos in immer größerer Drastik gezeigt wurde. Und sie sind davon überzeugt, ihren Liebhabern nur noch die Summe ihrer körperlichen Mängel bieten zu können. Junge Frauen kennen heute pornographische Darstellungen in ziemlich allen Details. Sie sind von diesen Bildern beeinflußt, und zwar lange bevor sie die Möglichkeit haben, selbst nackt und lebendig intime sexuelle Erfahrungen zu machen.

Bei vielen der jungen Frauen, mit denen ich gesprochen

habe, ist die spontane erotische Reaktion durch ein «falsches Selbst» überschattet, das den Sex für sie übernimmt. Sie haben das Gefühl, ihren Partnern (das gilt weniger für Partnerinnen) eine sexuelle Performance von so hoher Qualität bieten zu müssen, daß sie mit den Bildern in Magazinen wie *Hustler* oder *Penthouse* konkurrieren kann. Technisch gesehen bedeutet die sexuelle Revolution für Mädchen, die erotisch initiiert werden, eine Freiheit, die die wildesten Mädchenträume ihrer Mütter übersteigt. Doch eine neue Art von Druck unterminiert im Grunde die reine Erregung, die früher, bevor der bewußte Akt am Kiosk einer jeden Straßenecke ausgestellt war, zum «ersten Mal» gehörte.

Natürlich hängt, ganz abgesehen vom gegenwärtigen Druck, den die Sexindustrie ausübt, die Art und Weise, wie Frauen jeglichen Alters auf ihre erste erotische Erinnerung reagieren, stark davon ab, was sie ihnen gebracht oder was sie ihnen angetan hat, oder davon, ob jede Art von Erlebnis ausgeblieben ist. Einige Frauen lächeln, wenn das Thema angesprochen wird, da ihre «Entjungferung» etwas Schönes war – was selten ist. Vielleicht erlebten sie ihren ersten Liebesakt in einer Umgebung und mit einem Lover, in der und bei dem sie sich sicher fühlten. Vielleicht spürten sie den Schauer des Verbotenen, ohne die Strafe zu erwarten, die Mädchen und junge Frauen fürchten gelernt haben, wenn sie sich auf erotisches Gebiet vorwagen. Vielleicht vertiefte das Erlebnis eine bereits starke emotionale Beziehung. Wenn wir ehrlich sind, erinnern wir diese frühe Liebe als eine erste Rückkehr zu sinnlicher Lust nach der langen Einsamkeit der Kindheit – sie kann sehr wohl eine der intensivsten Liebesbeziehungen unseres Lebens sein, da unsere Herzen und unsere Körper häufig noch in einem Zustand der Unschuld und deshalb der Offenheit sind.

Für andere Frauen allerdings – und diese schmerzlichen

Erinnerungen sind genauso tabu in der uns umgebenden Kultur wie die Erinnerungen an die grenzenlosen erotischen Gefühle unserer Mädchenjahre –, für zahlreiche andere Frauen ist der Verlust ihrer «Jungfräulichkeit» (eine schreckliche, passive Art, etwas zu beschreiben, das eigentlich der Gewinn von etwas sein sollte, ein Zuwachs) durch ein Gefühl von Gewalt überlagert. Für diese Frauen war das erste Mal eher eine Vergewaltigung – obwohl sie es zu der Zeit nicht als solche bezeichnet hätten, es gar nicht hätten benennen können.

Und für viele andere war es einfach eine schlichte Enttäuschung. Nachdem sie jahrelang von diesem großen Augenblick geträumt hatten, nachdem sie all ihre durch Filme, Songs und geflüsterte Vertraulichkeiten gespeisten Phantasien durchlebt hatten, standen diese Mädchen vor der Tatsache, daß die Jungen, denen sie sich «hingaben», nicht wußten, wie sie ihnen Lust verschaffen konnten; daß diese Jungen selbst nur die vageste Idee hatten, wie ihre Körper funktionierten und wie Sex ihnen Vergnügen bereiten könnte.

Diese Anthologie zeigt, wie kostbar die Erinnerung an das «erste Mal» für eine Frau ist – ob es nun in den Geschichten um eine Erfahrung geht, die alles überstieg, abstoßend oder einfach komisch war (oder alles zusammen). Dieses Buch dokumentiert, was an guten Dingen in der Welt passiert, wenn Frauen durch ihr Schreiben Tabus brechen. Es ist noch gar nicht so lange her, daß man die erotischen Memoiren, die in der ersten Person Singular von Frauen geschrieben wurden, an zwei Händen abzählen konnte: Marguerite Duras' *Der Liebhaber*, einige wenige Szenen in Mary McCarthys *Eine katholische Kindheit*. Heute befinden wir uns inmitten einer Renaissance, in der Frauen mehr als je zuvor dazu bereit sind, in der Form zu schreiben, die ich «sexuelle Ich-Form» nenne – die undamenhafteste Art zu schreiben. Wenn Sie Ihre eigene Erfahrung oder Vergleichbares auf diesen Seiten wiederfinden – wenn Sie sich über die Bandbreite von Erfahrungen wundern, die das «erste Mal», über das diese Gruppe wunderbarer Autorinnen schreibt, enthält – dann feiern Sie. Je offener wir unsere Wahrheiten verkünden, um so mehr Raum schaffen wir für etwas, das einst nur unter der Hand weitergegeben wurde und mit dem wir allein waren – und das heißt, daß es wächst, humorvoller, mächtiger und bedeutender wird.

Deutsch von
Ursula Locke-Groß

Da waren's plötzlich zwei ... Annegrit Arens

Die Holztreppe hinauf ins Dachgeschoß knarrt, es ist ein altes Haus, dafür sind die beiden Clubsessel ultramodern. Chromgestelle, drehbar, die orangeroten Bezüge knistern bei jeder Bewegung unter unseren nackten Beinen, bei Moira mehr als bei mir, weil ihr Rock kürzer ist. Wenn sie nicht meine beste Freundin wäre, könnte ich sie für all das, was sie mir voraushat, hassen: einen Namen, der sich auf eine griechische Schicksalsgöttin bezieht und im Gegensatz zu meinem eigenen garantiert nicht zu Verwechslungen führt. Eltern, die gar nicht erst auf die Idee kämen, ihr bei Möbeln oder Klamotten dazwischenzuquasseln, sie könnte im Lendenschurz daherkommen, und ihr Vater sagte nichts, obwohl er schon mit echten Fürsten und Scheichs zu Tisch gesessen hat. Und Jungs, sie kennt jede Menge Jungs, auf Partys schleppt Moira mühelos ein halbes Dutzend an, die heißesten Typen fliegen ihr zu wie ihrem Vater die Schmetterlinge, die er von Berufs wegen sammelt und die unten im Parterre in riesigen Schaukästen aufgespießt sind.

«Vielleicht ist demnächst Jordan dran.» Moira nuschelt, daran ist die Rosinenschnecke schuld, die sie gerade ißt. Schon die zweite, sie bekommt nicht mal Pickel von all den Süßigkeiten, die sie in sich hineinstopft.

«J-o-r-d-a-n», wiederhole ich, lasse den Namen auf der

Zunge zergehen, sehnsüchtig, bei mir reicht's nicht mal zu einem deutschen Michel. «Wo hast du den schon wieder aufgegabelt?»

«Mein Daddy hat ...» Sie hustet, der Brocken war wohl zu groß, außerdem lacht sie jetzt, hoffentlich nicht über mich. Ob ich ihr einfach erzählen soll, daß der Typ, der gestern vor unserer Schule Flugblätter verteilt hat, scharf auf mich sei? Irre Augen, stahlblau, Marke Eroberer, auf dem Flugblatt stand die Adresse von so einem Club. Ob ich mal einfach so vorbeigehe? Moira an meiner Stelle wäre schon sonstwo angelangt, bei ihr ist alles anders, total unkompliziert, trotzdem nehme ich ihr die Story von einem gewissen Jordan, den ihr Daddy ihr zuschustert, nicht ab.

«Find ich echt stark, daß jetzt schon dein Daddy für dich den Nachschub organisiert.» Es soll ironisch klingen, aber ich bin mir nicht sicher, ob es auch so rüberkommt. Ist im Grunde auch nicht so wichtig, mir liegt was anderes auf dem Herzen, und wozu hat man schließlich eine beste Freundin? Ich räuspere mich kurz, ehe ich fortfahre. «Ich hab da übrigens auch ...»

Moira fällt mir ins Wort: «Tut Daddy gar nicht, Jordan ist doch kein Freier, du Dussel.» Ihr Lachen entartet zum Gackern, ihre Aussprache wird feucht, ein paar Krumen bleiben am Kinn hängen, leider mindert nicht einmal das ihren Reiz, der von den Genen oder dem Weltenbummeln oder all den Jungs herrührt, mit denen sie was hatte.

Ich zucke die Schultern. «Auch gut, dann ist dein Jordan in spe eben kein Freier.» Sondern? Sie wird kaum auf Vierbeiner umgestiegen sein. Weil ich nicht weiterweiß, beginne ich stumm mit dem Clubsessel zu kreisen. Genau so einen hatte ich mir zu Weihnachten gewünscht, statt dessen habe ich einen Sekretär aus Teakholz bekommen. Mit passendem Stuhl.

Moira wischt sich übers Kinn, beugt sich vor, ihre ellenlangen blonden Haare fallen nach vorn, die Spitzen kitzeln meine Knie, sie blinzeln mich an, keine kann das wie sie, gegen dieses schelmische Blinzeln habe ich einfach keine Chance, auch ihr Tonfall schwingt um. «Diesmal hab ich bloß von Jordanien geredet. Daddy will unbedingt, daß wir über Ostern zu ihm an den Jordan kommen, aber ich hab keinen Bock, du weißt ja ...» Sie lehnt sich wieder zurück. Obwohl ihre Brüste bequem in die kleinste Körbchengröße passen, sieht es heute aus wie aufgepumpt. Hormonschub? Ausgelöst von einem der vielen Typen, deren Namen ich mir nie merken kann, weil sie exotischer und kurzlebiger als der Speiseplan bei mir daheim sind?

Immerhin weiß ich schon, wie der Blonde mit den Erobereraugen heißt, ein Kumpel hat ihn Jochen gerufen: «Jochen, laß uns abzischen, bevor's Ärger gibt, da hinten kommt schon der Oberpinguin angewatschelt.» Damit war unsere Schulleiterin gemeint, eine von etlichen Nonnen an unserem Mädchengymnasium. Schwarzes Habit vom Schleier bis zur Gesundheitssandale über schwarzen Socken, nur der Kragen blitzt weiß.

«Ja, ich weiß schon», sage ich hastig, «natürlich weiß ich Bescheid, außerdem ist hier über Ostern jede Menge los, die Fete in der Tanzschule, und dann will Rosi was in ihrem Partykeller machen, falls ihre Eltern wirklich ohne sie in die Eifel düsen.» Tief Luft holen, meine Brüste sind auch ohne Hormonschub nicht übel, auf und nieder, die Gezeiten der Nordsee sind nichts dagegen, hoffentlich zwingt mein Vater mich nicht, in den Osterferien mit meiner Mutter und meinem kleinen Bruder nach Borkum zu fahren. Ich hab keinen Bock auf Sandburgen bauen und Buggy schieben und «Anna-Katharina, kannst du mal eben ...». Ich hab auf ganz was anderes Bock, und das nicht erst seit gestern. «Übrigens bringe ich zu der Fete eventuell jemand Neuen mit, erinnerst du dich an den großen Blonden mit den irren Augen gestern am Tor?»

«Den mit dem Nulltarif?» Moira hebt ein imaginäres Megaphon an die Lippen.

«Genau den.» Auf den Hefeschnecken ist Zuckerguß, es klebt wie sonstwas, eigentlich mag ich auch keine Rosinen, mein Kopf hat nicht mal mitbekommen, wie meine Hand zu dem Papptablett ausgerückt ist. Hoffentlich gibt's keine Pickel. Hoffentlich klappt's mit dem Eroberer.

«Sah nicht übel aus, der Junge, obwohl die Politheinis mit Vorsicht zu genießen sind, die schwingen gern große Reden und dann ...» Moira pustet sich auf den flachen Handteller, auf dem bis gerade eben noch das frische Hefeteilchen lag, ein paar Krümel wehen in den Spalt zwischen ihren Oberschenkeln. Sie bläst noch einmal und löst meinen imaginären Freier in Luft auf, was nicht fair ist, kein bißchen fair, das gilt auch für den leicht mokanten Tonfall in ihrer Stimme, als sie wissen will, ob ich zufällig schon wisse, wie meine «Flamme» heißt.

Bildet sie sich ein, das existiere alles nur in meiner Phantasie? Steht mir die «Jungfrau» schon als Kainszeichen auf der Stirn geschrieben? Ich sage ihr viel, eigentlich alles, nur daß ich *es* noch immer nicht losgeworden bin, das habe ich ihr nicht verraten.

«Klar», ich schiebe den aufgeweichten Kuchenrest in die Backe, «klar weiß ich, wie er heißt, schließlich treib ich's nicht mit Phantomen. Er heißt ... Jojo.» Das «Jojo» ist eine Spontangeburt, es klingt allemal interessanter als «Jochen» und fast so exotisch wie diese «Du-weißt-schon's», die ich mir nie merken kann.

«Und ihr habt schon ...?»

«Quasi.»

«*Quasi* hab ich noch nie, oder ist das so was wie 'n Interruptus?»

«Ich warte halt lieber, bis meine Mutter alle Sandschäufelchen und vor allem meinen kleinen Bruder an die Nordsee gekarrt hat.»

«Logisch, so 'ne kleine Nervensäge ist bei 'nem Neuen absolut kontraproduktiv. Und du mußt wirkich nicht mitfahren, obwohl Schulferien sind?»

«Mein Vater und unsere Perle bleiben mir ja erhalten, und außerdem muß ich für Mathe pauken, der blaue Brief hat meine Obrigkeit mächtig in Schwulitäten gebracht.»

«Vielleicht hätte ich die letzte Geometriearbeit auch versieben sollen, um den Jordan zu umschiffen. Drei Wochen ohne dich und unsere Clique und so, also das halt ich nicht aus. Mein Daddy klang ziemlich sauer, als ich ihm am Telefon gesagt habe, ich bliebe lieber in deutschen Landen. Die alte Leier, angeblich würden andere Mädchen in meinem Alter sich alle zehn Finger danach lecken, mal schnell eben ‹shaking hands› mit 'nem ollen Scheich und 'nem echten Prinzen und 'nem Kamel zu machen. So gesehen bist du mit deinem ‹mangelhaft› ein echter Glückspilz.»

Ich lege das angebissene Teilchen zurück. Laut Falttabelle in der letzten *Brigitte* hat solch ein Gebäckstück rund fünfhundert Kalorien, davon sind maximal hundert in meinem Bauch gelandet, das reicht nicht mal für einen Mitesser und läßt auch keinen Rockbund zwicken. Ich bin ein Glückspilz, wie wahr, hoffentlich mache ich das auch meinen Eltern und dem Knaben klar, den ich «Jojo» getauft habe.

Die Universität zu Köln liegt eingebettet zwischen reichlich Grün und etliche Weiher und noch mehr Villen, von denen eine Moiras Elternhaus ist. Die Adresse auf dem Flugblatt gehört zu einer Straße, bis zu der ich von meiner Freundin aus keine fünf Minuten mit dem Fahrrad brauche, trotzdem liegen Welten zwischen der unmittelbaren

Umgebung der Alma mater und diesem schmuddeligen Hinterhof. Sicherheitshalber überprüfe ich noch einmal die Anschrift: Irrtum ausgeschlossen, die überquellenden Mülltonnen und die Kellertreppe sind das Entrée des Clubs, in dem Studenten und Arbeiter nach «DDR»-Vorbild ein Bündnis von «Kopf und Hand» geschlossen haben. Die Beleuchtung ist defekt, ein Geländer gibt es auch nicht, ich taste mich an dem abgeplatzten Mauerwerk nach unten.

«Hi!» Ich blinzele in das Halbdämmer, es riecht nach eingelagerten Kartoffeln und Tabak, erkennen kann ich lediglich ein paar schummrige Gestalten, sie kauern auf Matratzen und diskutieren lautstark.

«Hi!» Schon palavern sie weiter, ich schnappe Wortfetzen auf, die zu dem Flugblatt passen, das mein «Eroberer» mir gestern mit einem Reim-dich-oder-ich-freß-dich-Spruch via Flüstertüte in die Hand gedrückt hat. Dazu hat er mich angelächelt, mit Kräuselllippen und Augenzwinkern und tonnenweise Charme, das war super. Grundsätzlich habe ich auch nichts dagegen, wenn die Kölner Verkehrsbetriebe zum Nulltarif befördern, egal ob mein Vater eine solche Idee als völlig hirnrissig bezeichnet oder nicht. Mir persönlich kann's sowieso egal sein, weil ich fast überall mit dem Rad hinkomme und abends nach zehn von meinem Vater abgeholt werde.

«Ist Jojo zufällig da?»

Grinsgesichter sehen mich an, mustern mich, einmal rauf und runter. An meinem Outfit gibt es nichts auszusetzen, ich habe mir extra den grünen Stretchrock und den ärmellosen schwarzen Rolli von Moira geliehen, meine eigene Jeansjacke habe ich auf den Gepäckträger geklemmt, weil sie die Wirkung zerstörte, lieber riskiere ich eine Gänsehaut.

Sollen sie gaffen!

Automatisch ziehe ich den Bauch ein und drücke das Kreuz durch, in diesem Kellerloch ist es eiskalt, ich zupfe an dem Saum, der eine Handbreit kürzer als alles ist, was mein eigener Kleiderschrank zu bieten hat. Mein Po und meine Hüften sind trotz Zitronenkur noch immer eine Idee runder als bei meiner Freundin, das reduziert die Länge zusätzlich, ich fühle mich jetzt sehr nackt.

«Jojo?» wiederholt einer mit Zigarette im Mundwinkel, was ich hasse. Mein Vater haßt es auch und nennt es «proletarisch». Beinhaltet ein Bündnis von «Kopf und Hand» zwangsläufig Verhaltensweisen, die mein Vater der besitzlosen Klasse zuschreibt? Trotz Megaphon und einem Stapel Flugblätter sah mein Eroberer nicht so aus, als ob er sich mit Hinz und Kunz gemein machte.

«Ich warte vielleicht besser oben auf ihn», sage ich laut und überlege, wieviel diese Truppe von meinem Höschen zu sehen bekommt, wenn ich jetzt kehrtmache und vor ihren Augen die Kellertreppe hochstiefele. Die Unterwäsche ist meine eigene und eher bieder.

«Da kannst du warten, bis du schwarz wirst, 'nen Jojo haben wir nicht auf Lager, ganz egal, ob du den am Kördelchen meinst oder 'nen lebendigen auf zwei Beinen.»

«Vielleicht meint sie Jochen.» Eine Baskenmütze ruckt hoch, enthüllt ein schmales Jungengesicht, das glatt als Girlface durchginge, wenn da nicht ein paar Stoppeln über der Oberlippe wüchsen. Immerhin pafft er mir keinen Qualm ins Gesicht, produziert auch keine Kaugummiblasen und glotzt nicht wie ein Paternoster. «Meinst du Jochen?» Ich nicke und möchte im Erdboden versinken. Jojo. Jochen. Glattes Eigentor.

«Er kommt gleich», sagt der mit der schräg gesetzten Mütze, «müßte eigentlich schon da sein, ist nur kurz rüber in den Kopiershop auf der Zülpicher. Hau dich einfach solange hin, okay?»

«Okay.» Die Alternative hieße Rückzug im Lendenschurz, also gehe ich vorsichtig in die Knie, die Plazierung zehn Zentimeter über dem Boden ist gleichfalls nicht ohne. Das Interesse an meinem Rock scheint das Interesse am Klassenkampf kurzfristig lahmzulegen, der Drillich unter mir ist gestreift und fleckig, er riecht auch nicht gut. Ob ich mich auf die Fersen hocke? Ob man dann mein Höschen sieht?

«Studierst du auch Russisch?»

Wieso auch? «Ich bin erst in der Unterprima.»

«Etwa eine von den Pinguinen, bei denen wir gestern Flugblätter verteilt haben?»

«Schwestern unserer lieben Frau», nuschele ich. So als ob ich verpflichtet wäre, die Nonnen in Schutz zu nehmen, von denen die meisten mich nur triezen.

«Der Jochen läßt wirklich nichts aus.» Der Rest ist so anzüglich, daß mir nichts übrigbleibt, als mich taubzustellen. Andernfalls müßte ich gehen, aber das will ich nicht, weil es erstens eine Blamage vor meiner besten Freundin und zweitens der Verzicht auf etwas wäre, was sich wie die Chance anhört, es doch noch vor meinem achtzehnten Geburtstag zu schaffen. Wenn nur die Hälfte von dem stimmt, was hier an Sprüchen geklopft wird, ist dieser Jochen nicht nur der geborene Volksredner, sondern außerdem ein erfahrener Liebhaber. Genau so einen brauche ich.

«Kennst du die ‹Rolltreppe›?» Er muß mich meinen, obwohl er noch immer mit den Kopien und den beiden Grazien zugange ist, mit denen er irgendwann, als mir schon die Beine taub geworden waren, aufgetaucht ist. Er schien sich nicht mal sonderlich über meinen Anblick zu wundern, was mich wurmte, das gilt auch für seine Begleitung. Die beiden scharwenzeln noch immer um ihn herum wie

zwei Schoßhündchen um den Pascha, was in Anbetracht der Parolen, die sie absondern, geradezu grotesk ist. Von wegen «Alle Macht dem Proletariat!». Die beiden sind schlicht scharf auf ihn, das rieche ich zehn Meilen gegen den Wind. «Klar kenne ich die ‹Rolltreppe›.» Ich sehe ihn an, Russenform raus, Bauch rein. «Wer kennt die nicht?»
«Dann komm, ich lad dich ein.»
Das Duo protestiert lautstark, angeblich wegen der noch zu faltenden und auszutragenden Informationsblätter für die nächste Woche, aber er würgt sie mit einem Lächeln ab, das es in sich hat. Genau die richtige Mischung aus Charme und Zynismus, gegen die «Rolltreppe» habe ich auch nichts, die ist allenfalls meinen Eltern ein Dorn im Auge. Angeblich, weil sich dort lauter zwielichtige Vögel herumtreiben, aber ich glaube eher, daß ihre Vorbehalte der Verwandlung des historischen Hahnentors in ein Selbstbedienungsrestaurant gelten. Ich schiebe mein Rad, weil er ohne ist, ein Velo sähe zu seinem Nadelstreifenanzug mit Weste auch reichlich komisch aus. Kaum die passende Kluft für einen Revoluzzer, sogar sein Haarschnitt müßte bei meiner Obrigkeit gut ankommen, auch seine Manieren sind top, denn als mir die Arme lahm zu werden beginnen, schiebt er an meiner Stelle bis zum Rudolfplatz und läßt mir den Vortritt auf dem stählernen Band, das uns hoch in das alte Gemäuer trägt, wo kein Gast älter als zwanzig und kein Gericht teurer als fünf Mark ist und jeder jeden zu kennen scheint. Ihn kennen vorzugsweise Mädchen, zwischen Schweinskopfsülze und Götterspeise wird er mindestens ein dutzendmal angequatscht, trotzdem gibt er mir das Gefühl, wichtiger als all die «Moniques» oder «Marys» zu sein, die unter ihrer Tünche garantiert ganz bürgerliche Monikas und Marias sind, darauf wette ich.
«Irgendwie», sagt er und hält mir die Coladose hin, die

er für mich aufgefitscht hat, «hab ich geahnt, daß wir beide uns bald wiedersehen.»

«Na ja, euer Club ist quasi um die Ecke vom Haus meiner besten Freundin, und da hab ich mir gedacht, ich schau mal vorbei.»

«Hab mir schon überlegt, ob ich's noch mal riskiere, vor eurer Schule Flugblätter zu verteilen, ohne daß euer Oberpinguin mir die Bullen auf den Hals hetzt.»

«Könnte schon sein, daß sie das tut, unsere Conny hat Haare auf den Zähnen.»

«Statt auf dem Kopf? Kann ich mir nicht vorstellen, daß unter so 'nem Schleier noch was sprießt.»

«Könnte hinkommen.» Genial, denke ich, womöglich ist das die Erklärung dafür, warum meine Schulleiterin mich immer wieder zu sich zitiert und mich zu dem Eingeständnis verleiten will, ich hätte entweder toupiert oder dauergewellt, was fast so schlimm wie das Tragen von ärmellosen Blusen, langen Hosen oder kurzen Röcken ist. Die Nonne ist eifersüchtig auf meine Haarpracht, natürlich. Fehlte nur noch, daß sie mir demnächst in die Russenform kneift, die meine Brüste wie Bomber aussehen läßt.

«Stell mir gerade vor, daß bei dir 'ne Menge hübsches Zeug sprießt.» Seine kobaltblauen Augen streicheln mich von Kopf bis Fuß, eine Hand hilft nach, sie riecht nach Tabak, doch das macht nichts, obwohl ich nicht viel fürs Rauchen übrighabe.

Was sag ich darauf? Mir fällt auf die Schnelle nichts ein, ich werde nicht so blöd sein zu dementieren, aber zustimmen kann ich auch nicht. Moira an meiner Stelle hätte garantiert auf Anhieb einen coolen Spruch parat.

Meine Schweigsamkeit scheint ihn zum Glück nicht zu bremsen, denn jetzt zupft er an dem dunklen Haarbüschel unter meinem Arm, es kitzelt angenehm, und das Reden

übernimmt er auch: «Und was treibst du so über die Osterferien?»
«Was soll ich groß machen? Die meisten verreisen sowieso, aber ich hab keine Lust.»
«Also bleibst du in Köln?»
«Denke schon.» *Hoffentlich.*
«Könnten wir uns eigentlich öfter mal sehen, oder?»
Ich nicke. Er nickt. Dabei gleitet seine Hand weiter, immer weiter, meine Freundin ist die Größte, ihre Leihklamotten sind die knappsten, es ist irre, einfach irre. Um uns herum sitzt jede Menge Volk, und wie's aussieht, gehört ein Großteil davon zu seinem Fanclub, trotzdem hindert ihn das nicht daran, coram publico alle Punkte zu ertasten, an denen es sprießt, wirklich alle, tuto completto. «Schießer», meine Mama schwört auf diese Marke, weil da angeblich die Bündchen nicht so rasch ausleiern und die Paßform garantiert bleibt. Wenn sie sich bloß nicht irrt, kein Höschen hält auf Dauer einer solchen Attacke stand. Wenn bloß Moira mich so sähe oder wenigstens jemand anders aus unserer Clique, bald hab ich's geschafft, ich und mein Eroberer. Spätestens bis zum Fest der Auferstehung. Jippijeh!
«Hi! Hätt ich nicht gedacht, euch hier zu sehen.» Ein drittes Kunststofftablett schiebt auf unseren Tisch, ich zucke zurück, halte den Blick gesenkt, checke hektisch das Bild, das ich dem Neuankömmling unterhalb der Tischkante biete. Er hat «euch» gesagt. Kenne ich ihn? Die Stimme kommt mir vage bekannt vor.
«Minidom, du störst.» Die Stimme, die das sagt, kenne ich gut, sehr gut, bestens, wenn auch erst vierundzwanzig Stunden oder so. Wer immer dieser «Minidom» ist, er stört wirklich.
«Tut mir leid, wollte ich nicht, hab euch nur von weitem erkannt und mir gedacht, setz dich mal mit deinem

Milchshake zu den beiden, ist sowieso kaum noch was frei.» Zwei Hände stützen sich an der Tischkante ab, es wackelt.

«Was tätest du, Minidom, wenn sich mittendrin jemand mit seiner Coke zu dir gesellte?»

«Mittendrin?»

«Vorspiel, Liebesspiel, nenn es, wie du willst, nur zisch ab, okay? Oder willst du bei uns abgucken, wie's geht?»

«Oh!» Eine Baskenmütze gesellt sich zu den drei Tabletts, der Milchshake kippt um, ein dickflüssiger rosa Bach kriecht über die Resopalplatte. Es riecht nach Erdbeeren und dem Chemiekasten, den mein kleiner Bruder von seinem Patenonkel zu Weihnachten bekommen und prompt alles zusammengemixt und dann ähnlich bedröppelt dreingesehen hat wie dieses Babyface jetzt. Fast tut er mir leid, dieser Knabe mit dem fassungslosen Gesicht, das glatt zu einem Mädchen paßte. Aber eben nur fast, weil ich wirklich mittendrin bin.

Der Vorhang ist leuchtend rot und aus Leinen, das Material ist grob gewebt und läßt mal mehr und mal weniger Licht durchfallen, heute wirkt es extrem dunkel, daran sind sowohl meine Lage als auch die Schultern über mir schuld. Für einen ausgewachsenen Mann dieser Größe eher schmale Schultern, wahrscheinlich kommt das vom vielen Studieren, Jojo studiert im achten Semester slawische Sprachen.

«Jâ ljubilju tibja!» Es ist herrlich, wenn er diese fremden Laute tief im Rachen rollt. Fremd für andere, denn ich weiß natürlich längst, was sie bedeuten. «Ich liebe dich!» Seit nunmehr einer Woche liebt er mich mit diesem Satz, nur damit, obwohl die Gelegenheit günstig wie nie zuvor ist, den Worten endlich die Tat folgen zu lassen. Meine Mutter ist tatsächlich nur mit meinem kleinen Bruder an die Nordsee verreist, unsere Hilfe geht pünktlich um zwei, mein Vater kommt nie vor sechs, macht fünf Werktage à vier Stunden zur praktischen Umsetzung eines Liebesversprechens.

Heute ist Mittwoch, der zweite Mittwoch von insgesamt zwei Wochen «open house» und der achte Anlauf. Beim erstenmal war ich noch eine Nachtigall mit einer Tonne Jubel in der Kehle. Am zweiten Tag war ich kribbelig wie eine Ameise. Jetzt bin ich ein Reibeisen und weiß, wie unglaublich viele Fäden an diesem vermaledeiten Vorhang vertikal und horizontal laufen und Platz für winzige Lichtpunkte lassen, die ich zähle, um mich von dem Schaben dort unten abzulenken, das nur noch weh tut.

Der Vorhang kann nichts dafür. Ich auch nicht, obwohl Jojo das Gegenteil behauptet.

Keuchend, schwitzend, mittlerweile hat der Pickel auf seinem linken Schulterblatt einen dicken Eiterkopf, vor dem ich mich zu ekeln beginne.

Warum quetscht er ihn nicht aus?

Warum schafft er es nicht endlich, das zu tun, was im Lexikon «Defloration» heißt, laut unserem Pastor dem Brautstand vorbehalten ist und bei meinen Freundinnen als Sesam-öffne-dich für die größten Wonnen gehandelt wird?

«Du tust mir weh!» Ich drücke gegen seine rechte Schulter, an welcher der Arm mit der Hand hängt, die in mir kurbelt. Im Sexualatlas heißt das «Petting» oder «Vorspiel» und wird fast so hoch gehandelt wie das, was gemeinhin folgt, aber ich pfeife drauf und fange an, meine Großmutter zu verstehen, die ihr «Frauenleiden» neulich als Erlösung beschrieben hat: «Jetzt habe ich endlich Ruhe!» Und mindestens zwei Damen aus ihrem Kaffeekränzchen haben genickt, der Rest hat albern gekichert.

«Ich tu dir weh?» Er hebt den Kopf, sieht mich mit

Augen an, die es mit jedem Gletschersee aufnehmen könnten. Kobaltblau, empört, bei unserem ersten Treffen war ich von diesen Augen fasziniert. Der reinste Eroberer, habe ich gedacht und die Brust rausgestreckt und den Bauch eingezogen. Ich hätt's mir sparen können, glaube ich. Diese ganze Schinderei. Ich bin's leid. Ich bin's so was von leid.

Normalerweise habe ich keine Probleme damit, meinen Frust rauszulassen, das gilt auch für Jungs. Allerdings nicht für Exemplare, die aussehen wie ein Mann und angeblich jeden Casanova blaß aussehen lassen und mit dem Zeigefinger oder was anderem bis zum Anschlag in mir stecken und mir signalisieren, ich sei schuld an dem Desaster. Ich nicke und überlege, ob ich ihn unter irgendeinem blöden Vorwand von mir runter und morgen die Masern oder sonst was Ansteckendes bekomme.

«Das ist nicht mehr normal, weißt du.» Er rutscht zur Seite und quetscht meine Hüfte, ich rücke an die Wand, die Tapete fühlt sich rauh an, durch den Spalt steigt kalte Luft auf, unten am Boden schimmert es braun, das ist mein Teddy. Ich widerstehe der Versuchung, meinen Arm in die Ritze zu schieben und ihn zu befreien. Ich bin kein Kind mehr. Allerdings auch noch keine Frau, noch immer nicht.

Was ist nicht normal? Ich, meint er mich? Ich fasse nach dem Vorhangstoff und ziehe ihn auseinander, dieser Eiterpickel wird im Hellen nicht hübscher, draußen scheint die Sonne, es ist ein Tag wie gemalt. Wenn ich schon nicht meinen Teddy retten kann, will ich wenigstens raus in den Park, wo sich bei dem Wetter lauter nette Menschen tummeln.

«Wir könnten 'ne Runde Tischtennis spielen», sage ich laut.

«Du willst jetzt Tischtennis spielen?» Betonung auf dem «jetzt». Entrüstung pur.

Was ist so schlimm an einer harmlosen Partie Pingpong? Ob er's nicht kann? Ob er mit dem Schläger in der Hand eine Niete ist? Diesmal gelingt es mir, mich aufzurichten, ohne die kalte Wand zu kontaktieren. Das hier ist schließlich mein Bett, und wenn ich keinen Bock mehr aufs Bett, sondern auf Pingpong habe, dann ist das eben so, basta.

«Wir haben jetzt sogar eine Turnierplatte.» Ich sehe ihn an, sein Kopf liegt nun tiefer als meiner, aus dieser Perspektive sieht er eher wie ein beleidigtes Baby aus. Keinesfalls wie ein stolzer Recke. Ich bin gut im Tischtennis, ausdauernd und raffiniert und als Linkshänderin eine echte Herausforderung für jeden Rechtshänder. Ob er Rechtshänder ist?

«Weißt du, was das ist, was du da gerade tust?» Er stützt sich auf beide Ellbogen.

«Meinst du das?» Ich schwenke den Büstenhalter, der ebenfalls eine Leihgabe von Moira ist. Russische Form, mit acht Abnähern pro Körbchen. Nähte, die jede Brust zum Busenwunder machen: «Nix für den Jordan und meinen Daddy, ich pump's dir, damit bringst du deinen Jojo auf hundertachtzig ...» Schön wär's, denke ich und verzichte darauf, mich möglichst dekorativ in die Russenform zu schlängeln. «Was ich da gerade tue, nennt man anziehen.»

«Oberflächlich betrachtet haut das hin, aber dahinter steckt ganz etwas anderes. Klarer Fall von Verdrängung. Hast du schon mal daran gedacht, zum Arzt zu gehen?»

«Wüßte nicht, warum, ich bin kerngesund.»

«Aber anatomisch betrachtet stimmt da was nicht.»

«Wenn ich dir nicht gefalle ... Es zwingt dich ja keiner ...» Klick, das zweite Metallhäkchen ist jetzt auch zu, fehlt nur noch was für unten herum und oben drüber und dann nichts wie raus hier, bevor ich platze.

«Klar gefällst du mir. Glaubst du, ich täte mir das sonst

an? Aber dein Daddy muß seiner einzigen Tochter so was wie 'ne eiserne Jungfernfalle installiert haben, da kommt keiner durch, höchstens mit 'nem Brecheisen.»

«Und, wie stehen die Aktien?» Moiras Stimme klingt zum Greifen nah, obwohl sie mich vom Jordan aus anruft, wo es wie erwartet reichlich langweilig für sie ist.
«Na ja ...»
«Nun laß dir nicht jedes Wort aus der Nase ziehen, gleich kommt mein Daddy zurück, und dann ist Schluß mit lustig, ich absolviere hier das reinste Kulturprogramm, also was ist nun mit deinem Eroberer?»
«Zwei zu eins für mich.» Das war das Ergebnis beim Tischtennis, danach hatte er keine Lust mehr, ich schon, zum ersten Mal sind mir sogar richtige Schmetterbälle gelungen.
«He, zählt ihr dabei?»
«Könnte man so sagen.»
«Ist ja geil. Ich muß Schluß machen, mein Daddy verlangt nach mir. Bis die Tage dann, du bist echt ein Glückspilz, Anna-Margaretha.»
Ihr Wort in Gottes Ohr. Morgen ist Gründonnerstag, dann fährt mein Vater zum Ostereierverstecken nach Borkum. Ohne mich, ich habe mich durchgesetzt. «Ich muß pauken», habe ich gesagt, «sonst bleibe ich sitzen.»
Pauken?
Ich überlege, ob ich nicht doch mitfahren soll. Notfalls hexe ich meinem Nachhilfelehrer die Masern oder sonst was Ansteckendes an.

Die Praxis liegt schräg gegenüber von der Haltestelle der Straßenbahn, die ich benutze, wenn es regnet oder ich die hohen Keilabsätze aus Korkplateau anhabe, die ich mir von meinem Taschengeld kaufen mußte, weil meine Mutter sich weigerte, meine «Unvernunft» auch noch finanziell zu unterstützen. Dabei sind ihre eigenen Pfennigabsätze mindestens genauso halsbrecherisch, aber das ist ein anderes Thema. Jedenfalls fühle ich mich auf meinen hohen Korkies hundertmal schicker, das hebt mein Ego gleich mit, aus diesem Grund trage ich sie jetzt auch, obwohl es ein stinknormaler Vormittag ist und ich gleich garantiert keinem duften Typ gegenüberstehen werde.

Wie dieser Doktor Peter Müller wohl ist?

Das Schild ist neu, genau wie der Name darauf, wurde auch höchste Zeit, daß endlich einer den Tattergreis ablöst, dem zuletzt nur noch ein paar alte Muttchen die Treue gehalten haben. Meine eigene Mutter fährt in die Stadt, wenn sie zum Frauenarzt muß, und für mich ist sowieso mein Onkel zuständig, der alles vom Durchfall bis zum Ohrensausen behandelt und in meinem Fall auch die Pille verschreibt, damit meine Periode sich einpendelt. Seit zwei Jahren pendele ich auf Rezept und ohne gynäkologische Untersuchung, Onkel Werner und ich machen stillschweigend einen Bogen um diesen fürchterlichen Stuhl, der wie ein Folterinstrument aussieht und auch herhalten muß, wenn ein Patient seine Hämorrhoiden begutachten läßt.

Ob einer, der auf das weibliche Untergeschoß spezialisiert ist, anders ausgestattet ist? Hoffentlich. Während ich dem Pfeil folge, der mich durch das lindgrün gekachelte Treppenhaus dirigiert, in dem es noch nach Farbe riecht, rufe ich mir alles in Erinnerung, was ich von Moira zu diesem Thema gehört habe. Für sie war's anscheinend kein Problem, auf solch einen Stuhl zu klettern und sich professionell befingern zu lassen, aber was ist für meine beste Freundin schon ein Problem? Am liebsten machte ich wieder kehrt, andererseits will ich endlich wissen, woran ich bin. Das ist kein Zustand so, dabei drehe ich durch. Bin ich anatomisch betrachtet wirklich nicht normal?

Ich bin so aufgeregt, daß ich bei jeder zweiten Stufe mit der Ferse über den Rand meiner Korkies rutsche und mir wohl wirklich was gebrochen hätte, wenn mir nicht der weinrote Handlauf Halt böte. Dann nimmt die Prozedur ihren Lauf: Name, Krankenkasse, bitte freimachen ...

Hinterher weiß ich nicht einmal mehr zu sagen, ob ich auf einem Folterinstrument oder einem gynäkologischen Luxusgefährt untersucht worden bin, lediglich eine schwache Erinnerung an kühles Metall an meinen Kniekehlen und in mir drin ist geblieben, weh getan hat es kein bißchen, höchstens ein bißchen geziept, auch das Gesicht und die Stimme von diesem Doc sind nicht übel, lediglich seine Wortwahl läßt mächtig zu wünschen übrig.

«So, das hätten wir, junge Dame, und jetzt mal raus mit der Sprache, wo drückt der Schuh? Schwanger bist du nicht, wäre ja mit einem intakten Hymen auch ein bißchen schwierig, wie? Schraubverschlüsse oder sonstige verlorengegangene Hilfsmittel hab ich auch nicht in deiner Vagina entdeckt, bleibt eigentlich nur noch die Pille, die du prophylaktisch von mir verschrieben haben willst.»

«Die Pille bekomme ich schon so.»

«Tja dann ...»

«Ich hätte gerne ...»

«Ja?»

«Also ist mit meinem Hymen alles okay?»

«Wüßte nicht, was nicht okay daran sein sollte. Du hast wohl mit deinem Boyfriend etwas heftig gefummelt, und jetzt hast du Angst, mit deinem Myrtenkränzchen zur Hochzeit wär's nichts mehr, wie? Keine Bange, das haut noch hin. Du bist das, was man eine ‹virgo intacta› nennt.»

«Bullshit.» Ich soll nicht «Scheiße» sagen, obwohl jeder das tut, natürlich hat auch sonst keiner in meiner Clique das Pech, mit einem halben Baby als Bruder gesegnet zu sein, der alles nachplappert. Also habe ich mir die englische Version von «Bullenscheiße» angewöhnt, die bei meinem Bruder zu «Buschie» wird, das ist pädagogisch unbedenklich. Mein aus der Not geborenes «bullshit» ist auf dem besten Weg, von meinen Freundinnen nachgeahmt zu werden. Für einen Gynäkologen, der so alt ist wie meine Eltern, nicht unbedingt passend, und natürlich kapiert er auf Anhieb, was los ist.

«Du willst gar nicht ...?»

«Nein, verdammt, ich will es endlich loswerden.»

«Da gibt's nur eins, junge Dame. Ran an den Speck, aber immer hübsch aufpassen ...»

«Es funktioniert nicht.»

«Und wieso? So wie du ausschaust, junge Dame, müßte es doch mit dem Teufel zugehen, wenn sich kein passender Knabe fände.»

Ich stottere drauflos, weiß nicht mehr vor und nicht zurück, möchte gleichzeitig den penetranten Weißkittel und den Typen umbringen, dem ich das hier zu verdanken habe. Ein Typ mit Erfahrung, ein Studiosus und fast schon ein Mann, der mich als eine Art weibliche Fehlkonstruktion abstempeln wollte. Aber wenn ich diesem Experten glaube, liegt's an Jojo selbst.

«Kommt öfter vor, als man denkt, junge Dame, und je größere Töne einer spuckt, um so häufiger läßt ihn sein bester Freund dann im Stich, das gilt besonders, wenn einer das Revier wechselt. Ihr kleinen Nönneken seid für die Jungs harter Tobak, da wissen sie nie so recht, wie weit bei euch die Heiligkeit reicht. Du gehörst doch zu den Mädels von der Liebfrauenschule? Bild mir ein, ich hätte dich schon ein paarmal drüben an der Haltestelle stehen sehen.»

Die Party bei Rosi steigt. Ihre Eltern haben sie bis zur letzten Sekunde zappeln lassen, wohl um zu verhindern, daß wir uns die nagelneue Kellerbar unter den Nagel reißen. Typischer Denkfehler, die bilden sich wohl ein, wir brauchten wie sie selbst gedruckte Einladungen und Fressalien vom feinsten, um so richtig in Stimmung zu kommen. Alles, was wir brauchen, sind ein paar Kästen Coke, jede Menge Chips und das, was jeder bei sich zu Hause mitgehen lassen kann, ohne sich dicken Ärger einzuhandeln. Für die heißen Scheiben ist wie immer unser Spezi Mike alias Michael zuständig, dessen Vater von Pop bis Klassik alles gratis bekommt, seitdem er seine Harfe im Fernsehen zupft. Per Telefonkette haben wir binnen zwei Stunden alles geregelt, allerdings hängt mein Stimmungsbarometer noch immer ziemlich im Keller.

Soll ich überhaupt hingehen? Solo?

Jojo ist für mich gestorben, daran ändern auch die russischen Liebesformeln nichts, die er mir ins Ohr säuselt oder – wenn ich den Hörer auflege – schriftlich zukommen läßt. Diese Briefe machen mir schwer zu schaffen, sie sind nicht übel, ganz im Gegenteil. Wenn ich nicht wüßte, was ich weiß, würde ich voll auf dieses Gesülze reinfallen. Kitschig, bei Tageslicht besehen, wahrscheinlich der soundsovielte Aufguß, trotzdem liest es sich so, als ob er mich und nur mich meinte, weshalb ich es auch nicht schaffe, das Zeug einfach zu zerreißen und unter dem Haushaltsmüll zu begraben.

Während ich abwechselnd Kekse und Kakaomasse aufeinanderschichte – «Kalte Hundeschnauze» ist meine Spezialität –, erwäge ich Für und Wider und komme endlich zu dem Schluß, daß kein Kerl es wert ist, daß ich seinetwegen Trübsal blase. Zwar ist nicht gesagt, daß mich angesichts meiner glücklich knutschenden Freundinnen nicht erst recht das heulende Elend packt, andererseits gibt es immer zwei oder drei Leidensgenossinnen, die entweder Krach mit ihrem Boyfriend oder zur Zeit gar keinen haben. So wie ich. Dann kommt es immer drauf an, welche neuen Jungs mitgebracht werden.

Es ist höchst unwahrscheinlich, daß plötzlich jemand auf die Idee kommt, die Politheinis von der Sülzer Straße anzuschleppen.

Es riecht nach Soleiern und sauren Gurken. Hinter der Bar steht Rosis Neuer und reichert die Cola mit echtem Bacardi an, wenn das mal keinen Ärger gibt. Die bunten Partylämpchen reichen gerade aus, um zwischen vertikal und horizontal zu unterscheiden: Noch gibt der größere Teil vor zu tanzen, erst zwei Pärchen haben sich auf der Matratze aus Rosis Bett ineinander verhakelt, ich erkenne das gute Stück an dem selbstgenähten Bezug, auf dem Rosi ihre Idole in Stoffarben verewigt hat: Esther & Abi Ofarim, Barry Ryan, Cliff Richard. Der Sound heute abend ist entsprechend, im Moment läuft «Congratulations», das paßt auch prima zu meinem Auftritt mit Kekstorte. Mein «Kalter Hund» wird mit lautem Hurra begrüßt, dann folgt die übliche Frage, wie es Moira bei den Scheichs geht, und dann kommt der gefürchtete Suchblick über meine Schulter, so als ob ein gewisser Jojo schon gar nicht mehr von mir wegzudenken wäre.

Okay, fast drei Wochen lang war das so.

Was vorbei ist, ist vorbei.

Bullshit!

Ich knalle mein Mitbringsel auf die Theke und steuere die Wendeltreppe an, von der ich weiß, daß sie hinauf zum Klo führt. Erst mal nachsehen, wie es um meinen Eyeliner bestellt ist, notfalls löse ich Mike als Discjockey ab, mir ist im Moment sowieso nicht nach *congratulations* und Liebesballaden, so cremig wie amerikanisches Softeis, zumute. Ich könnte etwas Fetziges auflegen, «Yummy Yummy Yummy» zum Beispiel, genauso sinnlos und trivial und blamabel wie alles, was ich selbst in den letzten Monaten in Szene gesetzt habe, um *ES* los zu werden.

ES ist noch immer da, erfreut sich bester Gesundheit, während ich mich kein bißchen freue, und wer ist schuld? Wer?

«Hi.» Die Stimme ist nicht sonderlich laut und gehört garantiert zu keinem Star, der Größe nach könnte es sich um ein jüngeres Geschwister von Rosi handeln, nur daß die alle mit Mami und Papi in der Eifel sind. Ingendwoher kenne ich den Zwerg, fragt sich bloß, woher. Das reinste Girlface, jetzt hab ich's.

«Hast du deine Baskenmütze verloren?» Laut, der Rest folgt unhörbar, obwohl er mir viel, viel mehr auf den Nägeln brennt: Hast du deinen Kumpel mit den großen Tönen dabei, möchte ich fragen, aber ich tu's nicht, eher beiße ich mir die Zunge ab.

«Nö, ist auf 'ner Party nicht so praktisch, hab ich mir gedacht.» Er zupft an seiner Hosentasche, aus der tatsächlich ein Stück schwarzer Stoff lugt. «Kenn mich nicht sonderlich gut mit Partys aus, hab halt mehr Ahnung von Fußball, aber momentan sind alle verreist, fast alle, ziemlich öde Sache.»

«Ich dachte, du hättest dich dem Bündnis von Kopf und Hand verschrieben?» Er gehörte zur zweiten Kategorie, keine Frage, trotz seines winzigen Wuchses hat er eindeutig etwas Handfestes. Ganz anders als ein gewisser Jojo. Ob er auch ...?

«Da hat Jojo mich mit hingeschleppt, wir waren zusammen auf der Grundschule, später hab ich ihm dies und das besorgt, mein Vater ist Fahrer für 'ne große Spedition, falls du mal 'ne Stiege Jaffa-Orangen oder 'ne Palette Weihnachtsketten brauchst, notfalls organisier ich dir auch ein Maschinengewehr.»

«Was zum Schießen wäre nicht übel.»

«Du bist wohl nicht mehr mit ihm zusammen, wie?»
«Könnte man so sagen.» Unten läuft «Eloise», es ist verdammt unfair, ausgerechnet jetzt einen Song dudeln zu lassen, der mich in Schwulitäten bringt wie sonst keiner. «Ev'ry night I'm there / I'm always there / She know's I'm there ...» Lüge! Lüge! Lüge! Niemand ist da, um mich liebzuhaben, nur dieser Gartenzwerg, den seine Freunde «Minidom» nennen.

«Komisch, und ich hab gedacht, zwischen dir und Jojo, das wär was Ernstes, du bist einfach 'ne andere Klasse als die Girls von der Rolltreppe und vom Club und so. Ich finde dich übrigens auch riesig nett.» Er schluckt laut, sein Adamsapfel hüpft, für jemanden mit seinem Zwergenmaß hat er einen sehr ausgeprägten Adamsapfel. «Du kannst mir nicht zufällig sagen, wo hier das Klo ist?»

«Zufällig kann ich das, da wollte ich nämlich gerade selbst hin.»

«Oh! Dann laß ich dir natürlich den Vortritt.»

«Ist nicht nötig, die haben hier zwei Klos.» Und noch mehr Betten, denke ich, ohne es wirklich zu wollen, daran sind dieser hüpfende Adamsapfel und die Sehnsuchtsaugen darüber und die irre Stimme von Barry Ryan schuld: «And ev'ry night I'm there / I break my heart to please Eloise, Eloise ...»

Ich heiße nicht Eloise, was aber noch längst nicht bedeutet, daß ich nicht das Zeug dazu hätte, so voll durchzustarten wie eine Eloise oder Moira. Meine anatomischen Voraussetzungen sind bestens und der Rest auch: «So wie du ausschaust, müßte es doch mit dem Teufel zugehen, wenn du keinen passenden Knaben fändest!» Sagte der Doc, der Doc muß es wissen, ich führe Minidom am Gäste-WC und der Tür zum Familienbad vorbei und die paar Stufen zum Zwischengeschoß hoch, wo er noch einmal «Oh!» sagt. Ich schätze, er meint nicht die Poster, die Rosi sich übers

Bett geheftet hat. Darin fehlt die Matratze, das habe ich total vergessen, egal.

Die Tanzfläche ist nun fast leer, die Rumflasche auch, dafür gibt es noch ein paar Frikadellen und einen Rest «Kalten Hund». Ich habe einen Mordshunger und stürze mich auf die Fressalien, bevor ein anderer mir zuvorkommen kann. Minidom ist noch nicht so weit, diesmal hat er mir wirklich den Vortritt im Bad gelassen, es ist fast schon enttäuschend, wie wenig Spuren meine Erlösung hinterlassen hat. Ich beiße in ein scharf angebratenes Hackbällchen und sichere mir gleichzeitig ein Stück Kekstorte, heute ist es mir schnurzpiepegal, wieviel Kalorien ich mir reinziehe.

«Ich habe stundenlang auf dich gewartet, Agrita.»

Agrita? Russische Koseform für Anna-Margaretha, so nennt mich nur einer, er ist also doch noch gekommen. Stundenlang ist allerdings gelogen, oder?

«Wüßte nicht, daß ich mit dir verabredet war», sage ich laut und tue den nächsten Biß. Versehentlich erwische ich den «Kalten Hund», die Mischung von Hack und Schokolade in meinem Mund ist reichlich eklig, trotzdem widerstehe ich der Versuchung, das Zeug auszuspucken. Paßt nicht ins Bild. Und Agrita heiße ich auch nicht. Obwohl es fast so gut wie «Eloise» oder «Moira» klingt, das gebe ich zu, trotzdem bin ich nicht mehr scharf darauf, mich mit fremden Federn zu schmücken.

«Ißt du immer Süßes und Herzhaftes gleichzeitig?»

«Wenn ich Bock drauf habe, schon.»

«Ich halte das einfach nicht mehr aus. Falls ich übers Ziel hinausgeschossen bin, sorry, tut mir leid, natürlich bist du keine Mißgeburt oder so. Du machst mich einfach wahnsinnig, du bist ganz was anderes als diese Tussis. Jâ ljubilju ...», weiter kommt er nicht, denn ich falle ihm ins Wort.

«Kannst du auch Deutsch? Deine russische Macke nervt ziemlich.»

«Du meinst, ich soll ...» Der Eroberer auf dem Weg zur Kapitulation, steht ihm nicht schlecht, er sieht immer noch klasse aus, seine Stimme kann fast mit der von Barry Ryan mithalten, nur der Refrain müßte leicht abgewandelt werden: «I break my heart to please Anna-Margaretha.»

«Du sollst gar nichts.» Ich betone das «soll».

«Aber ich will. Ich will dich nun mal. Nur dich.»

Ich sehe ihm über die Schulter, auf der Wendeltreppe wird eine Baskenmütze sichtbar, eben war sie überflüssig, jetzt sitzt sie wieder schräg über dem Gesicht, das fast wie ein Girlface aussieht, dabei weiß ich mittlerweile, was für ein Kerl er ist.

So wie du ausschaust, junge Dame, müßte es doch mit dem Teufel zugehen, wenn du keinen passenden Knaben fändest.

Es hat gepaßt, eben hat es gepaßt, und jetzt nimmt er sein Käppi und verschwindet, winkt mir nur noch einmal kurz zu, und ich winke zurück und atme auf. Es ist besser so. Es brächte nichts, jetzt in falsche Sentimentalität zu verfallen. The show must go on!

«Wahnsinn!» Er keucht, das liegt nicht an dem engen Kabuff, in dem wir uns befinden. Eine Art Rumpelkammer oben unter dem Dach seines Elternhauses, wo Jojo Unmengen von alten Schallplatten und Büchern aufbewahrt. Nicht gerade meine Richtung, ich stehe weder auf gesammelte Werke von Lenin noch auf Lieder von Heino, Spinnweben sind auch nicht unbedingt mein Fall, trotzdem bin ich gut drauf. Er auch, seine Augen blitzen wie bei Alexander dem Großen, als dieser den gordischen Knoten kappt. Zumindest stelle ich mir vor, daß der damals genauso dreingeschaut hat.

«Hast du hier zufällig auch was zu essen?» Ich denke an Rosis Partykeller und an Minidom und an frische Hefeschnecken und an meine beste Freundin Moira, die Augen machen wird, wenn ich es ihr erzähle. Falls ich es ihr erzähle.

«Essen? Jetzt? Hast du etwa gar nicht mitbekommen, daß wir durch sind? Die Panzerfalle ist geknackt, mein Brecheisen hat's geschafft, die Pforte zur Glückseligkeit steht sperrangelweit offen ...»

«Und du wunderst dich gar nicht?» Ich stehe auf. Es gibt kein weißes Laken zu besichtigen, trotzdem beugt er sich nun vor und inspiziert den buntscheckigen Bezug, über dem man einen Eimer Blut auskippen könnte, ohne daß es auffiele.

«He, was willst du damit sagen?»

«Gar nichts, ich hab nichts für große Töne übrig, für kleine Freundschaftsdienste schon eher. Wie wär's mit 'ner Runde frische Hefeschnecken? Ich lade dich ein.»

Morgen kommt ein Mann, der mir guttut Sibylle Berg

Ich bin seit zwei Wochen auf der Insel. Seit zwei Tagen denke ich, daß ich vielleicht weiterleben werde, aber wozu, daran denke ich nicht. Warum kann ich wieder laufen, atmen und an manchen Abenden die Sterne sehen und etwas fühlen, das anders ist als die Masse in der Brust, die den Atem so kurz macht, die flüssig wird, an manchen Abenden, ich durchatmen kann, etwas anderes fühlen als Dumpfes, aber was, weiß ich noch nicht. Ich glaube nur, das ich weiterleben werde.

Eine Insel ist ins Wasser gelassen, geworfen, damit Menschen davon träumen können, wie schön es wäre, auf diesem Haufen zu sein, und sind sie dann da, bekommen sie grad feuchte Hände, weil sie merken, daß von einer Insel so schlecht wegzukommen ist. Wie im Flugzeug ist dem Menschen dann für schwache Sekunden, da er realisiert, daß kein Grund ist unter seinen Beinen, keine Straße zum Weglaufen. Inseln sind das Letzte, und ich bin hier, damit ich nicht wegkann, damit ich gesund werde, war gekommen, weil ich nicht mehr laufen wollte, nicht mehr reden, mich nicht mehr bewegen. Seit Tagen oder Jahren bin ich auf diesem Haufen Dreck in einem Wasser, das mich nichts angeht, und werde gesund, um mein Leben wiederaufzunehmen, das mich auch nichts angeht, um es zu einem guten Schluß zu bringen, das ist die Aufgabe, mit den gleichen Darstellern kann das nichts werden. Morgen wird ein Mann kommen, mich von der Insel zu nehmen in ein ruhiges Leben mit sich.

Nur noch ein paar Jahre, bis ich alt bin, richtig alt, bis Schluß ist, solche Angst, weil ich die Absperrung sehe, habe solche Angst und keine Zeit mehr für Fehler, ich muß es richtig machen. Die Hindus legen ihren Besitz ab, machen sich frei von Leidenschaften, von Bedürfnissen, frei, das klingt klasse, ich bin auf der Insel, um Hindu zu werden.

Sitze also am Hafen auf der Insel, ganz Hindu, ein schöner Hafen, ein schönes Café, viel weiß hier wie Knochen, hell in der Sonne, ausgebleicht von zuviel Alter, das sie gesehen haben, die Häuser. Das Meer, Freund in der Langeweile, Kubikzentner Schwermut und Überdruß, flüssig gewordene Dummheit, darauf wird er morgen kommen, der Mann, der mich liebt, den ich nicht liebe, wird an der Reling stehen oder am Bug oder am Spoiler, wie auch immer das heißt auf Booten, und wird schauen, ob er mich schon schaut, aufgeregt wird er sein, und ich werde im Café sitzen morgen wie heute, und ruhig werde ich sein, weil, ob der Mann kommt oder nicht, ist wie egal, mein Herz schlägt leise, und das ist es, was ich noch will vom Leben, von einem Mann. Eine gute Ruhe, wie schön.

Der Mann ist einer, bei dem ich bleiben sollte, weil er mir wohltut, weil er mich durch Bäche trägt, mich zudeckt in der Nacht, und morgen kommt er, und mein Herz bleibt leise, es ist wie egal, es ist etwas gestorben, ich weiß nicht was, aber es ist gut, daß es tot ist, ich bin vernünftig geworden, ich bin erwachsen geworden, über Nacht, über welcher auch immer. Ich freu mich.

Ich seh das Meer, blau, wie Augen, so wie die des einen. Und für einen schwachen Moment denke ich, der eine käme. Ganz schlechter Gedanke, dumme Idee, das Herz holpert, setzt aus, steht still und die Hände feucht und verdammt. Soll nicht kommen (wird er auch nicht, nie mehr), das Schwein, das Schwein, er war so schön, war von den Lieben oder Leidenschaften oder Verirrungen, die es ein-, zweimal gibt im Leben. Geflogen sind wir, kein Boden mehr, so ein Schwachsinn, und es war alles egal, ich mir und die Welt, solange ich ihn halten konnte.

Viel gelacht, wenig gegessen und gar nicht geschlafen, so eine Liebe, die vielleicht einmal Haß wird oder Wut oder Trauer, aber nie enden wird und egal nie. Niemals. Zuviel von allem, Tränen und Blut, und schön war er, daß Menschen wegschauen mußten, ich wegschauen mußte, weil Schönheit angst macht, frieren macht, nicht zu halten ist. Hätte ich ihn halten können, wollte doch nicht mehr als neben ihm, auf, unter ihm liegen und ihn ansehen, nicht mehr bewegen, nicht mehr essen, nicht mehr atmen, im Schnee habe ich mit ihm gelegen, und er hat gestrahlt wie etwas Reaktives, aus Reaktoren ausgebrochen, auf kleinen Beinchen, das Plutonium, strahlte, und ich habe ihm die Nase geleckt, das Gesicht, alles ab und weg und sauber, und ich habe ihn so geliebt, mein Leben für ihn, denn mich gab es nicht mehr, ihm die Beine absägen, die Arme, daß er nicht von mir gehen könnte, ihn fesseln, den Rumpf verbiegen, den Kopf, den blonden in eine Büchse, ihn mit mir führen und böse auf alles um ihn, das nicht ich war, auf jeden, der ihm die Hand geben durfte, auf den Stuhl, der ihn tragen konnte, getragen hätte ich ihn, von Moskau nach Nowosibirsk, aber wer will da schon hin? Er wollte da nicht hin und ist gegangen, in einer kalten Nacht einer fremden Stadt, und es war anders als die Enden zuvor. Eine Beerdigung in den Südstaaten, singende Neger, tanzen, Beschneidungsfeier. Etwas gestorben in einer fremden Nacht, ich sah ihn, nachdem er weg war, und wußte, nie wird es kein Gefühl mehr geben zu dem Bild der letzten Nacht, da er mir sagte, daß er am Morgen gehen würde, und ich versuchte, mit meinem Körper in seinen zu kriechen, daß er ganz starr wurde, vor Abscheu, die Nacht, die kälteste meines Lebens. Das war die Nacht, in der ich alt wurde.

Und zur Frau werde ich jetzt. Da ich mir denke, daß es gut ist, daß er nicht kommt, mit dem Schiff, sondern der andere. Morgen wird ein Mann kommen für die Frau, die ich gerade geworden bin. Ein schweres Gefühl, ein Gefühl nach dicken Brüsten, Uterüssen, lauter solchen Frauensachen im Bauch und Falten und Dekolletés, Schuhe mit Block-Absätzen, Kostümen, kein Spaß mehr. Spaghettis essen und gemessene Bewegungen, keine billigen Kleider mehr und keine Leidenschaften, keine Jungs, die schön sind, für die man sterben möchte, an denen man stirbt.

Jetzt bin ich Frau, jetzt wird gelebt, ein prima Leben, ich freu mich drauf.

Die Sonne geht unter, das letzte Boot auch, und morgen kommt ein Mann, der es gut mit mir meint, den sollte ich behalten, der ist friedlich, Gott ist das alles friedlich, ich habe auch schon zugenommen, o Lord, worum geht es denn, um Ruhe. Um daß es einem gutgeht. Um Hindu werden, dick auch. Darum geht es. Zu verstehen, daß Leidenschaft nicht fürs Leben taugt. Fürs Leben taugt ein Mann, der einen schlafen läßt, der hat einmal meinen Kopf auf dem Schoß gehabt. Zehn Stunden in einem Flugzeug, sich nicht bewegt, damit ich nicht erwache. Ich aber war wach, tat, als schliefe ich, damit ich nicht mit ihm reden mußte, damit ich an den anderen denken konnte.

Träumen. Prinzessinnenträume von großer Liebe, in Höhlen eingesperrt und nichts tun außer sich anschauen, welche Sage ist das, sie ist für Kinder, für Mädchen. Ein Mädchen bin ich jetzt nicht mehr. Da ich am Hafen sitze, Boote anschaue und verstehe, ich genese, nach einem Entzug, dem Entzug von Jugend. Es tut weh, als wäre die Jugend noch da, klammerte sich an mich, wäre er noch da, jetzt in mir, täte Gift dort hin, wo er Löcher gerissen hat, mit den Zähnen, säße er doch in mir, trüge ich ihn mit mir, könnte ihn beschützen.

Morgen kommt ein Mann, der mir guttut. Er kommt mit dem Boot. Ich werde mich freuen, genauso, als würde er nicht kommen, er wird Obacht geben, daß keine schönen Männer mir das Leben rauben, das Lachen rauben wird er mir, die Jugend ist schon weg, bin Frau geworden. Ist das nicht schön. Frau geworden sein heißt, den Tod in Reichweite zu wissen, die Wechseljahre, aber so viel Spaß am Geschlechtsverkehr, und keine Unsicherheiten mehr, keine Aufregung und Falten und Rheuma, die Nacht kommt, und ich bin Frau, erwachsen, morgen werde ich Kostüme kaufen und kluge Entscheidungen in Ruhe fällen, schön ist das, endlich Ruhe.

Und dann gehe ich über die Insel, die Luft ist warm, riecht wie eine Decke, gespült, frisch, Decke aus Liebe, aus Küssen, aus Küssen, der Himmel, nur noch einmal fliegen, einmal, bevor das Alter kommt, es kommt morgen mit der Weisheit zusammen auf einem Boot, ich bin Frau geworden. Ruhig ist es geworden. In einer Gasse stehe ich, die weißen Häuser sind warm, warm wie ein Mensch, wie er, würde er doch kommen, auf dem Boot stehen, seine Haare im Wind und sein Gesicht, ich würde es halten, würde er kommen, ich schwöre, ein Jahr säße ich, ohne Nahrung zu mir zu nehmen, und hielte nur sein Gesicht, würde die Tränen von ihm wischen, die er weinen würde, weil ich seinen Scheißkopf nicht losließe.

Es ist schön, endlich eine Frau zu sein. Ganz Frau, möchte ich eine Schlinge um jenen Baum legen, meinen Frauenkopf dareingeben, einen letzten Blick auf ein Meer, auf ein Boot, mit dem der richtige Mann nie mehr kommen wird, weil ich weiß, was gut für mich ist, das Alter ist gut und Träume für den Arsch, die Füße weg vom Boden und die Augen aus den Höhlen.

Chaos im Kopf
Brigitte Blobel

Wenn der 45er Bus, mit dem Sina morgens zur Schule fährt, noch nicht da ist, wartet sie auf der Bank unter dem Aludach und studiert die Graffiti und die Sprüche, die an die Glaswand gemalt sind. Manche mit Lippenstift, manche mit fettem grellem Marker, manche mit Sprühdose. Sina kennt alle Sprüche und sieht sofort, wenn ein neuer hinzugekommen ist.

Heute heißt der neue Spruch: SABER IST EIN ARSCH-FICKER. Sina überlegt. Kennt sie einen Saber? Vielleicht einer aus der Schule? In der Parallelklasse gibt es einen, der Saber heißt. In den war Vanessa mal verknallt, aber nur kurz. Jetzt geht Vanessa mit Uli. Der sei unheimlich süß, sagt Vanessa, obwohl Sina das überhaupt nicht verstehen kann. An Uli ist doch gar nichts süß. Der ist vollkommen verpickelt. Aber Vanessa sagt, das merkt man gar nicht mehr, wenn man eine Weile mit ihm zusammen ist. Außerdem tut Uli echt was gegen seine Pickel, sagt Vanessa. Er benutzt Aknecreme, und zwar eine ganz teure. Dafür gibt er richtig viel von seinem Taschengeld aus.

Vielleicht ist gar nicht Saber gemeint, sondern Saher. Der geht eine höher, in die achte. Saher hat bei der Schulfete den DJ gemacht. Ziemlich gut, fand Sina damals, obgleich viele in ihrer Klasse hinterher meinten, da hätte noch mehr Power drin sein können. Saher sieht immer aus wie aus einem Werbespot für Klamotten, alles teure Sachen, und wie er frisiert ist: irgendwie eitel. Einen Augenblick überlegt Sina, ob Saher schwul ist. Sie muß das mal mit Carla besprechen. Bei türkischen oder arabischen Jungen denkt man das oft, sagt Carla, weil sie anders miteinander umgehen als zum Beispiel Deutsche oder Schweizer oder Engländer. Sie halten sich öfter an der Hand und schlendern Arm in Arm über den Schulhof. Sie küssen sich sogar, wenn sie sich treffen, vor dem Kino oder vor einer Disco. Carla war schon mal in den Ferien in Tunesien.

Der Fahrer geht durch den Bus, sammelt den Müll vom Boden auf und stopft ihn in den Abfallkorb neben der Bank. Er macht eine Bewegung mit dem Kopf, und Sina sagt: «Geht los, ja?» und steigt ein. Es kommt noch eine junge Frau mit einem Maxi-Cosy, in dem ihr Baby schläft. Sie setzt sich in die Reihe vor Sina und schnuddelt die ganze Zeit mit dem Baby rum. Sina hat ihrer Mutter gesagt, daß sie später entweder mal ganz viele Kinder haben möchte oder gar keins. Einzelkind sein, hat sie gesagt, ist Folter. Ihre Mutter war natürlich mal wieder traurig, weil sie so was gesagt hat, aber egal. Ihre Mutter denkt immer, Sina mache ihr wegen irgend etwas Vorwürfe. Dabei stimmt das gar nicht. Sina findet auch nicht, daß ihre Kindheit unglücklich gewesen ist, sondern ganz normal.

Wenn der Bus losfährt, setzt Sina sofort ihre Earphones auf und legt eine Kassette in den Walkman, der im Rucksack steckt. Sie stellt die Musik laut und blickt aus dem Fenster. Dann denkt sie, die Außenwelt ist ein Videoclip. Und auf einmal ist alles aufregend, alles anders, nicht so real: die Tankstelle mit der Brötchentheke, an der morgens die Fernfahrer frühstücken, das Möbelcenter, das wie ein Zuchthaus angestrahlt ist, die Tennisanlage mit dem halbfertigen Clubhaus, über dem ein Richtkranz im Wind schwankt. Der Tennislehrer in kurzen weißen Shorts steht an der Wand und drischt mit seinem Schläger auf die Bälle ein, einen nach dem anderen holt er aus dem Plastikeimer, immer im gleichen Rhythmus, wie mechanisch. Jennifer sagt, sie hat das auch mal probiert, Tennisbälle im Höschen zu verstauen, wie Martina Hingis, wenn sie Aufschlag hat, aber sie kullern immer raus. Jennifer findet das unheimlich cool, wie Martina Hingis die Bälle zum Aufschlag aus ihrem Höschen holt.

Wenn sie unter der Eisenbahnschiene durchfahren, durch das kurze Tunnelstück, spiegelt sie sich in den Scheiben, und draußen flitzen die Lichter vorbei. Sie mit ihrer Schmetterlingshaarspange und dem roten Nickituch, den Earphones auf dem Kopf, und immer diesem trotzigen Blick. Das sieht sie dann selbst. Sie lächelt sich nicht zu. Sie kennt sich nicht. Dann taucht der Bus wieder ins Licht, und draußen stehen Radfahrer im Pulk an der Ampel, mit diesen häßlichen Radlerhelmen. Sie kann die Kassette im Walkman umlegen, ohne hinzusehen. Ihre Hände tasten sich in das Innere des Rucksacks. Zwischen klebrigen Gummibärchen, dem Federmäppchen, den Heften, Radiergummi und dem Freundschaftsbändchen, das sie für Carla geflochten hat und ihr unbedingt heute geben will, findet sie die On-Taste. Und den Schieber für die Lautstärke. Alles blind.

Auch nachts hört sie manchmal Musik, bis sie einschläft, und morgens hat sie dann Druckstellen am Kopf und muß unheimlich rubbeln und kneten, damit sie wieder weg sind, bis sie in der Schule ist. Die Leute achten ja auf alles. Peinlich, wenn die dann ihre Witze machen. Sina würde sterben, wenn die Leute über sie lachen und Daniel das mitbekommt. Daniel ist immer abhängig davon, was die anderen denken. Total angepaßt. Er lacht auch nur über Witze, wenn die anderen lachen. Einen Witz über Arschficker kennt sie nicht. Aber bestimmt gibt es einen.

Der Bus hält. Die Station heißt Christuskirche. In der Nähe ist ein Friedhof. Ihre Freundin Carla ist neulich auf dem Friedhof gewesen, weil es der Todestag ihrer Großeltern war. Die haben sich zusammen das Leben genommen, Der Arzt hatte zu ihrem Opa gesagt: höchstens noch ein Jahr. Ihre Oma wollte nicht allein zurückbleiben. Da sind sie von der Donaubrücke gesprungen. Sina muß immer weinen, wenn sie daran denkt, aber nicht vor Erschrecken, sondern vor Rührung. Als sie ihrer Mutter erzählte, daß der Tod der beiden beinahe so schön sei wie der Tod von Kate Winslet und Leonardo DiCaprio im TITANIC-Film, wurde die richtig wütend. Sie wird mit ihrer Mutter nicht mehr über so was sprechen. Das ist doch schön, wenn zwei Menschen sich so lieben, daß sie zusammen in die Donau springen. Vor dem Tod fürchtet Sina sich nicht. Eher vor diesem Mann, den Carla auf dem Friedhof gesehen hat. Sie stand am Wasserhahn und hat Wasser in die Gießkanne laufen lassen. Sie hat gesehen, wie ein Mann zwischen den Gräbern entlangging und immer zu ihr hinschaute. Einmal hat er gelächelt, bevor er hinter einem Engel aus Marmor verschwand, und dann hat sie zurückgelächelt, als er wieder auftauchte. Das war lustig. Er hat die Ärmel seines Mantels bewegt wie Engelsflügel, und ist ein bißchen hin und her gesprungen auf dem Kiesweg. Dann war er weg. Als Carla den Wasserhahn zudrehte, die Gießkanne aufhob und sich umdrehte, stand er keine fünf Meter von ihr entfernt. Er trug einen schwarzen Mantel, einen Regenmantel, und schlug ihn auf. Und Carla sah, daß er unter dem Mantel nackt war. Sie sah seinen dicken Roten. Carla sagt, wenn sie daran denkt, wird ihr immer noch schlecht.

Du mußt das melden, meinte Sina, aber Carla hat den Kopf geschüttelt. Ich kann das nicht, sagte sie. Nachher fragen die mich, wie das ausgesehen hat. Und was soll ich dann sagen? Eklig, hat Sina vorgeschlagen. Eklig und fies.

An der nächsten Station steigen vier Fahrgäste ein: Eine alte Frau mit einem dicken Verband um das rechte Bein setzt sich vorne auf den Platz für Schwerbehinderte. Die drei Jungen gehen durch den Mittelgang ganz nach hinten. Sie sind höchstens ein oder zwei Jahre älter als Sina. Sie rempeln sich gegenseitig an und stoßen sich vorwärts. Ziehen ihre Show ab. Jungen ziehen immer eine Show ab, wenn ein Mädchen in der Nähe ist. Dabei beobachtet Sina sie nur in dem spiegelnden Fenster. Der eine könnte der Typ sein, den sie neulich im Schwimmbad gesehen hat. Der mit der Rothaarigen. Die beiden hatten ihre Wolldecke ziemlich in der hintersten Ecke ausgebreitet, ganz nah an dem hohen Zaun. Sie haben rumgealbert, die ganze Zeit, und Sina hat geahnt, wohin das führen wird. Das Mädchen hat gekreischt, in ganz schriller Tonlage, und wie irre gelacht, Sina konnte kaum hinhören, weil es so peinlich war.

Der Junge hat sich immer wieder auf den Rücken gelegt, die Arme hinter dem Kopf, so war sein Bauch ganz flach und der Brustkorb ganz hoch. Jungen liegen oft so und schauen an sich herunter. Aber wenn dann etwas passiert, wenn ihr ... irgendwie größer wird, dann fummeln sie daran herum, um ihn besser in der Badehose zu verstecken, und wenn das nicht klappt, drehen sie sich schnell auf den Bauch. In dem Fall wollte die Rothaarige aber nicht, daß er sich auf den Bauch dreht. Sie hat ihn gekitzelt, mit einem Grashalm. Erst die Schultern, den Hals, dann die Wirbelsäule. Er hat die Oberschenkel fest zusammengepreßt. Sie hat mit dem Grashalm die Furche zwischen seinen Beinen gekitzelt, und dann, oben, den Rand seiner Badehose.

Irgendwann hat die Rothaarige dann auf dem Jungen gelegen und ihr großes Badetuch von ESPRIT über sie und ihn gedeckt. Sina konnte sehen, wie der Junge seine Hand in den Bikini-BH schob, wie er mit dem Finger hin und her fuhr. Da hatte das Mädchen nicht mehr irre gelacht, sondern wahrscheinlich die Luft angehalten ...

Sina wollte sich nicht vorstellen müssen, was die Rothaarige jetzt fühlte, es war zu peinlich gewesen.

Sie würde eher sterben, als so etwas in der Öffentlichkeit zu tun. Selbst, wenn sie älter wäre, würde ihr das niemals in den Sinn kommen. Sie fragt sich, ob die beiden das nur gemacht haben, damit man auf sie aufmerksam wird, oder ob sie wirklich was empfunden haben. Vielleicht haben sie keine andere Möglichkeit, miteinander zu knutschen. Schließlich kriegt nicht jeder, wenn er gerade 18 ist und einen Führerschein hat, den Wagen seiner Eltern. Peinlich, wenn die dann nachher merken, wofür das Auto ausgeborgt wurde. Sina macht erst in vier Jahren den Führerschein.

Eigentlich will sie vorher sowieso nicht mit einem Jungen schlafen, rumknutschen vielleicht schon. Irgendwann. Aber dann nur mit Daniel. Und nur, wenn es wirklich gerade richtig schön ist zwischen ihnen beiden. Richtig schön ist es eigentlich noch nie gewesen, immer nur irgendwie kompliziert.

Sina hatte sich im Schwimmbad die Kopfhörer aufgesetzt und Musik gehört, um nicht dieses irre Gegiggel der beiden Knutscher zu hören, und das Buch aufgeschlagen, das sie mitgenommen hatte. Sie mußte ein Buch auswählen, über das sie ein Referat halten soll. Die Lehrer wünschen sich immer, daß mal einer Brecht liest oder Max Frisch. Am liebsten wahrscheinlich Fontane. Fontane ist gerade in, hat jemand gesagt, weil er Todestag hat oder so was. Aber die Leute sagen, da schläft man schon nach der ersten Seite ein. In Sinas Klasse lesen jetzt die meisten den neuen Stephen King, wegen der Horrorszenen, die sollen echt megamäßig sein. Sina findet Horrorgeschichten furchtbar. Sie kann aber auch mit Fantasy nichts anfangen. Daniel zieht sich ein Buch nach dem anderen rein über Geschichten, die ganz und gar unwahrscheinlich sind. Sina liest lieber Bücher über Menschen, die sie sich vorstellen kann, die sich durchboxen müssen, die ein Scheißleben haben, wegen der Eltern oder wegen irgendwas sonst. Daß sie zum Beispiel magersüchtig sind oder daß sie mißbraucht werden von ihrem Stiefvater oder jemandem in der Familie. Dann muß Sina immer an ihren Onkel Jürgen denken.

Der Bus fährt in eine Haltebucht. Sina dreht sich um. Die Jungen haben die Köpfe zusammengesteckt, reden irgend etwas, aber der Junge mit den kurzgeschorenen Haaren schaut sie direkt an, ihr richtig in die Augen. Das explodiert immer in ihrem Kopf, wenn ein Junge sie so ansieht, so direkt. Schnell wendet sie sich ab.

Seit Tante Sigrid und Onkel Jürgen sich getrennt haben, ist Onkel Jürgen oft bei ihnen, fast jeden Sonntag. Er ist der Bruder ihrer Mutter, und ihre Mutter sagt, der Arme kann sich ja nicht mal ein Spiegelei braten. Und wieso lernt er es dann nicht? fragt Sina. Wieso muß er immer bei uns rumhängen? Früher war es so gemütlich, und jetzt ist es ätzend.

Da hat ihre Mutter sie auf ihr Zimmer geschickt. Ihre Mutter kann es nicht leiden, wenn Sina das Wort «ätzend» benutzt. Sina versteht nicht, was an dem Wort nicht okay ist. Zu Hause darf sie auch nicht Scheiße sagen. Sie darf nicht einmal sagen, daß ein Lehrer, der ungerechte Zensuren gibt, ein Arschloch ist, obwohl sie sich darüber in der Klasse alle einig sind, jedenfalls ihre Clique, natürlich nicht Natalie, die immer eine Eins bekommt. Natalie und Gerrit sind die Lieblinge des Englischlehrers. Schade, daß keiner von den Lehrern sie als seine Lieblingsschülerin ausgesucht hat, dann hätte sie wenigstens in einem Fach ein gutes Leben. Aber sie weiß, woran das liegt: an ihrem trotzigen Blick. Du machst ein Gesicht, als wenn du die Welt ermorden willst, sagte ihr Vater einmal. Keine schlechte Idee, hat Sina geantwortet. Und schon war wieder Zoff zu Hause. Nur wegen einer kleinen Bemerkung.

Als sie die Kassette umdreht, fährt der Bus gerade an einem Plakat von Hennes & Mauritz vorbei. Claudia Schiffer in Spitzenhöschen und Spitzen-BH. Keine Frage, daß sie eine klasse Figur hat, aber Carla und Sina sind sich einig, daß Claudia Schiffer trotzdem nicht richtig sexy ist, nicht so sexy wie Naomi Campbell zum Beispiel. Oder Madonna. Madonna finden sie kultig, weil sie so cool alles durchzieht, was ihr Spaß macht. Bestimmt rennen jetzt alle zu Hennes & Mauritz und kaufen die Sachen, hat Carla gesagt, und niemand sagt ihnen, wie scheiße sie damit aussehen. Und dann haben sie sich zum Beispiel Jennifer vorgestellt, mit ihrem Schwabbelbauch und den fetten Oberschenkeln, die sich bei jedem Schritt aneinanderreiben, und konnten sich kaum einkriegen vor Lachen.

Onkel Jürgen war neulich nach dem Mittagessen in ihrem Zimmer, als sie an dem Geschenk für ihre Mutter gearbeitet hat. Eine Collage aus lauter Motiven, die sie aus Modezeitungen ausschneidet. Aus der Werbung, aus den Texten, den Reportagen, aufgeklebt auf eine große Pappe, nach einem besonderen System. Nachher wird es noch schwarz gerahmt. Sie kann nur hoffen, daß sie das bis zum nächsten Mittwoch, wenn ihre Mutter Geburtstag hat, auch fertig bekommt.

Onkel Jürgen hat ihre Klamotten aufgehoben, die in einem kleinen Haufen neben dem Bett lagen, Teil für Teil. Das war peinlich. Als er ihr Höschen in der Hand hatte, sagte er: Das erinnert mich an die gute Geschichte von meinem Freund Dieter.

Sina ist aufgestanden, hat ihm die Sachen aus der Hand

gerissen und sie in den Schrank geschleudert. Die schmutzigen zu den sauberen. Aber das war im Moment egal.

Sie hat eine eindeutige Kopfbewegung zur Tür gemacht und gesagt: «Tut mir leid, aber du störst. Kannst du mich bitte alleine lassen? Ich will das hier fertig haben für Mamis Geburtstag. Ich hab noch nicht einmal pünktlich ein Geschenk für sie fertig gehabt.»

Aber wenn Onkel Jürgen etwas nicht hören will, dann hört er es nicht. Ihr Vater hat mal gesagt: Wenn man den hinten rauswirft, kommt er vorne wieder rein. Sina hat den Verdacht, daß ihr Vater ihn auch nicht mag. Aber das darf man ja nicht laut sagen.

Onkel Jürgen hat sich aufs Bett gepflanzt. Und dann hat er ihr die Geschichte von Dieter erzählt, wie der von einem Besuch bei seinem Mädchen kam, mit dem er gerade geschlafen hatte. Im Zug hatte er immer ein Taschentuch vor die Nase gedrückt, und den Kopf zurückgelehnt gegen die Polster, so als habe er Nasenbluten, hat Onkel Jürgen gesagt. Und wieder gelacht. Aber er hatte kein Nasenbluten, und was er an die Nase hielt, war auch kein Taschentuch, sondern das Höschen von seiner Freundin, ganz feucht, und es hat nach ihrer Muschi gerochen.

Der Bus hält. Karolinenplatz. Die alte Frau steigt aus und der Busfahrer hilft ihr auf den Bürgersteig. Die alte Frau sagt nicht einmal danke. Sie humpelt einfach weg. Sina findet es schrecklich, wenn alte Leute so egoistisch sind und nicht einmal danke sagen, wenn man nett zu ihnen ist, genau wie die alte Frau Heise über ihnen. Ihr Schlafzimmer ist direkt über dem Zimmer von Sina. Manchmal bekommt Frau Heise einen Keuchhustenkrampf. Das kann Sina durch die papierdünnen Wände hören. Dann tut ihr Frau Heise leid. Aber wenn sie sie dann morgens im Treppenflur trifft und Frau Heise sofort wegen irgendwas losschimpft, tut sie ihr schon nicht mehr leid.

Als Sina nicht gelacht hat über die Geschichte von Onkel Jürgen, ist er aufgestanden, hat die Hand auf ihre Schulter gelegt und sich ihre Collage angesehen. «Ist das jetzt Kunst?» hat er gefragt. Und sein Mund war so nah an ihrem Ohr, daß sie seinen warmen Atem spürte. Ihr ist das Herz stehengeblieben. Ein Herz kann auch vor Ekel stehenbleiben, das weiß sie schon lange.

«Mit 14 kann man solche Geschichten schon verkraften, was?» hat er gesagt und ihre Schulter gezwickt. «Du weißt doch längst, wie der Hase läuft.»

«Ich bin aber erst 13», hat sie geantwortet, aber da war Onkel Jürgen schon aus der Tür, und nachher hat Sina gehört, wie er und ihr Vater vor dem Fernseher das Fußballspiel kommentierten. Jeder wahrscheinlich mit einer Bierflasche in der Hand.

Daniel redet immer noch nicht wieder mit ihr, seit dieser Fete am Freitag. Nur weil sie einmal mit Sandro ein bißchen eng getanzt hat. Daniel war wegen dieser Engtanz-Sache richtig fertig und hat sich die Cuba Libre halbe-halbe gemixt, das fand Sina bescheuert. Sie ist dann einfach gegangen, obwohl sie bis elf hätte wegbleiben können. Aber die Stimmung war kaputt, das hat Carla auch gesagt, irgendwie ist keine richtige Stimmung aufgekommen. Nachher haben die Jungen in einer Ecke gesessen und die Mädchen in der anderen. Die Jungen haben rumgeblödet, sich irgendwelche Gags aus irgendwelchen Sitcoms erzählt, und die Mädchen, ach, das war auch nichts Weltbewegendes, worüber die geredet haben. Über Jungen wollte sie nicht reden, schon deshalb nicht, weil die Jungen so was immer erwarten. Auf der anderen Seite haben alle immer zu den Jungen hingeschielt. «Das war eine richtige Kinderparty», hat Carla nachher gesagt. «Auf so was hab ich echt keinen Bock mehr.»

«Worauf hast du denn Bock?» hat Sina gefragt.

«Entweder eine richtige Knutschparty, wo dann aber auch voll die Post abgeht, oder eine lustige Fete, mit Spielen und so.»

Sina findet, daß Carla recht hat. Wenn schon eine Knutschparty, dann auch richtig.

Aber mit Daniel könnte sie niemals in der Öffentlichkeit knutschen. Daniel ist so scheu. Und gleichzeitig eifersüchtig. Er hat sie noch niemals richtig berührt. Meistens nur zufällig, und nie an einer Stelle, wo sie es gespürt hätte. Das muß doch wie ein elektrischer Schock durch den Körper gehen, denkt sie, aber bei Daniel ist das nie so. Am liebsten faßt er sie an, wenn sie die dicke Steppjacke trägt. Einmal hat er ihre Haare hochgehoben. Aus dem Nacken. Da hatte sie eine Ahnung, was wirklich passiert, wenn man sich liebt und sich dann anfaßt. Liebe muß das Mega-Gefühl sein, magisch und ganz anders als irgend etwas, das man schon einmal gesehen oder erlebt hätte. Wenn Sina sich die Liebe vorstellt, dann denkt sie immer an Fallschirmspringer. Dann sieht sie einen blauen Himmel mit ganz kleinen rosa Wölkchen und ein kleines Flugzeug mit Propellern, das quer durch das Bild fliegt und brummt wie ganz altmodische Flugzeuge. Und plötzlich, über einem schönen grünen Tal, öffnet sich eine Luke im Flugzeug, und zwei Menschen springen raus, der eine ist Daniel, das Mädchen ist Sina. Sie halten sich an der Hand. Sie breiten die Arme und die Beine aus und lösen die Schnur ihrer Leine, und die Fallschirme entfalten sich, blähen, und so schweben sie Hand in Hand zwischen Himmel und Erde, und schauen sich dabei an und halten sich an der Hand und sonst gar nichts. Nur weiche Luft, die einem über das Gesicht streicht. Höchstens noch Musik. Aber etwas Sentimentales. Liebe ist Schweben zwischen Himmel und Erde. Ganz klar. Sie muß das mit Carla besprechen. Vielleicht empfindet Carla es ganz genau so. Sie haben oft die gleichen Gedanken, im Film müssen sie immer an der gleichen Stelle lachen, wo sonst niemand lacht. Wenn sie es schließlich merken, stutzen sie einen Augenblick und schauen in die vorwurfsvollen Gesichter rechts und links. Und dann prusten sie richtig los. Außerdem gibt es natürlich noch die Filme, in denen sie weinen müssen, bis ihre Nasen zugeschwollen sind.

Nachts, in ihrem Bett, denkt sie oft an Daniel.

Sie läßt ihren Slip jetzt nachts an. Aus keinem besonderen Grund. Aber morgens riecht sie daran. Manchmal zieht sie ihn auch mitten in der Nacht aus und legt ihn sich aufs Gesicht. Dabei fand sie das schlimm, was Onkel Jürgen erzählt hat. Sie findet es auch schlimm, wie die Männer im Schwimmbad sich immer in die Hose fassen, dabei ein bißchen in die Knie gehen, als könnten sie dann alles besser hinwurschteln. Eigentlich findet sie Männer überhaupt eklig. Nur Daniel nicht, weil er anders ist, weil er sie so anders anschaut. Manchmal bildet Sina sich ein, daß Daniel richtig verliebt in sie ist. Aber wieso sagt er es dann nicht, sondern mault immer nur so rum? So kotzig? Und wenn sie in der Pause mit ihm reden will, auf dem Schulhof, dann hat er schon wieder Angst, daß seine Kumpel ihn damit aufziehen. Man ist ja nie eine Minute allein. Man wird ja immer beobachtet überall.

Das Badezimmer schließt sie jetzt ab. Sie würde auch ihr Zimmer abschließen, aber es gibt keinen Schlüssel. Also kann sie nur nackt auf dem eigenen Bett liegen, wenn absolut niemand im Haus ist. Sie will nicht mal, daß Oskar da ist. Terrier sind komische Hunde. Süß irgendwie, und anhänglich. Aber Oskar schnüffelt immer an ihr rum, besonders, wenn sie ihre Tage hat. Das ist so peinlich, daß sie vor Verlegenheit vergehen möchte.

Oskar ist auch einmal in ihr Zimmer gekommen, sie hatte die Tür dummerweise nur angelehnt, weil ja sonst niemand in der Wohnung war, und er wollte unbedingt auf ihr Bett springen, als sie da nackt lag, um endlich mal in Ruhe ihren Körper zu untersuchen. Wie er sie da angeschaut hat mit seinem Terrier-Blick. Sie ist richtig rot geworden.

Es ist aber auch peinlich, wenn man sich am hellichten Tag nackt auszieht und aufs Bett legt, und dann kommt die Mutter doch früher nach Hause. Und wie soll man dann erklären, daß man nicht angezogen ist?

Carla hat schon Schamhaare, schwarze, seidige Schamhaare. Darum beneidet Sina sie glühend. Aber neulich durfte sie Carlas Schamhaare frisieren, mit der Bürste aus dem Barbie-Puppenset. Das war komisch. Carla sagt, wenn sie wirklich verliebt ist, dann rasiert sie ein Herz in ihre Schamhaare. Sina hofft, daß ihre Haare auch so schwarz werden, aber die Chancen stehen schlecht, weil sie blond ist. Sie würde ihre Mutter, die auch blond ist, gerne mal fragen, ob man als blondes Mädchen auch dunkle Schamhaare bekommen kann. Aber mit ihrer Mutter kann sie so was nicht besprechen. Ihre Mutter hat es ja nicht mal fertiggebracht, sie richtig aufzuklären, als sie zum ersten Mal ihre Tage bekam. Das mußten Carla und sie sich alles aus MÄDCHEN und aus der BRAVO zusammenreimen.

Sina ist trotzdem überzeugt, daß sie was ganz Wichtiges vergessen haben, daß sie irgend etwas noch nicht begriffen haben, denn so einfach kann es nicht sein, sonst würde man nicht so viel daran denken.

Mit Daniel würde sie nie in das Schwimmbad gehen, nur an den See. Der Waginger See ist warm und ein bißchen moddrig. Man hat schwarze Füße, wenn man herauskommt, aber das Wasser fühlt sich ganz leicht an.

Kann sein, daß sie Daniel auch mit einem Grashalm kitzeln würde. Nein, lieber mit einem Gänseblümchen, mit ganz weichen Blütenblättern. Noch schöner wäre natürlich, Daniel würde sie kitzeln. Oder seine Hand auf ihren Bauch legen. Aber er dürfte keine Schweißhand haben.

Da ist noch etwas, das Onkel Jürgen einmal gesagt hat: Champagner schmeckt am besten, wenn man ihn aus dem Bauchnabel der Geliebten schlürft. Das war Silvester gewesen, und alle hatten so ein geiles Lachen. Ihre Mutter sah ganz kurz zu ihr hin, ganz kurz. Aber Sina hat mit den Schultern gezuckt, nach dem Motto: Ich bin zu klein, Mami, ich versteh noch nicht, worüber ihr redet.

Ihr Bauchnabel bildet eine kleine Kuhle. Wenn sie den Finger in die Kuhle steckt, spürt sie das bis unter die Kopfhaut. Wenn nun zum Beispiel ein heißer Tag wäre, und sie und Daniel am Waginger See lägen, ganz allein, und Daniel plötzlich sagte: O Mann, hab ich einen Durst. Dann würde sie aus dem Rucksack die Cola-Dose nehmen, die Lasche aufziehen und etwas von der Cola in ihren Bauchnabel laufen lassen. Daniel würde natürlich gucken wie ein Auto. Und sie würde ihm ihren Bauch entgegenstrecken und lächelnd sagen: Trink.

Manchmal, wenn sie mit ihren Fingern am Rand des Slips entlangfährt, stellt sie sich vor, es wären Daniels Finger. Das ist schwierig, und man muß sich sehr konzentrieren, denn wenn es Daniels Finger wären, wüßte sie ja nicht, was als nächstes geschieht. Bei den eigenen Händen weiß man es leider immer.

Vorletzte Station. Eine Menschentraube wartet da. Das ist jeden Morgen so. Sie schieben und drängen. Sina steht auf und geht nach hinten, stellt sich direkt an die Tür, denn sie muß an der nächsten Station raus. Sie hat die Kopfhörer immer noch auf den Ohren.

Die Jungen stehen auch auf.

Es drängen immer mehr Leute in den Bus. Hinter ihr steht ein Mann. Er riecht nach kaltem Zigarrenrauch. Und nach Knoblauch. Sie hört sein Rülpsen. Sie dreht sich empört um und starrt ihn an. Er lächelt. Er ist unrasiert. Er blinzelt ihr zu. Sie dreht sich wieder um. Als der Bus anfährt, geht ein Ruck durch die Menge, und der Mann läßt sich gegen sie fallen.

Dann hat er plötzlich ihr Handgelenk umfaßt und zieht ihren Arm nach hinten. Sina wehrt sich. Aber es ist so eng. Es ist sehr heiß in dem Bus. Die Scheiben beschlagen von den Ausdünstungen all der erhitzten Menschen.

Der Mann röchelt seinen Atem an ihren Hals. Er preßt ihre Finger gegen seine Hose, zwingt sie, mit der Hand auf und abzureiben an seinem Reißverschluß.

Sina drückt sich gegen die Bustüren. Sie kann ihre Hand nicht befreien, es ist zu eng, sie steht Schulter an Schulter mit anderen Leuten.

Als der Bus endlich hält und die Türen aufgehen, kommt Bewegung in die Masse. Sinas Hand ist plötzlich frei. Sie ballt die Faust und schlägt einfach zu, genau an die Stelle.

Sie hört, wie der Mann aufstöhnt.

Sie springt aus dem Bus.

Sie rennt den ganzen Weg. Der Rucksack schlägt gegen ihre Schulter. Die Kopfhörer baumeln am Hals, aus den kleinen, mit schwarzem Schaumgummi bezogenen Earphones dröhnt der Beat, schneller als ihr Herzschlag. Zehn Meter vor dem Schultor bleibt Sina stehen, lehnt sich an die Wand, schaut sich um. Niemand in der Nähe, den sie kennt.

Nur Kids aus den unteren Klassen strömen an ihr vorbei. Sie zieht aus dem Rucksack ihr Schminktäschchen mit dem kleinen Spiegel und mustert ihr Gesicht. Ganz rot. Und der Haaransatz verschwitzt. Dabei wollte sie gerade heute für Daniel besonders schön sein.

Erste Liebe
Rita Mae Brown

Mutter hatte etwas gegen ihn. Er sei faul und unzuverlässig, und auf ihn sei kein Verlaß. Wenn sie richtig böse auf ihn war, sagte sie, wäre er ein Esel, sie würde ihm kein Heu zu fressen geben. Aber ich beobachtete, wie er sie betörte genau wie mich. Nicht mal Mutter, eine der wenigen Großspurigen mit kleiner Schuhgröße, die ich kannte, konnte Mickeys grünen Augen widerstehen oder seiner tiefen, kehligen Stimme, wenn er sich zu sprechen bequemte. Allerdings war er nicht sehr gesprächig, und das war gut so, denn Mutter stand nur zu gern selbst im Mittelpunkt. Wenn meine Schularbeiten oder häuslichen Pflichten mich beschwerten wie eine ellenlange Kette, konnte ich sie auf der vorderen Veranda hören, wo sie sich eine Pause von ihrer unerbittlichen Arbeitsmoral gönnte. Mickey besuchte sie, während er darauf wartete, daß ich fertig wurde. Leute gingen vorbei, und Mutter ließ meinem Freund eine Beurteilung ihrer Charaktere zuteil werden.

Mrs. Mundis kreuzte in einem nagelneuen Cadillac vorüber, und Mutter flüsterte meinem Freund ins geneigte Ohr: «Sie ist so ein guter Mensch, die Ärmste.» Dann lachte sie über ihr eigenes Urteil. Mrs. Mundis war frömmer als fromm, aber ich vermutete, während ich auf meine Schultafel kritzelte, daß Mutter neidisch war wegen des neuen Cadillac. Falls Mickey das auch dachte, sagte er kein Wort.

Mutters Neid auf den Cadillac war nichts gegen den Neid ihrer Schwester Louise oder Wheezie. Es war nicht der Cadillac, weswegen Wheezie sich ins Hemd machte, es war die Tatsache, daß Mrs. Mundis einen Swimming-pool hatte ausheben lassen; der Bau war gerade fertig geworden. Niemand in unserer kleinen Stadt hatte einen eigenen Swimming-pool. Es gab ein öffentliches Schwimmbad, Zimmy's, aber das wurde von unangenehmen Typen heimgesucht, Horden von zwölfjährigen Jungs, die einem den Badeanzug auszuziehen versuchten, wenn man unter Wasser schwamm. Ich wäre unter gar keinen Umständen ins Zimmy's gegangen. Erstens wäre Mickey nicht mitgekommen, und zweitens wollte ich ohne meine Cowboystiefel nirgends hingehen. Mom sagte, ich könne in Cowboystiefeln nicht schwimmen, aber wenn Lash LaRue es konnte, der peitschenknallende Filmstar, dann konnte ich es auch. Mit sieben glaubte ich, alles zu können.

Die Fliegentür klappte zu. «Juhu, Juts!» Tante Wheezie rief Mutters Spitznamen. Sie klopfte nie an.

«Ich bin in der Küche. Brüll nicht so!»

«Wie konnte ich wissen, daß du so nah bist?» Da die Küche auf die hintere Veranda hinausging, hätte Louise flüstern können – wir hätten sie gehört.

«Wo hättest du mich denn sonst zur Mittagszeit vermutet?»

«Komm, werd bloß nicht patzig.» Louise warf ihre voluminöse Handtasche auf einen Küchenstuhl, während sie auf die Kaffeekanne zusteuerte. Mom schenkte ihr eine Tasse ein. «Hallo, Buzzer. Hallo, Mickey.» Buzzer war mein Kindheitsspitzname.

«Hallo, Tante Wheezie.»

Sobald wir die Höflichkeiten ausgetauscht hatten, konzentrierte sich Tante Louise auf Mutter und die ofenfrischen Klatschgeschichten. Beide Schwestern gehörten der Elternschule an, die auf «Kinder soll man sehen und nicht hören» schwor. «Claudia Mundis denkt, sie lebt in einem Film mit Ginger Rogers und Fred Astaire. Ein Swimmingpool. Hat man dafür Töne?»

«Wenn sie das Geld hat, soll sie's ruhig ausgeben. Man kann es nicht mit ins Grab nehmen.»

«Julia Ellen, du kannst nicht mit Geld umgehen. Du bist genauso schlimm wie Claudia, bloß daß sie Geld hat und du nicht.»

«Das kannst du laut sagen.» Mutter rührte ihre Weiße-Bohnen-Suppe um und ließ ein bißchen Asche von ihrer Zigarette in die Suppe fallen. Sie lachte und rührte weiter. Sie sah mich an. «Erzähl deinem Vater bloß nicht, daß du das gesehen hast.»

«Mach ich nicht.»

Louise bemerkte: «Einmal hab ich Paul ein Hundefuttersandwich gemacht. Er hat keinen Unterschied geschmeckt.»

«Tante Louise, mir würdest du doch kein Hundefuttersandwich geben, oder?»

«Aber nein, Herzchen, dir würde ich Katzenfutter geben.» Sie lachte, dann kehrte sie zu dem heißen Thema zurück. «Ich kann es nicht ertragen, daß Claudia sich gegenüber uns allen so aufspielt.»

«Tut sie gar nicht.»

«Tut sie wohl. Alles bloß, um anzugeben», sagte ausgerechnet Tante Louise, die größte Angeberin der Stadt.

«Quatsch. Wenn du das Geld hättest, wärst du genauso.»

«Wär ich nicht. Ganz bestimmt nicht. Ich würde das Geld der Kirche stiften.»

«Ach, Louise.» Mutter verdrehte die Augen. «Du bist so voll Milch der frommen Denkungsart, daß du muhst.»

«Jetzt reicht's mir. Ich komme her, um mit meiner kleinen Schwester zu plaudern, und was tust du? Du beleidigst mich, und du beleidigst meinen Glauben. Ich gehe!» Sie schnappte ihre Handtasche vom Stuhl, scheuchte Mickey auf und stieß gegen meinen Stuhl, als sie zur Türe schritt.

«Knall die Tür nicht, wenn du rausgehst!» Mutter wartete eine Sekunde, dann warf sie den Köder hin. «Schätze, du hast es noch nicht gehört.»

Louise bremste. «Mich legst du nicht rein. Du weißt gar nichts.» – «Schön, dann geh nach Hause!» Mutter zündete sich die nächste Chesterfield an und inhalierte genüßlich.

«Buzzer, was ist los?»

«Weiß ich nicht», antwortete ich aufrichtig; ich teilte meinen Stuhl mit Mickey, der sich neben mich kuschelte. Er konnte es nicht leiden, wenn Wheezie laut wurde.

«Hat Claudia nicht mit dir gesprochen?» Eine dünne graue Rauchwolke kringelte sich zur Decke.

«Nein.» Louise verschränkte die Arme.

«Sie hat uns auf ihre Pool-Einweihungsparty eingeladen. Diesen Samstag.»

«Und du hast so lange gewartet, ehe du's mir sagst?» Louises blaue Augen wurden weit.

«Ich habe nicht gewartet. Du bist hier reingefegt, hast das Gespräch an dich gerissen und dann einen Tobsuchtsanfall gekriegt.»

Louises Stimme schlug eine reife Tonlage an. «Du hast über meinen Glauben gespottet. Das geht mir gegen den Strich.»

«Der Spott oder der Glaube?» kicherte Mutter.

Wheezie schlenderte zu ihrem Stuhl zurück und setzte

sich. «Du weißt ganz genau, was ich meine. Sogar Mickey und Buzzer wissen, was ich meine. Oder nicht?»

Ich nickte. Mickey starrte sie an. «Louise, du gehst in deine Kirche, ich geh in meine.

«Wenn du zufällig mal Lust hast.» Louise griff nach ihrer noch warmen Tasse Kaffee.

«Jesus hat für unsere Sünden gelitten. Ich sehe keinen Anlaß, das meinerseits zu wiederholen.»

Entsetzt über Julias gotteslästerliche Einstellung, beugte Louise sich vor, die Ellenbogen auf dem Tisch, den Zeigefinger auf Juts gerichtet. «Das ist eine unverschämte Bemerkung – und noch dazu in Gegenwart deines Kindes. Was hat Leiden mit regelmäßigem Kirchgang zu tun?»

«Zum einen sollte keine Predigt das Durchhaltevermögen der menschlichen Blase überstrapazieren. Zum anderen, jedesmal, wenn ich zu Pastor Neely gehe, will er mir einen weiteren Vorsitz in einem Komitee andrehen.»

«Weil du so gut organisieren kannst.»

«Danke.» Juts teilte Suppe für uns alle aus und stellte die Schalen vorsichtshalber auf Teller, falls wir kleckerten. Sie setzte sich zu uns an den Tisch.

«Julia, würdest du bitte deine Zigarette ausmachen? Du kannst nicht gleichzeitig essen und rauchen.»

«Nein, aber ich kann's versuchen.»

«Du solltest diese Gewohnheit wirklich aufgeben. Dann lebst du länger.»

«Ich weiß nicht, ob ich länger lebe, aber es wird mir länger vorkommen.»

Empört über die klugschwätzerischen Antworten ihrer Schwester, wandte sich Tante Louise an mich, als ob ich eine bessere Gesprächspartnerin wäre als Mom. «Was macht die Schule?»

«Ist okay.»

«Bloß okay?»

Ich zuckte die Achseln. «Würde mir besser gefallen, wenn Mickey in meiner Klasse wäre.»
«Ihr zwei seid unzertrennlich.» Wheezie lächelte.
«Macht deine Schönschrift Fortschritte?»
«Ja, Ma'am.»
«Na, das ist ja großartig.»
«Weißt du was, Tante Wheezie?»
«Was, Liebes?»
«Wir haben eine große Weltkarte an der Tafel, und Mrs. Miller hat uns Länder gezeigt, und es gibt eine Stadt, die heißt Hamburg. Ist das nicht lustig?»
«Ja, zum Totlachen.» Mutter feixte. «Vielleicht können wir eine finden, die Hot dog heißt.»
«Du kannst wirklich gemein sein», erwiderte Louise an meiner Stelle.
«Sie weiß, daß ich bloß Spaß mache.» Mutter sprang zu einem anderen Thema über, ihr übliches Abwehrspiel. «Na, gehst du auf die große Pool-Einweihungsparty?»
«Die möchte ich um keinen Preis verpassen. Ich kann's nicht erwarten, den Fettkloß im Badeanzug zu sehen.»
Die Pool-Party, von sonnigem Wetter begünstigt, war ein Riesenerfolg. Ich trug meinen Badeanzug und meine Cowboystiefel. Mickey folgte mir auf dem Fuße, und wir machten uns über das Essen her, besonders die Süßspeisen. Mrs. Mundis hatte nicht nur Kuchen und Torten, sie hatte auch Schokoriegel und Eis. Weil der Sommer eben erst anfing, waren alle Leute kreidebleich, was Mrs. Mundis nur noch fetter aussehen ließ.
Sie liebte es, der Mittelpunkt der Aufmerksamkeit zu sein, was Mutter und Louise ärgerte, die glaubten, es stünde ihnen zu, im Rampenlicht zu stehen, egal bei welchem Anlaß.
Alle anderen Kinder auf der Party waren entweder Babys oder viel älter als ich, deshalb hielt ich mich an

Mickey. Dad pumpte eine alte blaurote Luftmatratze auf, damit man sich im Pool drauflegen konnte. Sie flappte hin und her, während Dad die Handpumpe bediente, deshalb hielten Mick und ich sie an einem Ende fest. Weil sie stellenweise sehr dünn war, müssen wir wohl ein kleines Loch hineingebohrt haben – eigentlich war es Mick, nicht ich. Wir hörten ein leises Zisch-sch-sch, beschlossen aber, nichts davon zu sagen, weil Dad sie ganz aufgepumpt hatte. Er warf sie ins Wasser. Mutter sprang auf die Matratze, wurde aber gleich von Louise heruntergeschubst, die ihre Haare nicht naß machen wollte. Sie hatte sie beim Friseur für die Party tönen und toupieren lassen, was ich albern fand.

«Ich will mich nur ein bißchen hier obendrauf treiben lassen. Ich kann's nicht haben, wenn meine Haare naß werden, und du weißt, wie viele Chemikalien immer in diesen Pools sind.»

«Wie du willst.» Mutter wollte sich nicht um die Luftmatratze streiten.

Mrs. Mundis gefiel die Bemerkung über die Chemikalien nicht, aber sie ging nicht darauf ein. Alle wußten, wie dünkelhaft Louise war, schließlich kannten sie sich alle von der Wiege an.

Binnen zehn Minuten war die rote Unterseite der Luftmatratze verschwunden.

«He!» Louise zappelte herum, was die Luft nur noch schneller entweichen ließ, so daß Blasen an die Oberfläche stiegen. «Ich kann nicht schwimmen!»

Sinkend trieb sie aufs Tiefe zu. Da Mrs. Mundis das Radio aufgedreht hatte, zweifellos, um Großmaul zu übertönen, bekam zuerst niemand etwas mit.

Ich ging zu Onkel Paul hinüber; meine Cowboystiefel patschten bei jedem Schritt. «Onkel Pearlie», ich hatte als Kleinkind Paul zu Pearl verfälscht, «ich glaub, Tante

Louise übernimmt Wasser.» Ich benutzte den militärischen Ausdruck, weil mein anderer Onkel im Zweiten Weltkrieg bei der Marine gewesen und sein Schiff getroffen worden war, als es in den Krieg zog. Er hatte erzählt, daß es Wasser übernommen hatte, und ich war schwer beeindruckt. Seine Narben beeindruckten mich noch mehr.

«Ich ertrinke», jammerte Louise.

«Nicht schnell genug», sagte Mutter, aber dann merkte sie, daß ihre Schwester wirklich in der Bredouille war und, schlimmer noch, daß ihre Haare naß wurden.

Da Mutter schwimmen konnte, hatte sie die zappelnde blaurote Luftmatratze schnell erreicht, und sie zog Louise herunter, deren Schreie und Erleichterung in Gurgeln untergingen, weil sie jetzt den Mund voll Wasser hatte. Mom schleppte sie an den Beckenrand. Es war ein kleines Becken.

Louise ließ sich keuchend und theatralisch auf die Beckenmauer plumpsen. Sie genoß das Drama in vollen Zügen. Während die Erwachsenen sich mit Louise befaßten, warf ich Baby-Ruth-Schokoriegel ins Wasser.

«Herzelchen», brüllte Mrs. Mundis, «da ist Scheiße im Pool.»

«Harry, das kann nicht sein. Keiner hatte Zeit dazu.»

Unbeirrt von dieser lapidaren Mitteilung deutete Mrs. Mundis auf die anstößigen Schokoriegel. «Scheiße schwimmt.»

«Du brauchst mich gar nicht so anzugucken!» schrie Louise, deren Lungen sich voll erholt hatten von ihrer Strapaze. «Ich hatte Angst, aber nicht solche Angst.»

Mutter, die von schwesterlicher Liebe triefte und Louises Unbehagen genoß, gurrte: «Komm schon, Louise, Angst wirkt sich bei vielen so aus.»

«Ich habe nicht in Claudias Pool gekackt!» Louise saß jetzt aufrecht, ihre Augen funkelten.

«Aber jemand hat's getan», bemerkte Harry, der kein feinfühliger Mensch war.

Mickey und ich hätten's uns richtig gutgehen lassen können, wenn ich nicht angefangen hätte zu kichern. Ich konnte nicht anders.

Mutter drehte sich zu mir um. Zum Glück war ich am anderen Ende des Beckens, schön außer Reichweite.

«Buzz, hast du ins Wasser – du weißt schon?»

Sie ging auf mich zu, und ich wich zurück. Sie bewegte sich ein bißchen schneller. Ich bewegte mich ein bißchen schneller. Ich drehte mich blitzschnell um und fing an zu rennen, dabei öffnete ich meine geballten Fäuste. Die Baby-Ruth-Einwickelpapiere flatterten auf die Erde.

«Du kleines Miststück», brüllte Mutter.

«Genau», sagte die rehabilitierte Louise.

Mickey und ich rannten wie die gesengten Säue. Mom, die ziemlich flink zu Fuß war, holte auf. Mickey scherte nach links, hielt auf den Wald zu, ich sprang über die niedrige Buchsbaumhecke und raste wie der Wind zu den Maisfeldern. Mutter gab auf und drohte mir mit der Faust.

«Ich zieh dir bei lebendigem Leibe die Haut ab. Irgenwann mußt du ja nach Hause kommen.»

Sobald mit der feuchten Dunkelheit ganze Mückengeschwader hereinbrachen, ergaben wir uns, und Mickey und ich trödelten heimwärts.

Mutter machte einen Versuch, mich zu bestrafen, aber jedesmal, wenn ihr einfiel, wie Louise wütend beteuert hatte, daß sie bei Androhung der Todesstrafe niemals einen Haufen in Claudia Mundis' Pool machen würde, brach sie in Lachen aus. Dad hat sich auch gekugelt.

Doch am nächsten Morgen stürmte Tante Louise zur Hintertüre herein. Sie stellte sich vor mich hin, die beleidigte Würde in Person.

«Wie konntest du?» Als ich es vorzog, zu schweigen,

ließ sie ein Sperrfeuer auf mich los. «Du hast mich vor allen Leuten erniedrigt. Das werde ich nie vergessen. Oh, ich werde vielleicht verzeihen, aber vergessen – nie.»

«Louise, alle wissen, daß du nicht ins Wasser geschissen hast», sagte Mutter.

Louises Augenlider flatterten. «Aber sie waren eine Zeitlang drauf und dran, es zu glauben. Diese Demütigung.»

«Sieh es doch mal so.» Mutter klopfte auf die Unterseite eines frischen Päckchens Zigaretten; das Zellophan fühlte sich schön glatt an. «Buzzer hat die Party mehr oder weniger ruiniert. Von wegen Claudia und sich aufspielen.»

Louise machte den Mund auf und gleich wieder zu. Sie unterzog diesen Gedanken einer gründlichen Betrachtung. Dann erschien ein Kräuseln um ihre Augen, der Anflug eines Lächelns. «Claudia hätte fast gekotzt, und was Harry Mundis für ein Gesicht gemacht hat!»

Bald lachten sie und riefen sich jeden Augenblick der Party in Erinnerung. Als Tante Wheezie schließlich ging, war ich ihre beste Freundin.

Meine Glückssträhne hielt aber nicht an, denn auf der vorderen Veranda polterten schwere Tritte. Mrs. Mundis war erst in der Kirche gewesen, um Unterweisung beten, sagte sie, aber wir wußten alle, sie war hingegangen, um ihre neuen Kleider vorzuzeigen. Claudia war, was Mutter eine «Schönwetterchristin» nannte.

Da es ein schöner Tag war, zerrte Mutter mich nach draußen auf die Veranda, wo ich mich vor Claudia Mundis hinstellen mußte, die auf der großen Verandaschaukel saß. Sie zu beschwichtigen war angebrachter, als sie anzulachen, und da ich diejenige war, die die Entschuldigung vorbringen mußte, hielt Mutter sich heraus.

«Es tut mir leid, Mrs. Mundis. Ich weiß, Mickey tut es auch leid.»

«Du hast dich ausgesprochen schändlich benommen, junge Dame. Du wirst lernen müssen, was dir zusteht auf dieser Welt. Du bist viel zu ausgelassen. Eine Dame läuft nicht in Cowboystiefeln herum. Sie gibt ihre Missetat zu – sie rennt nicht weg. Sie spricht nur, wenn sie gefragt wird – als ich so alt war wie du, haben wir alle daran mitgewirkt, Kaiser Wilhelm zu besiegen ...»

Mick war natürlich nirgends zu finden, als ich mir anhören mußte, wie meine Generation zum moralischen und geistigen Untergang Amerikas beitrug. Mrs. Mundis' Generation hatte im Ersten Weltkrieg Socken für die Landser gestrickt und damit für alle Zeit bewiesen, daß sie sich für Kriegsanstrengungen aufgeopfert hatte, wogegen ich Baby-Ruth-Schokoriegel in Swimming-pools warf.

Während sie, in Purpur gehüllt, diese Tirade von sich gab, konnte ich es kaum erwarten, daß sie ging. Mickey spähte um die Verandaecke, dann verschwand er. Ich hätte ihn umbringen können.

Als Mrs. Mundis davonwatschelte, flüsterte Mutter: «Sieht aus wie eine Aubergine, die alte Salbaderin.» Und dann zog sie, als würde ich die ganze Tragweite begreifen, über Mrs. Mundis' Ehe her, eine Verbindung, für die es ihrem Mann an Begeisterung fehle.

«Hat seine Liebe verlegt wie seine Schlüssel.»

«Ich werde Mickey immer lieben», tönte ich eifrig.

«Du bist zu klein, um zu verstehen, was Liebe ist.»

«Bin ich nicht.»

Sie zog heftig an ihrer Chesterfield, die an ihrer Lippe klebte. «Schätzchen, laß dir von mir einen mütterlichen Rat geben. Wenn's um Hoden oder Hosen geht, gibt's Ärger.»

Ich dachte darüber nach, dann antwortete ich: «Mickey hat keine Hoden.»

Sie lachte, und Mickey kam wieder auf die Veranda gesprungen. Er hatte die ganze Zeit darunter gesteckt und gewartet, bis der Drachen wegging.

«Komm her, du nichtsnutzige Katze –»

Er schlenderte zu ihr, und Mom kraulte ihn an den Ohren. Dann sprang er auf meinen Schoß und schnurrte wie Mrs. Mundis' voll aufgedrehter Cadillac. Er liebte mich, wirklich und wahrhaftig. Später schmierte ich, von Mickey unterstützt, Giftsumach auf Mrs. Mundis' Lenkrad. Damals haben die Leute ihre Häuser oder Autos nicht abgeschlossen. Dieses Mal bin ich nicht erwischt worden.

Viele Jahre sind seit jenem Sommer vergangen, und Mutter hatte sich geirrt, als sie sagte, ich verstünde nichts von der Liebe. Ich liebe Mickey heute noch und ehre sein Andenken, denn ohne eine große Tigerkatze kann ich nicht leben. In bezug auf das, was Mutter mir über Hoden und Hosen sagte, hatte ich allerdings reichlich Gelegenheit, herauszufinden, daß sie recht hatte.

Deutsch von
Margarete Längsfeld

Marokko
Pia Frankenberg

«Das bin ich.»

Ihr etwa vierzigjähriger Mitpassagier nahm das Foto entgegen und warf ihr einen, so beschloß sie, anerkennenden Blick zu. Er war Geschäftsmann, nach dem Start hatte er sie angesprochen.

«Fliegen Sie auch nach Frankfurt, oder geht es noch weiter?»

«Nach Marokko.» Sie hatte sich wichtig gefühlt.

«Oh, Marokko? Machen Sie Urlaub?»

«Ein bißchen. Eigentlich arbeite ich als Fotomodell.»

«Ach?»

Zweifel in seinen Augen, vielleicht sogar Amüsement. Also kramte Claire nach ihrem Foto. Als sie es schließlich fand, war sie unsicher, ob er es wert war, die Anstrengung des Lügens auf sich zu nehmen. Ihr Trotz siegte. Sie tat desinteressiert, aber aus den Augenwinkeln beobachtete sie jetzt seine Reaktion. Vor Wochen hatte sie aus einer Laune heraus für einen befreundeten Fotografen posiert, eine *Vorher-Nachher*-Geschichte für eine Frauenzeitschrift. Sie amüsierten sich damit, immer neue Varianten einer Biographie für sie zu erfinden. Schließlich einigten sie sich auf Katharina Wilazcek, 22, Umsiedlerin aus Polen. Auf dem *Vorher*-Foto, das zu Hause in einer Schublade lag, stand sie x-beinig und verlegen vor einer weißen Wand, mit glänzendem Teint, zerzausten Haaren, breit wuchernden Augenbrauen, grellem Lippenstift, gekleidet in ein rosafarbenes Twinset, und am Arm baumelte eine weiße Plastikhandtasche. Auf dem *Nachher*-Foto, das der Geschäftsmann jetzt betrachtete, die wundersame Verwandlung: Eine hübsche Frau mit weichen Gesichtszügen, umrahmt von sanft gewelltem dunklem Haar, mit artig gezupften Augenbrauen und dezentem Make-up, posierte elegant vor einem antiken Schreibsekretär. Ihr Sitznachbar sah prüfend zu ihr hinüber. Die ist doch höchstens zwanzig, las sie verärgert in seinem Blick. Auf dem Bild sah sie aus wie dreißig. Tatsächlich war sie siebzehn.

«Sehr schön.» Ein wenig unsicher gab er ihr das Foto zurück. «Da führen Sie bestimmt ein interessantes Leben.»

Sie probierte einen möglichst gelangweilten Gesichtsausdruck. «Es geht. Es ist hauptsächlich anstrengend.»

Mit einem Erschöpfung signalisierenden Seufzer schob sie das Foto betont nachlässig in ihre Brieftasche zurück. Sie fühlte, wie er sie beobachtete, und kam sich plötzlich idiotisch vor. Er durchschaute sie, es konnte gar nicht sein, daß er ihr das blasiert-souveräne Getue abnahm. Wahrscheinlich belächelte er sie insgeheim, ein junges Mädchen mit einer gewissen Ausstrahlung, nicht unattraktiv, aber bestimmt keine Fotomodellschönheit. Gezierte Bewegungen, unnatürlich erwachsen. Warum zog sie diese Schau ab? Sie mußte die Angelegenheit zu einem Abschluß bringen, wenigstens um einem möglichen Angriff vorzubeugen.

Mit einer entschiedenen Bewegung schlug sie so lasziv wie auf dem engen Raum möglich die Beine übereinander und lehnte sich tiefer in ihren Sitz.

«Ich werde das wohl nicht mehr sehr lange machen.»

Er nickte. Bewundernd, so schien es ihr. Ein weiser Entschluß, gemessen an ihrer Jugend. Sie hatte die Sache wieder im Griff. Vor dem Bullauge verdichteten sich Wolkenfetzen zu einer grauen Suppe, der Flieger ruckelte unruhig auf und ab. Sie befanden sich im Landeanflug.

In Frankfurt verabschiedete sich ihr Mitreisender und verschwand im Pulk der anderen graubraunblauen Anzüge und beigen Trenchcoats, die sich in die Konferenzräume, Hotels und Messehallen verteilten. Sofort fühlte sie sich verloren. Inmitten der hektisch wogenden Menschenchoreographie stand sie wie erstarrt und fixierte die riesige Anzeigetafel mit den flatternden Buchstaben, die unablässig übereinander herfielen. Weiße Zeichen auf schwarzem Grund in ständiger Bewegung. Das prasselnde Geräusch erinnerte an Regen. Ihre Augen begannen zu schmerzen, einen Moment lang wußte sie nicht, wo sie war. Sie spürte die aufsteigende Panik. Ihr Blick raste im Zickzack. Flapp-flapp-flapp-flapp-flapp: Agadir, 11:30, Gate 42. Das grüne Lämpchen blinkte. Boarding. Sie umklammerte ihren Paß in der Jackentasche und stürzte ins Gewirr der endlosen Passagiertransportbänder.

Die Hitze schlug ihr ins Gesicht wie ein schweres, glühendes Handtuch. Schweiß sammelte sich in ihren Achselhöhlen und verband sich klebrig mit ihrem viel zu warmen Hemd. Sie spreizte die Arme ab, während sie, ihre Umhängetasche unnatürlich vom Körper abstehend, hinter den anderen her übers Rollfeld ging. In dem kahlen, trostlos wirkenden Flughafengebäude war es nur unmerklich kühler. Einen Augenblick lang war sie orientierungslos. Sie versuchte, sich zu erinnern, was nach der Ankunft auf einem Flughafen zu tun war. Eine siebenköpfige Gruppe in sommerlich leichte Gewänder gekleideter Franzosen füllte optisch und akustisch den Raum. Die bunten Muster ihrer flattrigen Leinenhosen und Baumwollhemden signalisierten unbedingten Ferienwillen. Lärmend stürmten sie die Paßkontrolle, der arabische Beamte blickte finster und offiziell. Sie war ihm dankbar. Doch schon beging er Verrat, die unbekümmert gute Laune der Gruppe rang ihm ein Lächeln ab. Auf Claire hatte die laute, erwartungsvolle Fröhlichkeit eine absolut lähmende Wirkung. Sie fühlte sich hilflos, nur mühsam gelang es ihr, sich zusammenzureißen. Eingeschüchtert ließ sie allen Mitreisenden den Vortritt, trat als letzte auf den Beamten zu und hielt ihm ihren Paß hin. Sie hoffte inständig, die Franzosen würden sich nicht umsehen und so ihre Nationalität an der Farbe des Ausweises nicht erkennen. Eine Deutsche. Der Erbfeind. Aber natürlich, sie waren neugierig, drehten sich nach ihr um. Es war sinnlos, darauf zu hoffen, daß niemand sich für sie interessieren würde. Sie spürte, wie der Araber sie musterte, ein braunes, scharfkantiges Gesicht mit sehr schwarzen Augen.

«Vacances?»

Er trug das gönnerhafte Lächeln im Gesicht, das freudige Bestätigung erwartet. Statt dessen wurde sie rot, die Franzosen scharten sich bereits um das nicht weit entfernte Gepäckband und sahen zu ihr hinüber.

«Oui», erwiderte sie leise.

Enttäuscht von ihrer lauwarmen Reaktion schob der Beamte ihr den Paß entgegen. Hastig griff sie danach und machte ein paar Schritte in den Raum, wo sie verloren stehenblieb. Was kam als nächstes? Am liebsten wäre sie umgekehrt, Flughafen, Hitze und alles andere hinter sich lassend. Aus einer offenen Tür fiel blendendes Licht in die nach Desinfektionsmittel stinkende Halle. Steifbeinig setzte sie sich in Bewegung und steuerte darauf zu.

Die Franzosen standen laut redend und gestikulierend neben einem Bus, dessen ganze Breitseite ein Schriftzug einnahm. *Club Méditerrannée*. Sie versuchte sich so lässig wie möglich zu bewegen, sah nicht nach rechts noch links, dabei fiel es ihr schwer, ohne zu stolpern, ein Bein vor das andere zu setzen.

«Mademoiselle!»

Sie schloß die Augen und hob das Kinn ein wenig an. Unbeirrt stakste sie auf den Bus zu.

«Mademoiselle, attendez!!»

Sie ignorierte es. Man hatte sie gewarnt, die Araber sind unmöglich, dauernd hängen sie einem am Rockzipfel, am besten gar nicht beachten. Außerdem, vielleicht war sie gar nicht gemeint? Bitte, betete sie. Laß es einfach vorbeigehen.

Jemand tippte ihr von hinten auf die Schulter.

«Mademoiselle, c'est votre bagage?»

Einer der Franzosen, ein freundlich blickender Mann mit leicht ergrautem Haar und Stoppelbart, umflattert von einem weiten Leinenhemd, hielt eine Reisetasche vor ihr in die Höhe. Sie fühlte, wie Röte ihr Gesicht überschwemmte.

«Oh, merci ... j'ai oublié ...»

Schuldbewußt griff sie nach dem Gepäckstück, alle Augen waren auf sie gerichtet. Der Mann lächelte sie an, spöttisch, dachte sie. Er machte eine Bemerkung, sie habe es wohl zu eilig, mit den Ferien anzufangen, und stieg grinsend an ihr vorbei in den Bus. Ein junger Araber nahm ihr die Tasche aus der Hand und schob sie zu den Koffern der anderen in den Gepäckraum. Sie stieg als letzte ein.

Nachdem ihr absolut keine Lösung eingefallen war, wie sie Claire während der endlosen Sommerferien am besten entsorgen könnte, hatte ihre Mutter sich verzweifelt an Freunde gewandt und Erkundigungen eingezogen. Schließlich kehrte sie erleichtert und aufgekratzt mit einer ganz fabelhaften Idee zu ihr zurück: Warum fährst du nicht in den *Club Méditerrannée?* Da lernst du eine Menge prima junger Leute kennen! Ein Freund von mir war gerade in Marokko, ich sage dir: fantastisch! Agadir ist sowieso ein ganz schicker Ort, hach, die Araber, die haben ja Stil ... Der Gedanke, Claire auf diese Weise in guter Gesellschaft zu wissen *und* vom Halse zu haben, führte zu nahezu ausgelassener Fröhlichkeit. Elisabeth ging in die Stadt und ließ bei einer Freundin, die eine Boutique besaß, einen weißen Kaftan für Claire schneidern. Sie kontrollierte das Vorhandensein von Badeanzügen, Bikinis, Shorts, T-Shirts und Unterwäsche in genügender Anzahl, und zum Schluß schleppte sie Claire zum Frauenarzt. Nach einer halben Stunde hatte ihre Tochter ihre erste Untersuchung hinter sich und eine Dreimonatspackung der Pille in der Tasche. Elisabeth hatte ihrer Verpflichtung zur elterlichen Vorsorge genüge getan, und der Arzt, ein freundlicher Armenier mit sanfter Stimme und weichen Augen, befand Claire der Einnahme von Kontrazeptiva für würdig. Von diesem Augenblick an beherrschte Claire nur noch ein Gedanke: Sie besaß die Pille. Sie war eine Frau. Sie konnte unmöglich unverrichteter Dinge zurückkehren.

Auf der Autofahrt nach Hause redete Elisabeth unaufhörlich über die Vorteile des Cluburlaubs. Claire war in Gedanken bei ihrer Aufgabe. Elisabeths enthusiastisches Finale: «... und außerdem sprichst du Französisch!» war alles, woran sie sich später erinnerte.

Draußen vor dem Busfenster flimmerte die Hitze in zitternden Wellen über der Landschaft. Sandige Straßen, ein paar Palmen. Staubige dunkelviolette Bougainvilleen klammerten sich zerzaust an Mauern, hinter denen verlassen wirkende, niedrige Häuser fast verborgen blieben. Eine Meute räudiger Hunde, halb verhungert, alle mit demselben hell- und dunkelbraungestreiften, kurzen Fell bewegte sich im spärlichen Schatten verbeulter Pick-ups. Sie schlichen geduckt mit flach vorgestrecktem Kopf, als erwarteten sie Prügel. Claire suchte nach Anzeichen einer Stadt.

Der Bus bremste unvermittelt, bog in eine mit Bougainvilleen überwachsene Toreinfahrt und hielt an.

Die Türen öffneten sich, die Gruppe der Franzosen kletterte strahlend die zwei Stufen hinab und ließ sich von einem überschwenglichen Schwarm braungebrannter Menschen in Shorts, Badeanzügen und Tunikas absorbieren, als seien sie enge Verwandte und aus jahrelangem Exil zurückgekehrt. Jemand griff, als sie ausstieg, nach Claires Hand und zog an ihr, bis sie sich losriß und an den Bus gedrückt Zuflucht suchte. Zu ihrem Entsetzen merkte sie, daß sie zitterte. Langsam löste sich das Menschenknäuel auf, bis sie schließlich allein mit ihrer Tasche übrigblieb. Sie befand sich auf einer Art Miniaturdorfplatz, kleine Gäßchen führten zwischen im marokkanischen Stil erbauten, niedrigen Häuschen ins Ungewisse. Ein junger, drahtiger und braungebrannter Mann mit langen, von der Sonne zu Stroh gebleichten Haaren und einem T-Shirt mit der Aufschrift *Club Med* kam auf sie zu. Der Trupp der Neuankömmlinge und das Begrüßungskomitee setzten sich schwatzend in Bewegung. Während sie hinterherzokkelten, redete er in fließendem Französisch auf sie ein. Wo kommst du her? Hattest du einen guten Flug? Ist das dein erstes Mal in einem *Club Med*?

Doktor med, dachte sie und sah in ihrer Phantasie eine Arztpraxis vor sich, grau geäderter Linoleumfußboden, ein weißer Kittel, ein Stethoskop. Sie nickte einfach zu allem, was aus ihrem Begleiter herausblubberte.

«Es wird dir hier gefallen!» jubelte er.

Wir sind alle eine große Familie, schoß es ihr durch den Kopf, genau eine halbe Sekunde, bevor er es sagte. Claire dachte an die Pillenpackung in ihrer Umhängetasche, zwei hatte sie schon genommen an den letzten beiden Tagen vor ihrer Abreise. Sie betrachtete den jungen Mann so unauffällig wie möglich aus den Augenwinkeln. Das Urteil fiel eindeutig gegen ihn aus.

Sie fand sich in einem großen, mit hübschen, marokkanischen Möbeln eingerichteten Speisesaal wieder. Die Gruppe formierte sich zu einem Kreis, und einer von etwa zwölf *Club-Med*-T-Shirt-Trägern trat hervor und hielt eine Begrüßungsansprache. Er stellte die anderen T-Shirt-Träger vor, die er als Animateure bezeichnete. Claire lernte, daß sie dazu da waren, die Clubgäste zu unterhalten, was sie schon dadurch zum Ausdruck brachten, daß sie sich zum Empfang der Neuen lustige Hüte aufgesetzt oder auf andere Art verkleidet hatten. Der Chefanimateur, sein Name war Didier, fragte, wer schon einmal in einem Club gewesen war. Ein paar Hände reckten sich in die Höhe. Angespornt steigerte er die Zahl der Besuche auf zwei, dann auf drei und mehr. Es gab Applaus, mit jedem weiteren Veteranen schwoll er an, am Ende hagelte es Pfiffe und Jubel wie bei einem Rockkonzert. Die Männer und Frauen der ersten Stunde schließlich schauten auf diejenigen hinab, welche noch keine Narben aus jahrelangen Clubferien vorweisen konnten, und lächelten überheblich. Didier fragte nach den Neulingen. Claires Begleiter schubste sie ermunternd in die Seite und deutete mit einer Geste zu ihr hin. Ihr brach der Schweiß aus.

«Et voilà!» strahlte Didier und kam auf sie zu. «Comment tu t'appelles?»

«Claire ...», wisperte Claire und verfluchte ihren französischen Vornamen. Eigentlich hätte sie Klara heißen sollen, nach ihrer Großmutter väterlicherseits, aber Elisabeth konnte ihre Schwiegermutter nicht ausstehen und setzte die französische Variante ihres Namens durch. Das hatte sie jetzt davon, alle würden sie für eine Französin halten und ununterbrochen auf sie einquatschen.

«Claire!» wiederholte Didier begeistert, legte den Arm um sie und schubste sie ein bißchen weiter in den Kreis.

«Alors, un très grand bienvenue à la jolie Claire! Tous ensemble!»

Klatschen, Rufe, Trommeln und Pfiffe.

«Bienvenue, Claire! Bravo, Claire!»

Der Schweiß rann ihr aus den Achseln die Seiten hinab. Ihr Gesicht brannte, die Augen suchten verzweifelt nach einem Punkt, auf den sie gefahrlos den Blick heften konnte. Sie versuchte zu lächeln, aber ihr Kinn und die Unterlippe zitterten derart, daß nur eine verwackelte Grimasse zustande kam. Der Applaus ließ nach, Didier nahm seinen Arm von Claires Schulter. Erleichtert trat sie einen Schritt zurück und machte sich so unsichtbar wie möglich.

«Elle est encore un peu timide ... mais ça va changer vite!» stellte Didier augenzwinkernd fest.

Drei Wochen, dachte Claire. Drei Wochen! Didier erklärte inzwischen die Clubregeln. Essen von dann bis dann, *activités* in riesiger Anzahl, Gruppenspiele jeden Nachmittag um drei. Drinks und Snacks jederzeit. Bezahlt wurde mit pastellfarbenen Perlen, die man von einer Halskette abknipste. Eine rosa Perle war ein Franc, eine grüne zwei und eine blaue drei. Claire war abgelenkt. Unwillkürlich wanderten ihre Augen die Gästeschar ab. Das Durchschnittsalter lag bei etwa dreißig Jahren. Alle wirkten sportlich, durchtrainiert, energiestrotzend und schienen eins mit sich und der Welt. Paare oder ganze Gruppen. Niemand war allein.

Didier stellte jetzt die Animateure vor. Die zwölf Männer und Frauen in *Club-Med*-T-Shirts traten vor, nannten ihren Namen, machten irgendwelche albernen Gesten und Grimassen und wurden daraufhin heftig beklatscht. Jeder von ihnen schien seinen eigenen Fanclub zu haben, jedenfalls gab es an einigen Stellen eindeutig mehr Gejubel als an anderen. Didier betonte, dies sei die beste Unterhaltungstruppe, die er je befehligt habe, die Gäste sollten sich nur einfach ihrer professionellen Führung überlassen, und dies werde ein unvergeßlicher Urlaub. Denn schließlich seien doch alle gekommen, um Spaß zu haben. Frenetischer Jubel.

Sachte bauschten sich die Vorhänge vor dem halb geöffneten, mit Jalousien gegen die Nachmittagshitze zusätzlich abgedunkelten Fenster. Claire lag auf dem Bett und sah in den gleichmäßig rotierenden Deckenventilator. Dies war ihr Bungalow für die nächsten drei Wochen. Die Jalousien schnitten das Licht in Streifen, feine Wüstenstaubteilchen schwebten schwerelos in den gleißenden Strahlen, hoben und senkten sich, verschwanden über die grellweiß ausgefranste Lichtgrenze im Dunkel und tauchten im nächsten Strahl wieder auf. Claire versuchte, einem auserwählten Stäubchen zu folgen. In drei Wochen werde ich zu Hause sein. Dann werde ich daran denken, wie ich hier lag und daran dachte, wie ich in drei Wochen zu Hause daran denken würde, daß ich hier lag ... Das Staubteilchen kam ihr auf dem Weg von einem Lichtstrahl in den nächsten abhanden. Es geht vorbei, dachte sie. Auch das hat ein Ende.
  Ihre Uhr zeigte sechs. Für achtzehn Uhr dreißig war das allabendliche Buffet angekündigt. Sie drehte sich auf die Seite und beschloß, daß es ohne sie stattfinden würde.

Als sie aufwachte, versuchte sie, den auf den Schlaf folgenden Dämmerzustand so lang wie möglich hinauszuziehen. Wenn sie sich anstrengte, konnte sie auf diese Weise den halben Tag schaffen. Gegen zwölf nahm sie schließlich ein Handtuch und begab sich an den Pool. Der Weg führte sie an langen Reihen von Liegestühlen vorbei, auf denen ungeniert vollkommen nackte Menschen lagerten. Sie klammerte sich an ihr Badetuch, senkte die Augen und versuchte den taxierenden Blicken, die ihr folgten, zu entkommen. Als sie endlich am äußersten Ende des Beckens einen unbesetzten Liegestuhl gefunden hatte, legte sie sich hin, hielt sich ein Buch vor die Nase und dachte verzweifelt darüber nach, wie sie es anstellen konnte, nie mehr aufstehen zu müssen. Sie wußte, daß man versuchte, sie zu enträtseln. Wer ist die, woher kommt die, warum ist die allein? Wie kann man überhaupt in dem Alter allein unterwegs sein? Hat die keine Freunde, mit denen sie verreisen kann? Keinen Freund? Sie hätte am liebsten losgebrüllt: Ja, richtig, ihr habt alle recht! Meine Existenz in diesem Ferienlager ist abartig, fremd, unangebracht! Und zu allem Überfluß habe ich noch eine Aufgabe zu erfüllen! Ich muß jemanden finden, der meine Dreimonatspackung Pille rechtfertigt!

In der Tat schien das Geschäft der Entjungferung das einzig Vernünftige zu sein, womit sie ihre Zeit hier sinnvoll ausfüllen konnte.

Gegen zwei Uhr mittags spürte sie leichte Übelkeit. Sie hatte seit dem Flug nichts mehr in den Magen bekommen, und wenn sie nicht verhungern wollte, mußte sie jetzt etwas essen. Der Hauptandrang beim Buffet war vorbei, und sie lud sich schnell und ohne genau hinzusehen, irgend etwas auf ihren Teller. In der hintersten Ecke des Raumes wählte sie einen Tisch, wo sie so unauffällig wie möglich ihre Mahlzeit zu sich nahm. Sie ertappte sich dabei, wie sie die männlichen Gäste auf Alleinreisende untersuchte.

Am dritten Abend gab es Tanz. Sie warf sich ihren Kaftan über und zog los. Einer der Animateure, ein freundlicher Dicker, bemächtigte sich ihrer und schleppte sie auf die Tanzfläche. Er zog sie auf eine Weise an sich, daß keinerlei

Zweifel über seine Sympathien ihr gegenüber bestand, und kaum waren die letzten Töne der schnulzigen Musik verhallt, lud er sie zu einem kleinen Spaziergang an den nahen Strand. Sie wußte, der Moment war gekommen, an dem sie ihre Aufgabe erfüllen konnte.

«Est-ce-que tu prends la pilule?» fragte der Dicke neben ihr, steng geradeaus blickend.

Sie war zu stolz, um sich den kommenden Ärger zu ersparen. Sie hätte einfach ‹bonne nuit› sagen und in den relativ sicheren Hafen ihres Bungalows rennen können. Aber sie war modern, frei und erwachsen.

«Oui», sagte sie.

«Je suis bien», sagt er. «Je suis très bien.»

Er umarmte sie. Sie verstand nicht. Warum ist er gut? Worin? Er umarmte sie fester, und langsam begriff sie. Aber es ging doch um Liebe, wußte er das denn nicht? Er hielt sie immer noch fest, das Meer rauschte, es war dunkel, er wollte sie küssen, er sagte ihr, sie solle sich in den Sand legen, und er versuchte, sich auf sie zu rollen. Sie hatte das Gefühl zu ersticken und befreite sich hektisch und sehr nachdrücklich von seinem Gewicht, schob sein bärtiges Gesicht weg und rückte schnell von ihm ab.

«Non, je ne peux pas ... je peux pas ...»

Er blieb freundlich, während sie sich den Sand vom Kaftan klopfte. «Tu veux aller retour?»

Sie wollte gar nichts. Sie wollte ins Bett und vergessen. Aber wenn sie jetzt verschwand, dann würden alle denken, sie hätten ES gemacht, und das wäre furchtbar. Auf dem Rückweg zum Tanzabend schlenkerte sie ostentativ mit den Armen, damit jeder sehen konnte, daß sie nicht Händchen hielten.

Am nächsten Tag wurde sie beim Mittagessen, während sie ein paar Perlen für eine Cola von ihrer Halskette abfummelte, von einem hochgewachsenen, hageren Mann mittleren Alters angesprochen. Er hatte tiefbraune Haut, trug einen dunklen Kaftan, abgetragene, staubige Sandalen und wirkte ausgesprochen asketisch. Er setzte sich unaufgefordert an ihren Tisch und stellte ein kleines Glas mit einer bräunlichen Flüssigkeit, in der ein Zweig mit grünen Blättern steckte, vor ihr ab.

«Die Araber trinken heißen Pfefferminztee. Das ist viel besser bei Hitze.»

Sie sah ihn an. Er hatte etwas Einschüchterndes an sich. Sein Französisch klang anders als das der übrigen Clubbewohner, kehliger, seltsam rauh. Er faßte das Glas am Rand und schob es näher auf sie zu. Claire trank vorsichtig einen Schluck. Der Tee war stark gesüßt und schmeckte köstlich.

«Ich kenne mich hier gut aus, ich könnte dir Agadir zeigen, wenn du willst.» Er sprach vollkommen ruhig.

Rotkäppchen und der Wolf. Er wird mich fressen. Er wirkte durchdringend, eigenartig, fast finster, ja, irgendwie fanatisch, sektiererhaft ...

Sie suchte Rettung im Ungefähren. «Vielleicht in den nächsten Tagen ...?»

«Gut, dann treffen wir uns morgen abend um sechs auf dem Dorfplatz.»

Er stand auf, nickte ihr zu und ging davon. Erschrocken sah sie ihm nach.

Sie fuhren in einem gemieteten Wagen mit Fahrer in die Agadirer Altstadt. Ihr Begleiter trug diesmal einen hellen Kaftan und dieselben Sandalen. Er führte sie in ein Restaurant, das sich irgendwo hinter dicken Steinmauern in der Nähe der Festung verbarg, wo sie während der Mahlzeit in der Hocke auf dem Fußboden saßen. Es war unbequem, ihr Gastgeber war undurchdringlich, ruhig und ernst, während er ihr die Speisen erklärte; sie fürchtete sich ein wenig. Sie war überzeugt, daß dies alles Teil eines Planes sei, sie zu verführen, und daß ihm Gedanken durch den Kopf gingen, die so ähnlich lauteten wie *Man muß mit jungen Mädchen behutsam umgehen*. Diese Vorstellung ekelte sie dermaßen an, daß sie automatisch die Arme vor der Brust kreuzte, sich zurücklehnte und den Rest des Abends reserviert, ja, beinahe patzig war. Nach dem Essen wollte er ihr die nächtliche Altstadt zeigen, aber sie gab vor, müde zu sein, und so fuhren sie mit dem Fahrer, der auf sie gewartet hatte, schweigend zurück in den Club.

Beim Frühstück versuchte er noch einmal, sich ihr freundlich zu nähern, ein Ausflug nach Marrakesch vielleicht? Schroff lehnte sie ab. Später sah sie ihn mit einer anderen jungen Frau durch den Club wandern. Sie war froh, daß sie sich nicht auf ihn eingelassen hatte, die beiden wirkten wie Ausgestoßene, seine durchgeistigte Art färbte auf die neue Begleiterin ab.

Bevor sie zu Bett ging, schluckte Claire ihre neunte Pille.

Dreizehn Tage nach Einnahme der ersten Pille und elf Tage vor ihrer Abreise wurde Claire bewußt, daß sie bei ihrer Rückkehr nach Hause in der Lage sein mußte, von der erfolgreichen Teilnahme an wenigstens einer der vielen *activités* berichten zu können. Im Angebot waren Segeln, Wasserski, Tauchen. Leider hatte sie Angst vor Wasser. Da, plötzlich, bot sich doch noch eine Gelegenheit: Reiten. Am Strand. Auf harmlosen und gutmütigen Pferden in Begleitung geschulten Personals. Mit ungewohnter Entschlossenheit meldete sie sich sofort an.

Direkt nach dem Frühstück fand sie sich gemeinsam mit vierzehn gutgelaunten Reitersleuten bei dem Bus ein, der sie zu einem Stall in etwa fünf Kilometern Entfernung brachte. Der Tag versprach brüllende Hitze, und die meisten Reiter waren lässig in Badeanzüge oder Shorts gekleidet.

Zwei arabische Stallburschen führten die Tiere vor, feuchtnüstrige Wesen, die traurig-schön aus glänzenden Samtaugen blickten. Claire fühlte sich von ihrer Größe plötzlich eingeschüchtert und beobachtete neidvoll die sportliche Grazie, mit der sich ihre Reitkollegen in die Sättel schwangen. Sie selbst bekam ihren Fuß nicht einmal in den Steigbügel, das Resultat konsequent vermiedener sportlicher Ertüchtigung während ihrer gesamten Schulzeit. Die resolute Reitanimateuse und Leiterin der *activité* griff ihr schließlich ungeduldig unter den Hintern und stemmte sie in den Sattel. Die arabischen Stallburschen kicherten.

Im Schrittempo zockelten sie in einer Reihe hintereinander aus dem Reiterhof. Sachte schaukelten Claires Hüften, langsam wurde sie eingelullt vom großartigen Gefühl der Erhabenheit, auf und ab, auf und ab, sanft wiegte der Pferderücken ... Sie durchquerten ein Wäldchen, niedrige verbogene Krüppelbäumchen umknorrten sie, Sonnenlicht funkelte glitzernd zwischen den träge herabhängenden, ausgedörrten Blättern, Claire legte den Kopf zurück und schaute in den Himmel über ihr ... blau, blau, blau, die Sonne sengte selbst durch die dünnen Zweige, und das Meer warf sich in der Ferne gleißend träge wie flüssiges Platin an den Strand ...

Claires magere Gestalt flog nach oben, ihr Hintern krachte auf eine knochige Kruppe, eine Hand krampfte sich um die Zügel, die andere suchte verzweifelt nach Halt, griff ins Leere, dann den Sattel, rutschte ab, ebenso wie sie selbst, die den glatten, runden Hintern des Pferdes hinunterglitt, die Oberschenkel zusammenpressend. Die Bäume des Wäldchens rasten an ihr vorbei, scheuende Pferde, fluchende Reiter, entsetzte Gesichter. Sonnenflecken verbanden sich im Vorbeizischen zu Streifen stechender Helligkeit, das Tier unter ihr raste und raste, sie hörte Schreie, ein vielstimmiger Chor aus eskalierendem Gekreisch «ne laches pas, ne laches pas!!!» und sie ließ nicht los, auf keinen Fall. Sie hatte plötzlich die klare Vorstellung von einer ganzen Herde abgehauener Gäule, die auf ein vereinbartes Zeichen hin ausgerechnet ihren Klepper riefen, da irgendwo aus dem Dickicht lockten sie ihn, los! Galopp! ja, du schaffst es, schüttel sie ab, beeil dich, Rosinante wartet schon ... während ihr bikinigeschürzter Körper langsam und unaufhaltsam seitlich abstürzte, Sattel und Zaumzeug bedrohlich mitziehend.

«Ne laches pas!!» Natürlich nicht, auch dann nicht, als sie halbnackt und mit flächendeckendem Sonnenbrand über den feinschotterigen Waldweg geschleift wurde, es rannte und rannte ihr sanftmütiges, harmloses Pferd, zum Strand, wo die Freiheit rief ... Sie fühlte einen heftigen Schmerz an ihrem rechten Oberschenkel. Ihr Fuß war aus dem Steigbügel gerutscht, und sie blieb, fein von einem unregelmäßigen, rötlichen Streifenmuster überzogen, auf dem Reitweg liegen. Die Animateuse und Anführerin galoppierte fluchend dem ins Unterholz davonrasenden Gaul hinterher, während die Reiter langsam von ihren Pferden glitten und sich im Halbkreis um Claire scharten. Ein Blick in ihre Gesichter verriet, daß sie nicht in freundlicher Absicht kamen.

Zwei Tage blieb sie in ihrem Bungalow, um die Spuren ihrer unsanften Begegnung mit marokkanischem Waldboden zu verbergen. Ihr rechter Oberschenkel färbte sich erst blau, dann von grün zu gelb. Am dritten Tag wagte sie sich wieder hervor, und bot der Häme die Stirn. Sie war überzeugt, der ganze Club fieberte dem Augenblick entgegen, an dem sie sich endlich im unbestechlichen Licht der afrikanischen Sonne zeigte. Beim Gang zum Mittagessen sah sie Menschentrauben ihren Weg säumen, sie fühlte sich wie bei der Tour de France, fast wartete sie darauf, daß man ihr auf die Schulter schlug und auf der Ziellinie einen Kranz um ihren Hals legte. Am Buffet trat ein pickeliger Jungfranzose auf sie zu und sprach sie an.

«Ecoutes, est-ce-que tu es vraiment tombé du cheval?»

Sie verzog sich mit einem Teller voller Couscous an einen weit von ihm entfernten Tisch und wünschte, ein sehr großes Pferd würde ihm sehr fest in seine Eier treten.

Am folgenden Tag beschloß sie, sich in einen der Animateure zu verlieben. Sie hatte nur noch acht Tage Zeit, und unter den Clubgästen war sie auch nach sorgfältiger Prüfung nicht fündig geworden. Glücklicherweise besaß ihr Auserwählter hinreichend Charme, wodurch es ihr gestattet war, über seine körperlichen Mängel hinwegzusehen. Er war klein, dünn und wirkte wie eine südfranzösisch-arabische Promenadenmischung. Sein Animateurname war Kabassou, und Claire hatte nicht die geringste Ahnung, was das bedeutete. Später versuchte sie, sich zu erinnern, wie es ihr gelungen war, seine Aufmerksamkeit zu erregen, aber alles verschwand im Nebel ihres Gedächtnisses. Irgendwann befanden sie sich in ihrem Bungalow, und er küßte sie – hart, mit einer langen, rauhen Zunge, fast wie ein Tier. Sie ekelte sich, rief sich aber sofort dafür zur Ordnung. Immerhin war sie freiwillig so weit gegangen, jetzt konnte sie nicht einfach auf halber Strecke kehrtmachen. Während er mit ihr schlief, wurde sie die absurde Vorstellung nicht los, daß sie wie der Heilige Geist über ihrem Bett schwebte und von oben auf die Szene herabsah. Ihr Eindruck fiel vernichtend aus, Kabassou war viel zu klein für sie und wirkte wie eine verzweifelte zappelnde Kaulquappe. Claire war froh, daß diese Art von Veranstaltung nicht öffentlich stattfand.

Hinterher war sie erstaunt, daß kein Blut zu sehen war. Nichts in ihr schien zerbrochen zu sein. Vielleicht war sie ja schon vorher nicht mehr komplett gewesen. Schade, dachte sie bedauernd. Es hätte schließlich wie in diesen Mafiafilmen sein können, wo bei feurigen sizilianischen Jungfrauen das Blut in Strömen floß, oder falls nicht, ihre männlichen Familienmitglieder wegen eines fleckenlosen Lakens umstandslos das Todesurteil gegen den Verführer fällten. Kabassou stand während ihrer Überlegungen unter der Dusche. Er hatte es eilig, in seinen Bungalow zurückzukehren, denn dort schlief sein sechsjähriger Sohn. Die eine Hälfte der endlosen französischen Sommerferien verbrachte das Kind bei ihm, die andere bei seiner Ex-Frau.

Du kleine Mistkröte, dachte Claire. Jetzt, da ich deinem Vater meine kostbare Jungfräulichkeit dargeboten habe, jetzt muß er deinetwegen gehen. Das hast du gut eingefädelt! Aber sie durfte nichts Schlechtes denken, im Gegenteil, sie mußte ihre Lage verteidigen. Ein verantwortlich denkender Vater ließ sein Kind nicht allein, nur damit eine ehemalige Jungfrau ihren Traum vom ersten Mal bewahrte. Dies war ein Mann, der Prioritäten zu setzen verstand, der sie für erwachsen hielt. Der ganz selbstverständlich mit ihr schlief, und dann ebenso selbstverständlich ging. Das hatte Größe. Und das immerhin gab ihr die Möglichkeit, selbst Größe zu zeigen. Die Tür fiel zu.

Sie lag im Bett, genoß es, keine Jungfrau mehr zu sein, und versuchte sich einzureden, es sei schön gewesen. Beinahe hätte sie vergessen, ihre Pille zu nehmen.

Kabassou kam tagsüber seinen Pflichten als Animateur nach. Er und seine Kollegen veranstalteten Wettschwimmen, bei denen sie beispielsweise als Babys verkleidet und mit Schnullern im Mund in den Pool hüpften und unter dem Gekreisch der versammelten Clubveteranen schnaufend gegeneinander ankraulten. Claire verbrachte die sich langsam dahinschleppenden Tage am Pool, kaum einmal verließ sie die schützende Festung der Clubmauern. Bei Einbruch der Nacht schlich sie heimlich zu ihrem Liebhaber in dessen Bungalow, denn es war für Animateure verboten, mit den Gästen Verhältnisse einzugehen, und seitdem er sie gefragt hatte, wie alt sie sei, ließ er sich möglichst überhaupt nicht mehr in ihrer Nähe blicken. Nachts teilte er sein Zimmer nun mit zwei Kindern. Der Kleine schlief bei ihrer Ankunft bereits. Claire lag mit Kabassou in seinem schmalen Einzelbett so lange beieinander, bis sie ganz sicher waren, daß das Kind sie nicht hörte. Dann drehte er sie mit dem Rücken zu sich. Claires Kopf und Schultern stießen rhythmisch gegen die Wand, es machte ein bummerndes Geräusch, und Kabassou unterdrückte lautes Stöhnen, so daß nur ein gepreßtes, ausatmendes Keuchen aus ihm entwich. Und da hörte sie auch schon die kleine, dünne Stimme.

«Papa, qui est la femme?»

«C'est une ami…»

«Pourquoi est-elle dans ton lit?»

«Ah, mon petit, elle est malade, Papa la fait du bien…»

Er stand da auf nackten Füßen, ein süßer, lebhafter, blonder Fratz am Tag. Jetzt war er verschlafen, mißtrauisch sah er Claire an.

«Pourquoi est-elle malade?»

«Elle a mal au ventre, tu sais? Va dormir maintenant, va dormir…»

Das Kind kroch zurück unter seine Decke. Bei Papa war eine fremde Frau im Bett, hörte Claire ihn zu Kabassous Geschiedener sagen. Das war sie, die minderjährige Nichtmehrjungfrau, die es mit seinem Vater im selben Raum im Nachbarbett getrieben hatte.

Während sie die Nacht durchwachte, schlief der verantwortungsvolle Vater ruhig in ihrem Rücken. Bei Morgengrauen schlich sie sich aus dem Haus und vergrub sich in ihr eigenes Bett.

Seit Tagen fühlte sie sich mies, ihr war todschlecht, und sie hatte das Gefühl, sie bekäme eine Sommergrippe. Das Geschrei der wettkämpfenden Parteien am Pool verursachte ihr Kopfschmerzen, sie nahm ihr Handtuch und schleppte sich zu einem heilenden Nachmittagsschlaf in ihren Bungalow. Der Weg zu ihrem Bett führte am Wandspiegel vorbei. Automatisch warf sie einen Blick hinein, denn insgeheim sehnte sie sich ständig nach einer Überraschung. Eines Tages würde ihr einmal nicht das altbekannte, ungeliebte Gesicht, sondern das fragile Antlitz einer Unbekannten entgegenlächeln.

Sie blieb stehen. Dies war in der Tat überraschend. Vorsichtig trat sie näher. Eine seltsame Masse kam ihr entgegen, die in Form und Farbe entfernt an einen Kopf erinnerte. Da, wo sich normalerweise die Augen befanden, erahnte sie zwei Schlitze, deren Öffnungen kaum auszumachen waren. Nase und Mund waren grotesk von einer Schwellung befallen, die das ganze Gesicht erfaßt hatte, die Haut war aufgeblasen und spannte, als sei sie mindestens fünf Zentimeter hoch mit Silikon unterfüttert. Wenn man irgendwo mit einem spitzen Gegenstand auch nur in die Nähe dieses Gebildes käme, stellte sie ganz wissenschaftlich fest, würde es mit einem Seufzer platzen.

Ihre Fingerkuppen tasteten über die fremde Gesichtslandschaft. Ungläubig fühlten ihre Hände Beulen auf ihrem Hinterkopf, den Nacken hinunter bis auf die Schultern, den Hals entlang bis zu ihrem mageren Dekolleté ... ihr Kopf war so angeschwollen, daß sogar die Ohren abstanden. Als sie im Spiegel ihre Hände erkannte, kapitulierte sie vor der grausamen Wahrheit. Was sie da sah, war das, was von ihrem Gesicht übriggeblieben war. Einem Gesicht, nach dem sie sich plötzlich mit solcher Heftigkeit zurücksehnte, als hätte sie nie seine Kartoffelnase und seinen zu großen Mund verwünscht.

Entkräftet sank sie aufs Bett. Ihre Hand griff nach dem Telefonhörer. Der Liebhaber war nicht zu Hause. Natürlich nicht, verfluchte sie ihre Dummheit, er tanzte alberne Tänze oder schubste bekleidete Leute ins Wasser. In drei Tagen flog sie nach Hause, sie überlegte, wie sie es zurück nach Deutschland schaffen könnte, ohne daß jemand sie sah. Sie konnte eine Strumpfmaske aufsetzen ... im Hinblick auf die mit dem Fliegen verbundenen Kontrollen verwarf sie den Gedanken sofort. Vielleicht konnte sie den Kaftan tragen und sich dazu ein großes Beduinentuch um den Kopf wickeln.

Zwei Stunden später wählte sie erneut Kabassous Nummer. Diesmal war er da und versprach, sofort zu kommen. Bei ihrem Anblick wich er erschrocken zurück. Sie wußte nicht, was sie sagen sollte ... je suis désolée ... mais ... ich hab die Beulenpest? War es das, was sie hatte? Und wenn ja, wie sagte man das auf französisch? Er drückte sich hilfesuchend an die Wand, und seine Gedanken wanderten wie eine Leuchtschriftspur über seine Stirn. Wo war er da bloß reingeraten, und vor allem: Wie kam er wieder raus?!! Was wollte sie von ihm? Animateure sollten die Finger von jungfräulichen Mädchen lassen, sie würde drohen, es allen zu sagen, und dann würde er rausfliegen, denn er hatte sie verführt, und das war jetzt das Ergebnis. Am Ende war sie gar noch schwanger, und dann würde sie ihn zwingen, sie zu heiraten, denn sie war ja noch minderjährig, und das Kind würde genauso aussehen wie sie ... Was sollte er dann bloß seinen Kumpels sagen? Vorher sah sie noch ganz normal aus, aber dann ...

«Je vais chercher le docteur», stieß er hervor und stürzte aus dem Raum.

Er kehrte zurück in Begleitung einer jungen, forschen Ärztin. Sie beugte ihr hübsches, gebräuntes Gesicht über Claire und betrachtete sie mit unverhohlenem Interesse. Erstaunlich, vraiment, können Sie überhaupt noch was sehen? Claire nickte beschämt. Die Ärztin konstatierte eine äußerst heftige und akute Sonnenallergie, legte eine Tube Cortisonsalbe auf den Nachttisch und übergab ihre Patientin der fürsorglichen Pflege ihres romantischen Helden.

Am Tag ihrer Abreise war Claire wiederhergestellt. Beim Kofferpacken empfand sie die Verpflichtung zu Trauer und Verlustgefühl, aber alles, was sich einstellte, war eine große Erleichterung. Schuldbewußt saß sie im Bus, der sie zum Flughafen bringen sollte. Kabassou war nicht da. Der Bus fuhr durch das Clubdorf und nahm weitere Passagiere auf. Am Eingangstor stand ein einsamer kleiner Mann und machte eine befehlende Geste. Der Bus hielt, Kabassou setzte sich neben Claire und nahm ihre Hand. Sie wußte nicht genau, was von ihr verlangt wurde, also gab sie sich Mühe und produzierte ein paar Tränen. Nach zweihundert Metern bedeutete er dem Fahrer erneut zu halten, stieg aus und winkte ihr noch einmal zu. Dann ging er die Straße hinunter zurück zum Tor, auf dem nach wie vor die Bougainvilleen blühten.

Auf dem Frankfurter Flughafen verabschiedete sie sich von ihrem Mitreisenden, einem französischen Geschäftsmann, dessen Firma eine Niederlassung in Casablanca besaß. Als er bereits im Gedränge verschwunden war, fiel ihr ein, daß sie vergessen hatte, ihr Foto zurückzufordern. Nachdem sie wertvolle Zeit mit dem Versuch, ihn wiederzufinden, verplempert hatte, erreichte sie mit Hilfe einer mitleidigen Bodenstewardeß, die ihr den Weg durch das Gewirr der Terminals und Laufbänder wies, doch noch ihren Anschlußflug. Zu Hause stellte sie erstaunt fest, daß sie braun geworden war und ausgesprochen erholt wirkte. Die Beulen waren cortisongeglättet. Elisabeth und ihre Freunde waren der Meinung, sie sehe großartig aus und hätte eine fantastische Zeit gehabt.

Einen Monat später wurde sie Opfer einer erneuten Beulen-Heimsuchung, nur mit dem Unterschied, daß es seit drei Wochen regnete und sie demzufolge schon lange keinem Sonnenstrahl mehr ausgesetzt war. Nachdem man sie aus Sorge vor einem Zuschwellen der Atemwege mit Blaulicht ins Krankenhaus gefahren hatte, stellte der diensthabende Arzt eine schwere Allergie gegen die Pille fest und befahl das sofortige Absetzen des Präparates. Zu seinem Erstaunen zeigte die Patientin sich ausgesprochen kooperativ und schenkte ihm aus zugeschwollenen Augen ein verrutschtes Lächeln.

Zwischen den Lippen frisches Schußloch Ina Freiwald

Prolog

«*Ich hab's geschafft.*» Bines Augen leuchteten, als hätte sie soeben als erste Frau den Mount Everest ohne Sauerstoffmaske bestiegen.

«Herzlichen Glückwunsch! Und was in aller Welt hast du Tolles geschafft?»

«Na, was wohl? Das!»

Ich kapierte immer noch nicht. Sie schnippte ihre Zigarette in die Kloschüssel und zog die Spülung.

«Der erste Schuß. Peng! Ich hab's hinter mir.»

Ach so, na klar. Das erste Mal. Wow. Toll. Ich wußte gar nicht, was ich sagen sollte. Bine drängte sich in der engen Kabine Brustwarze auf Brustwarze an mich heran. Ihr Atem roch nach rosa Kaugummi-Klumpen. «Frag doch mal, wer's war ...»

«Wer war's denn?»

Sie lächelte ihr überheblichstes Lächeln. Ich hätte es am liebsten zusammen mit ihrer Zahnspange im Klobecken versenkt. «Kennst du nicht. So ein Typ aus dem Nachbarort.»

Von wegen. Klar wußte ich, wer's gewesen war: Frosch.

Mit dem ging Bine schon seit ein paar Wochen. So ein Kerl mit Glubschaugen und dicken, schwulstigen Lippen. Wahrscheinlich wußten nur seine Eltern, wie er wirklich hieß. Alle anderen nannten ihn «Frosch».

Es bimmelte. Bine legte sich verschwörerisch ihren Zeigefinger mit einem unsauber lackierten, halb abgebrochenen Nagel auf den Mund. Ich nickte und spürte tief im Herzen einen Hauch «Tom Sawyer & Huckleberry Finn»-Romantik. Wir hakten uns unter und schlenderten provozierend langsam quer über den Schulhof in Richtung Klassenzimmer.

«Und? Wie war's?» Ich fragte ganz beiläufig. So als ob es nichts Normaleres gäbe als eine frisch entjungferte beste Freundin, die noch nicht mal fünfzehn war. Sie blieb stehen und sah mich ernst und mitleidig an – wie eine weise, alte Frau ein hoffnungslos naiv daherplapperndes Kind. «Du, ganz ehrlich. Das kann ich nicht beschreiben. Das mußt du selbst erleben.»

Während der anschließenden Mathe-Stunde überlegte ich, wer wohl als potentieller Partner für *mein* erstes Mal in Frage kam. Wie wäre es mit dem Herzensbrecher aus der Parallelklasse? Der mit dem niedlichen Leberfleck auf der Wange. Der so süß grinsen kann. Wie Marlon Brando in «Endstation Sehnsucht». Thomas, der Sohn vom Sparkassendirektor. Wie der wohl in einem weißgerippten Männerunterhemd aussehen würde? Küssen konnte er sicher wie ein junger Gott. Das sah man schon an der Art, wie er im Türrahmen lehnte. Lässig, wie einer, der's eben drauf hat. Und wenn er mir dabei mein T-Shirt hochschöbe? Ich würde es überleben. Da könnte dann leicht mehr passieren. Beim dritten oder vierten Rendezvous ...

Leider Gottes kannte ich ihn kaum. Hatte überhaupt noch nie ein Wort mit ihm gesprochen. Und ehrlich gesagt, hatte ich das Gefühl, daß er, wenn überhaupt, auf Bine stand. Er hatte ihr schon mal ein Buch geliehen, im Englischkurs, als sie ihres nicht dabeihatte. Richtig aufgedrängt, fast nachgeworfen. Mich beachtete er gar nicht. Bis ich den mit allen Tricks soweit hätte, wäre ich eine alte Jungfer mit Hänge-Pobacken und Krampfadern bis zum Hals.

Außerdem hatte ich ja schon einen Freund. Mit dem ging ich seit zehn Monaten und acht Tagen. Michael. Der sah gar nicht mal schlecht aus. Blonde, schulterlange Haare, wie ein Schlagersänger in den sechziger Jahren. Sexy, könnte man sagen. Sein Stiefvater war Amerikaner. Deshalb trug er längst Leinenturnschuhe und Cowboystiefel und Parka, als die anderen Jungs noch mit Wildlederboots und Anoraks rumliefen. Dazu ein weißes T-Shirt und verwaschene Levis-Jeans. Alles an ihm roch nach einer US-Store-Bodylotion, die es in unseren Läden gar nicht zu kaufen gab. Für mich war es der Duft von Sommer, weil ich Michael im Juli kennengelernt hatte. Auf einer Konfirmanden-Party, natürlich. Wo sonst?

Ich biß unter der Bank zweimal kräftig in mein Blutwurstbrot. Wenn er das nächste Mal allein zu Hause sein würde, weil seine Eltern ihren täglichen Abendspaziergang machten oder mit ihrem Sechs-Meter-Wagen zum Einkaufen in einen dieser geheimnisvollen Dollar-Läden fuhren, dann würden wir es tun. Ich jedenfalls würde es darauf anlegen. Das war hiermit beschlossene Sache.

Endstation Sehnsucht

Michael wohnte an der Hauptstraße. Nur ein paar Minuten vom Haus meiner Eltern entfernt. Sein Zimmer lag im ersten Stock. Jedesmal, wenn ich ihn besuchte, war es frisch gelüftet und aufgeräumt, und alles roch nach Sommer.

Manchmal lag er auf dem Bett und las irgendein interessantes Buch, von Simmel zum Beispiel. Er war ein Jahr älter als ich und kannte sich natürlich ganz gut aus mit allem.

Meistens knutschten wir und fummelten ein bißchen. Ganz harmlos, aber ziemlich aufregend. Oder wir gingen spazieren und diskutierten über Verhütung. Er war für Pariser, weil die so leicht zu beschaffen waren. Ich war für alles mögliche, zusammen und gleichzeitig, weil ich mir damals einbildete, ich würde schon vom Darüberreden schwanger werden. Schließlich besorgte er aus einem Automaten ein paar Kondome. Er zog sie kurz aus seiner Jakkentasche. Ein dicker Penis winkte mir von der Packung zuversichtlich entgegen. Mir wurde dabei ein bißchen mulmig. Wie damals, als ich mit fünf oder sechs – ich konnte gerade einigermaßen schwimmen – am Beckenrand hochnäsig an meinem Vater vorbeimarschierte, auf den Dreimeterturm kletterte, und mir oben erst mit einem Schlag klar wurde, daß es nun kein Zurück mehr gab. Damals sprang ich, aber jetzt?

Eines Tages, es mußte ja so kommen, hatte Michael sturmfreie Bude. Okay, dachten wir. Rein in die Federn. Ran an den Speck. Das haben schon andere vor uns geschafft.

Um ganz sicherzugehen, daß uns niemand zusehen konnte (lächerlich, es gab nicht mal einen Balkon), ließen wir die Rolläden runter. Michael zog sich seine Klamotten aus, ich zog mir meine Klamotten aus. Leicht fröstelnd legten wir uns nebeneinander ins Bett. Die Kondome auf dem Nachttisch. In Reichweite. Damit man im richtigen Moment nur rübergreifen mußte.

«Fang an», sagte er. Für ihn war es ja auch das erste Mal.

«Mit was?» fragte ich. Ein bißchen dämlich, wie ich heute finde.

Wir schwiegen ein paar Sekunden. «Fang du doch an», sagte ich. «Bullshit», sagte er. «Du bist die Frau, du mußt anfangen.» Pah! Das sah ich jetzt aber gar nicht ein. Minutenlanges Schweigen. Wie Backsteine auf der Seele. Einer von uns beiden knipste schließlich die Lampe an. Erleichtert. Schnell zogen wir uns wieder an. Michael versteckte die Kondome in einem Koffer unterm Bett. Das Jahrhundertereignis wurde bis auf weiteres verschoben.

Komisch, dachte ich ein paar Wochen später. Ich wußte doch eigentlich genau Bescheid. Seit Jahren war ich leidenschaftliche Stammleserin der «Bravo», hatte jeden Foto-Roman miterlebt und mit durchlitten, alle Leserbriefe an Dr. Korff und Dr. Sommer im Kopf noch mal neu beantwortet. Ich war nicht nur restlos aufgeklärt, ich fühlte mich in Sachen Sex als absolute Insiderin. Als Sexpertin, sozusagen.

Doch ausgerechnet am Tag X zur Stunde Null fühlte ich mich irgendwie blockiert. Wie ein Fahrschüler in der allerersten Fahrstunde. Als Beifahrer glaubte er immer, Autos fahren mehr oder weniger von ganz allein, sitzt er aber selbst am Steuer, hat er keinen Schimmer, wo er zuerst hingreifen soll.

Wie alle ganz besonders peinlichen Erlebnisse legte ich diesen Tag in meiner Gedächtnisschublade unter dem Stichwort «Kalauer für Kaminabende» ab. Die Hauptsache war: Meine Freundschaft zu Michael hatte diesen Flop ohne erkennbaren Schaden überstanden. Wir knutschten, redeten, knutschten, gingen spazieren. Ganz wie in alten Zeiten. Nur ein kleiner, geheimer Schwur stand unausgesprochen zwischen uns: Ein zweites Mal würden wir so eine Pleite nicht riskieren. Jedenfalls nicht miteinander.

Der Sommer nahte und mit ihm die ewige Frage: Wohin verreisen, mit wem und wann? Da meine Eltern erfahrungsgemäß keinen gesteigerten Wert auf meine dauerhafte Anwesenheit während der Ferien legten, beschloß ich, vierzehn Tage mit einer Jugendgruppe nach Italien zu fahren. Italien – das klang nach Kitsch-Postkarten, verdreckten Stränden, nach braungebrannten Pizza-Bäckern mit fettig glänzendem Haar, Mafiosi mit Maschinenpistolen in Geigenkästen. Nach goldenen Fußkettchen, Tiramisu in einer überfüllten Eisdiele, Mario Lanzas «O sole mio». Nach Neapel, dem Vesuv und geheimnisvollen Grotten. Die hatte ich vor Jahren schon in meinem Kinderschmöker «Professors Zwillinge in Italien» kennengelernt.

Die Hinfahrt wurde zur Tortur. In dem durchgejuckelten Reisebus ohne Klimaanlage ließen sich drei von dreißig Fenstern öffnen. Die Toilette – so winzig, daß man nur im Stehen pinkeln konnte – war bereits nach hundert Kilometern verstopft. Erwin, unser Fahrer, der übrigens aussah wie das Michelinmännchen persönlich, mußte alle zehn Minuten zur Pinkelpause rechts ranfahren. Ich saß auf der Sonnenseite am Fenster und brütete bei 40 Grad vor mich hin. Neben mir schlief eine Rothaarige mit Matschspritzer-Sommersprossen. Ihr Kopf war seitlich abgeknickt, ihr Mund stand sperrangelweit offen.

«Jetzt ein Schnappschuß, und man könnte sie ein Leben lang damit erpressen.» Eine Stimme wie eine kaputte Drehorgel. Sie gehörte einem blonden Hünen in der gegenüberliegenden Sitzreihe. «Bist du im Stimmbruch?» fragte ich wenig geistreich, um das Gespräch noch ein paar Kilometer in Gang zu halten. Er lachte nur quietschend heiser, und ich weiß bis heute nicht, ob er damals wirklich im Stimmbruch war oder nur eine Flasche Möbelpolitur getrunken hatte. Doch zwischen Mühlheim und Lucca erzählte er mir seine halbe Lebensgeschichte: Andreas (in meiner Generation heißt jeder dritte Junge Michael oder Andreas) war nur ein paar Wochen älter als ich (aber wenigstens war er *älter*), mochte Pizza ohne Käse (ohne Käse!), Sport in allen Varianten (wie langweilig ...) und die Popband «The Eagles».

Michael hatte eine LP von den «Doors», und wenn wir in Stimmung waren, lauschten wir dem düsteren Sound von «This is the end» und stellten uns vor, was ein kleiner Junge wohl so durchgemacht haben mußte, der den Drang verspürte, seiner schlafenden Mutter mit einer Axt den Kopf abzuhacken. Ich zögerte. Sollte ich mich von diesem Niveau zu einem «Eagles»-Fan herablassen? Was konnte der mir schon geben? Intellektuell, meine ich ...

Und überhaupt war mir dieser Arnold-Schwarzenegger-Verschnitt mit seinem eckigen Baumfällerkinn und dem Gebiß eines ausgewachsenen Grizzly ein bißchen unheimlich. Geradezu aufdringlich männlich. Ich stand viel mehr auf sensible Künstlertypen mit im Nacken gebändigten Mädchenhaaren, fragenden Kinderkulleraugen und einer welken Margerite im Knopfloch. Schmalbrüstige Weicheier, die sich zwar vor Blitz und Donner fürchten, aber mit ihrer entzündeten Seele die verrücktesten Dinge tun, um ihrem irdischen Leben auch nur ein Fitzelchen Sinn abgewinnen zu können.

Andreas lachte gerade wie ein umstürzendes Baugerüst, als meine Nachbarin aufschreckte, sich den Sabber von der Backe wischte und fragte: «Sind wir schon da?» Für das, was jetzt folgte, mache ich allein mein Schicksal verantwortlich. Mein neuer Fan, der Urmensch, nahm die erste Gelegenheit zum Plätzetauschen wahr (er bestach die Sabberschnecke mit ein paar Bambi-Abziehbildchen), und spätestens als er sich kurz darauf wie selbstverständlich neben mich zwängte, war mir klar: Dieser lebende Baumstamm weiß ziemlich genau, was er will. Und ich befand mich zu dieser Zeit tatsächlich in einer kleinen Sinnkrise und war deshalb gar nicht unfroh, daß ein Fremder für mich ein paar Entscheidungen traf.

Halbverhungert und bis auf den Slip durchgeschwitzt, kamen wir in der malerischen Hafenstadt Piombino an. Ich wollte nur noch eins: unter die Dusche und dann zwischen kühle Laken. Frieden, Ruhe, Totsein. Doch Andreas überredete mich wortgewandt zu einer kleinen Sightseeing-Tour per pedes. «Wer weiß, vielleicht regnet es morgen...» Vertraut, wie zwei Menschen, die sich nichts mehr erklären müssen, schlenderten wir durch die noch immer sehr belebten Straßen. Die untergehende Sonne tauchte die Häuser mit ihrem abgeblätterten Putz in schmeichelndes Schummerlicht, die Luft roch nach fliegenden Fischen, brennenden Zitronenbäumen, duftendem Frauenhaar. Ich ging wie im Fieber durch die groben Pinselstriche eines expressionistischen Bildes. Wie schön mußte es sein, jetzt von einem dieser klapprigen Wagen, die mit achtzig Sachen über das holprige Pflaster schossen, erfaßt zu werden. «Geboren in Gießen, gestorben in Piombino» würde auf meinem Grabstein stehen. Ein mattes Glücksgefühl legte sich auf meine Seele.

Warm und hart war seine Hand, als er nach meiner kleinen, kalten griff. «Sieh mal, dort verkaufen sie frischgefangene Tintenfische. Ein paar zucken noch, so als wüßten sie gar nicht, daß sie tot sind, und wollten gleich wieder losschwimmen.» Vor uns auf dem Bürgersteig ging eine dunkelhaarige Schönheit mit rundem Apfelhintern im Ledermini und lachte perlig wie frisch entkorkter Champagner über jeden zweiten Satz ihres öligen Begleiters. Ich weiß bis heute nicht warum, aber manchmal ekelt mich der Anblick eines fremden Pärchens. Wenn sie flirten, schmusen, zärtliche Küsse tauschen. Es schüttelt mich. Wie eine Gänsehaut, knapp über den Schultern. Ein unangenehmes Kribbeln ...

Andreas nahm mir wortlos meine dünne Windjacke von den Schultern und stülpte mir seinen wollweißen Den-hat-garantiert-seine-Mama-gestrickt-Pullover über den Kopf. Ritterlich, wie Rock Hudson in «Pillow Talk». Selten heutzutage, dachte ich. Und als wir uns auf dem Flur unserer Herberge mit einem vorsichtigen Nichtzungenkuß trennten, spürte ich einen kleinen Stich im Herzen.

In der unteren Etage meines Stockbettes (über mir schnarchte die Sabberschnecke) spulte ich den Film noch einmal zurück und betrachtete die Szenen wie ein Regisseur, der am Schneidetisch ein weiteres Mal Hand anlegen will. Ging das nicht alles ein bißchen schnell? Worauf legte ich es eigentlich an? War ich nicht wählerisch genug? Doch im Hinübergleiten in die nächtliche Schattenwelt meiner Träume schlug in meinen heißen Kopf blitzartig die Erkenntnis ein, daß ich an meiner Lage gar nichts ändern konnte. Ich war nur eine Bühnenfigur in einem endlosen Theaterstück, von fremder Hand hineingesetzt und losgelassen. Ich mußte meine Szenen bis zum Abgang eine unbestimmte Zeitlang spielen – ob ich wollte oder nicht. Die Kulisse war so schlicht wie die eines Bauernschwankes. Zwischen Geranienkästen, blauweißen Vorhängen, einem Kachelofen und Holzbänken hat der Geist von Hamlets Vater (wir hatten in der Schule gerade einen Aufatz darüber geschrieben) nun mal nichts verloren. Und auf meinem Spielplan stand in diesem Sommer eine Liebesschnulze. Das Meer, die Sonne, der endlose Strand ... Aber wo war das Netz, der doppelte Boden? Wie war doch schnell mein Text? Verdammt noch mal, schläft die Souffleuse? Hilfe! Der Boden schwankte unter meinen Füßen. Ein schwarzer Abgrund tat sich auf. Ich ließ mich fallen ...

Die darauffolgenden Tage waren Andreas und ich unzertrennlich. Wir teilten uns am Strand ein Handtuch (er besetzte neun Zehntel), planschten wie junge Hunde durch die spärlichen Wellen und amüsierten uns über die Horden von Touristen, die auf dem riesigen Hafenparkplatz Stunde um Stunde auf eine Fähre zur nahe gelegenen Insel Elba warteten.

Nur die romantischen Nächte unter den Sternen des Südens blieben uns versagt. Offiziell jedenfalls. Denn die durften beide Geschlechter nur streng voneinander getrennt verbringen: wir Mädels im ersten Stock, die Jungs im zweiten. Zur Überwachung dieser herzlosen und für uns Betroffene natürlich völlig unverständlichen Maßnahme waren zwei Schießhunde abgestellt worden: ein Ehepaar, beide Pädagogen, die mit ihren Jesus-Latschen und den gebatikten Halstüchern höchstens ein paar verkochte Nudeln abschrecken konnten. Und wie es nun mal mit Verboten ist – je ausdrücklicher sie ausgesprochen werden, desto verlockender ist es, sie zu umgehen. Die Folge war: Ich verbrachte die halbe Nacht im zweiten Stock.

Andreas hatte ein Einzelbett an der rechten Wand, das Etagenbett auf der gegenüberliegenden Seite war von einem Zwillingspärchen besetzt (Milchbubis mit Schnorcheln und Flossen im Gepäck, die jeden Abend vorm Schlafengehen mit heißen Ohren Auto-Quartett spielten), und in einem weiteren Bett in der Mitte des Raumes schlief ein pickeliger Amerikaner mit seiner Westerngitarre im Arm. Kurz vor Mitternacht schlich ich katzenhaft wie Cary Grant in «Über den Dächern von Nizza» den Flur entlang, huschte die Treppe hinauf und kroch atemlos zu meinem Liebsten ins angewärmte Bett. Dort in seinem starken Arm, an seinen breiten Schultern, mit der Hand auf seinem festen Bauch fühlte ich mich wie eine Katze am warmen Ofen. Aus dem Kassettenrecorder blubberte leise «Hotel California» und vom blauschwarzen Himmel fiel hin und wieder ein Stern.

Manchmal war sein Glied unheimlich steif und bohrte sich aufdringlich durch den Schlitz seiner Pyjamahose. Je nach Lust und Laune hielt ich mich daran fest, bewegte es hin und her, spielte daran herum. Ihm schien es zu gefallen. Aber ich wußte immer noch nicht so recht, was ich davon halten sollte. Wenn ich ehrlich war, fand ich unsere Spielereien so prickelnd wie den letzten Schluck aus einer Mineralwasserflasche. Leidenschaft, Romantik, Schmetterlinge im Bauch – die ganz große Liebe stellte ich mir irgendwie anders vor. Bedeutender, geheimnisvoller, ein Hauch von Ewigkeit. Zwei durchscheinende Elfen, die selbstvergessen, fern aller Widrigkeiten des täglichen Lebens auf einer Wiese am Waldrand tanzen, sich spielerisch berühren und dann wolkengleich miteinander verschmelzen. So ungefähr wollte ich die körperliche Liebe erleben. Verklärte Träume eines weltfremden Teenagers, die mit dem rotgeschwollenen Ding in meiner Hand herzlich wenig zu tun hatten.

Zugegeben – seine tastenden Hände auf meinem Körper erregten und erhitzten mich hin und wieder, doch mit zunehmender Gier nach mehr und immer mehr wuchs auch mein schlechtes Gewissen. War es nicht verboten, was wir taten? Was würde meine Mutter sagen? Und meine Oma im Himmel? Manchmal stellte ich mir sogar vor, daß ein ganzer Club toter Seelen um unser Bett herum stand und uns schweigend bei unseren Fummeleien zusah. Meine Freundin Bine sagte immer: Du bist ein wahrer Traum für jeden Psychiater. Aber bevor ich mich bei irgendeinem fremden Heini auf die Couch legen und ihm die Ohren mit Geschichten meiner prüden Kindheit volljammern würde, wollte ich es erst mal mit einer Selbsttherapie versuchen. Und die hieß: Augen zu und durch.

Eines Abends schlug die Bombe ein: Zimmerrazzia! Im Halbschlaf sprang ich aus dem Bett und stellte mich wie die armseligen Liebhaber in Zeitschriftenwitzen in den Kleiderschrank (ein Versteck, das ich wohlweislich vorher schon ausgekundschaftet hatte). Leider hatten die Türen in Kopfhöhe Milchglasscheiben, und von außen sah man meine Silhouette hindurchschimmern. Die tragische Folge: Sekunden nachdem die Zimmertür aufgerissen wurde, schaute ich in die verquollenen Augen unseres vom Schlaf ganz verwuschelten Betreuers.

Patsch! Da hatte ich auch schon eine sitzen.

Eine Kurzschlußhandlung. Ein Reflex. Gar nicht pädagogisch. Tss, tss, tss. Wenn das der Herr Professor gesehen hätte ... Ich griff mir schmollend an die Backe (alles nur Schau, meine Mutter hatte mir jahrelang mindestens einmal am Tag eine geklebt – das härtet ungemein ab), und unser Vollblut-Pädagoge wurde vor Schreck weiß wie die Wand. Wortlos ging er aus dem Zimmer, diskutierte wahrscheinlich mit seinem Weib die restliche Nacht bei Wildkirschtee und Buchweizenkeksen seine Fehlleistung und entschuldigte sich am nächsten Tag bei mir.

Man kann sich vorstellen, welchen Ruf ich von nun an hatte. Irma la Douce war eine Heilige dagegen. Aber es war mir wurstegal, daß ich beim Frühstück von allen Seiten wie ein wildes, exotisches Tier angestarrt wurde. Ich hatte von Natur aus Einzelgänger-Qualitäten. Die breite Masse konnte mich mal. Der Pöbel. Pah!

Andreas blieb auch weiterhin mein keuscher Liebhaber. Weil wir uns nicht mehr in ein gemeinsames Bett trauten, ließen wir einen Tag lang Gras über die Sache wachsen, trafen uns aber schon am übernächsten Abend heimlich unter einer Pinie vor der Herberge und liefen hinunter zum Strand. Es war das Ende eines heißen Tages, und noch kurz vor Mitternacht bildeten sich schon bei der geringsten Anstrengung kleine Schweißtropfen auf unseren Körpern. Wir liefen barfuß durchs flache Wasser, ließen uns erschöpft in den feuchten Sand fallen. Ich war ein bißchen aufgekratzt, wollte schweinische Witze erzählen und erzählt bekommen, hätte gerne Alkohol getrunken und ein paar Zigaretten geraucht. Aber Andreas war auf einem völlig anderen Trip. Er war ganz schweigsam, sah mich wie geistesabwesend an und hatte einen mir völlig fremden Zug um den Mund. Wie ein Schauspieler, der in einem drittklassigen Film einen feurigen Liebhaber oder einen sexbesessenen Massenmörder darstellen soll.

Dann ging er zum Angriff über: Er beugte sich über mich, küßte mich ungestüm auf den Mund, dann auf den Hals und immer weiter runter. Seine Hände zitterten, als er mir etwas ungeschickt mein T-Shirt nach oben schob, den Reißverschluß meiner Jeans öffnete und sie mit ruckartigen Bewegungen bis zu meinen Knien und über meine Füße zog.

Ich ließ es mir gefallen. Leidenschaftslos, ohne Gegenwehr. Mein einziger Gedanke war: Das da unten, das bin gar nicht ich. Mein «Ich» sitzt im Kopf und amüsiert sich ein bißchen verwundert darüber, was mit dem Rest meines Körpers gerade passiert. Wie eine Sterbende sah ich mich selbst von oben daliegen: Meine hüftlangen Haare mit feuchtem Sand verklebt, mein Körper von einem zuckenden Riesen fast vollständig verdeckt. Sind Menschen am Strand? Jogger, zeltende Pfadfinder, ältere Herren mit Hund? Nicht auszumachen. Und wenn schon, gleich wird's vorbei sein. Autsch, jetzt tut's noch mal weh. Ein komisches Gefühl, so ein Fremdkörper zwischen den Beinen. Wie wenn man ein Zäpfchen in den Hintern geschoben bekommt. Nur doller. Zwischen den Lippen ein frisches Schußloch ... Wenn ich das Bine erzähle ... Ein paar Minuten später rollte sich Andreas leise keuchend zur

Seite, wühlte in seiner Hosentasche und gab mir ein zerfleddertes Taschentuch. Lässig, fast als wäre ich eine Professionelle, drückte ich es zwischen meine Schenkel und war über den dunkelroten Minifleck fast ein bißchen enttäuscht.

«Das mußt du selbst erleben», hatte Bine gesagt.

Jetzt hatte ich es hinter mir. Aber ich fühlte mich nicht reicher an Erfahrungen und Lebensweisheit. Ganz im Gegenteil – ich fühlte mich bestohlen. Wie nach einer Beschneidung. Ich sah mich um. Die Stätte meiner Entweihung mußte ich mir einprägen. Denn neun Monate später wachsen dort wilde Erdbeeren. So steht's geschrieben. Wo, weiß ich leider nicht mehr.

Epilog

Mit wackeligen Beinen machten wir uns auf den Weg zu einer Strandbar, die wie ein soeben gelandetes Ufo hundert Meter weiter aus dem Sand ragte.

L-A-G-U-N-A – die bunten Leuchtbuchstaben blinkten uns einladend entgegen. Man konnte sich leicht vorstellen, daß dort heute nacht noch eine tolle Party steigen würde. Motorboote gehen im Hafen vor Anker, braungebrannte Jet-Set-Touristen bevölkern die großzügige Bar, eine fünfköpfige Combo spielt im Foxtrott-Rhythmus «New York, New York». Wir stapften schweigend nebeneinander her, krampfhaft bemüht, bloß die Hand des anderen nicht zu berühren. Ich hatte ein schlechtes Gewissen. Lieber Gott, hoffentlich war nichts passiert ...

Die Bar strahlte etwas beruhigend Normales aus. Wie ein private Kellerbar, die sich ein deutscher Familienpapa für Fußballabende eingerichtet hatte. Wir setzten uns an einen der vielen freien Tische. Ich lächelte Andreas maskenhaft an und zwitscherte hölzern wie eine Kuckucksuhr: «Ich hätte gerne was zu trinken.» «Si, si, Signora», krächzte er aufgesetzt locker, stand ungelenk auf und eierte zur Theke.

Was meine Mutter wohl von dem Laden hier halten würde? An der Decke hingen Fischernetze mit getrockneten Seesternen und Plastikhummern, zwei tätowierte Schlägertypen spielten in der Ecke Dart. Wahrscheinlich würde sie sagen: «Das ist aber kein geeignetes Etablissement für eine Vierzehnjährige, die gerade am Strand durchgebumst wurde.» Ich grinste in mich hinein und hätte am liebsten losgeheult.

Am Nebentisch saß ein blaßgesichtiger junger Mann. Sein Getränk war wohl längst abgeräumt worden, er trommelte mit den Fingerspitzen ungeduldig auf die Tischplatte. Neben seiner Hand welkte eine weiße Lilie im Zeitlupentempo. Er bemerkte meinen Blick, sah nachlässig auf seine Armbanduhr, stand auf und ging durch die girlandengeschmückte Holztür nach draußen.

«Mit oder ohne Eis?» rief Andreas zu mir rüber. Was für eine blöde Frage. Natürlich ohne. Ich wollte nicht schon wieder wochenlang die Klobrille umarmen. Besonders sensible Naturen haben nun mal einen besonders empfindlichen Magen.

Ein lauwarmer Windhauch durchwehte den Traum. In der Tür stand ein pausbäckiges Mädchen mit dem Gesicht einer Käthe-Kruse-Puppe. Atemlos. Wie jemand, der weiß, daß der letzte Bus schon abgefahren ist, sah sie mit trüben Augen in die Runde und verschwand so schnell, wie sie gekommen war.

Ein Tourist mit Schmähbauch über buntbedruckten Bermudashorts warf ein paar Lire in die Musicbox. Ich sah hinüber zu Andreas. Der Wirt konnte ein paar Brocken Deutsch. Sie redeten, lachten laut und hohl. Reine Prahlerei. Die Leute im Lokal sollten denken, daß sie sich wunder was zu sagen hätten. Leise stand ich auf, nahm die lasche Blume vom Tisch und lief nach draußen. Das Meer lag da wie ein schwarzer Teppich, kleine Wellen zerbrachen glucksend am Strand.

Das Mädchen war verschwunden. Keine Menschenseele zu sehen. Ich war allein. Alle waren allein. Es war ein Jammer!

Sie haben doch ganz gut zueinander gepaßt. Vielleicht wäre es eine Riesensache geworden. Ein Supercoup gegen die Einsamkeit. Eine Bombenliebe...

Mein Herz schrumpelte in sich zusammen. Ein kleines, salziges Etwas tropfte auf die abgeknickte Blüte.

Wenn er doch nur noch ein bißchen gewartet hätte.

Verdammte Unschuld
Amelie Fried

Jungs hassen Jungfrauen. Die kleben so an einem, wenn man sie defloriert hat. De-flo-riert. Ihre Blüte geknickt. Ihre Unschuld geraubt. Un-schuld. Ich bin noch un-schuldig, und ich will endlich schuldig werden! Aber wie soll ich das schaffen, wenn die Jungs sich weigern, eine Jungfrau zu entjungfern?

Es ist 1973. Bei mir zu Hause sind die Klotüren ausgehängt, zur Überwindung der bürgerlichen Schamwellen. Meine Eltern rennen zu Vietnam-Demos und begrüßen sich mit «Ho-Ho-Ho-Chi-Minh!». Leider scheinen sie die beiden einzigen Vertreter ihrer Generation zu sein, die sich der Revolution angeschlossen haben. Die Eltern meiner Freunde tragen das Haar kurz, waschen samstags ihren Opel und wenden sich angesichts der beiden Hippies kopfschüttelnd ab.

Meine Schwester Kitty wohnt in einer Kommune und kommt nur noch, um ihre Wäsche zu waschen. Ich wurde aufgeklärt, als ich ungefähr drei war. In meinem Bücherregal stehen sämtliche Standardwerke von «Deine Frau, das unbekannte Wesen» über «Die Funktion des Orgasmus» bis «Sexfront». Ich weiß alles über Petting, Partnertausch und Triebsublimierung. Gestern bekam ich mein Poesiealbum von Kitty zurück. In ihrer schönsten Schrift steht drin: «Wer zweimal mit dem selben pennt, gehört schon zum Establischment». Ich habe das «c» durchgestrichen und eine Fehlermarkierung an den Rand gemacht.

Okay, ich bin gut in der Schule, aber eigentlich mehr aus Versehen. Ich strenge mich nicht an, ehrlich! Manchmal baue ich sogar extra ein paar Fehler in meine Hausaufgaben ein, weil Frau Bartel mir sonst nicht glaubt, daß ich sie alleine gemacht habe. Keiner kommt auf die Idee, daß ich mich schon für Jungs interessiere.

«Sie ist noch so kindlich!» flötet meine Mutter, wenn sie mit ihren Freundinnen über mich spricht. Dabei bin ich schon seit zwei Jahren un-rein. Jeden Monat krümme ich mich vor Bauchschmerzen und blute regelmäßig ein Bettlaken voll, das ich schnell verschwinden lasse, bevor meine Mutter es bemerkt. Sie hat schon mit Kitty gestritten, weil sie glaubt, daß sie all die Bettwäsche für ihre Kommune abgezweigt hat.

Eigentlich interessiere ich mich auch nicht für Jungs, sondern nur für einen Jungen. Was heißt interessieren? Ich bin sicher, daß er für mich geschaffen wurde. Daß wir zwei Teile eines Sterns sind, die beim Urknall auseinandergeflogen sind und seither im Weltall herumirren und einander suchen. Das Problem ist nur: Er weiß es noch nicht.

Ich bin nicht mal sicher, ob er mich überhaupt schon mal bemerkt hat. Wir fahren zwar jeden Morgen und jeden Mittag mit dem gleichen Schulbus – was übrigens der einzige Grund ist, weshalb ich überhaupt noch zur Schule gehe. Aber außer ein paar beiläufigen Blicken, die mehr durch mich hindurchgehen, als daß sie auf mich gerichtet sind, habe ich noch nie eine Reaktion erhalten auf mein schwärmerisches Starren. Oder wie soll man den katatonischen Zustand sonst bezeichnen, in den ich in seiner Anwesenheit falle?

Chris heißt natürlich in Wirklichkeit Christoph. Und

das Wahnsinnige ist: Ich heiße Christiane. Und wie nennen mich alle? Genau, wie ich schon sagte, in Wahrheit sind wir eins.

Früher hat man sich für seinen Angebeteten aufbewahrt. Heute kann man nur zusehen, daß man so schnell wie möglich seine Unschuld los wird. Das Hymen muß weg.

Bert

Bert ist nett. Er gehört zu den Jungs, die alles für einen tun, weil sie sich nicht trauen, nein zu sagen. Beim Schulfest macht er stundenlang den Discjockey, in Chemie läßt er alle abschreiben, und bei Rauchkontrollen auf dem Klo sagt er immer, er wär's gewesen. Dabei wird ihm übel, wenn er nur mal an einer Kippe zieht, von Joints ganz zu schweigen. Bert ist der Richtige. Er wird mir den kleinen Gefallen tun, mich von meiner Jungfernschaft zu befreien. Allerdings ist er schüchtern. Das könnte ein Problem sein.

«Wie kannst du nur daran denken, mit einem Jungen zu schlafen, den du nicht liebst?» fragt Manu entsetzt, als ich sie in meinen Plan einweihe.

«Was hat das eine mit dem anderen zu tun?» frage ich, ehrlich erstaunt, zurück. Ich habe gelernt, daß Leute aus den verschiedensten Gründen Sex miteinander haben. Weil sie Spaß haben wollen. Weil sie Kinder haben wollen. Weil sie Selbstbestätigung suchen. Weil sie ihren Marktwert testen wollen. Weil sie jemanden ärgern wollen. Weil alle anderen auch Sex haben. Weil sie sich lieben, ja, klar, deshalb auch.

«Ich will mit Bert schlafen, damit ich irgendwann mit dem schlafen kann, den ich wirklich liebe», erkläre ich Manu.

«Wie unromantisch», seufzt sie.

Bürgerlicher Scheiß. Romantik ist was für Leute, die der Wahrheit nicht ins Auge sehen wollen. Das, was wir für Liebe halten, ist lediglich der Sieg der Natur über die menschliche Vernunft. Die Natur will, daß wir uns fortpflanzen. Deshalb müssen wir Sex haben. Und weil der Mensch nicht zugeben kann, daß er ein willenloses Opfer seiner Triebe ist, hat er die Moral erfunden. Seither gibt es Sex erster und zweiter Klasse, den «mit Liebe» und den «ohne Liebe».

Die Party bei Mike verspricht die passende Gelegenheit.
«Komm nicht so spät nach Hause!» ruft meine Mutter mir nach, aber ich bin sicher, sie sagt es nur, weil man es als Mutter eben so sagt. Sie hat noch nie kontrolliert, wann ich nach Hause gekommen bin.

Ich trage einen kurzen Rock und hohe Plateauschuhe – eine lächerliche und unbequeme Aufmachung, aber vielleicht wirkt sie verführerischer als meine alten Jeans mit dem aufgemalten Peace-Symbol. Meine Augen habe ich mit einem Kajal-Stift umrahmt und versucht, meine Haare auf diese unordentlich-verruchte Art zu frisieren, wie die Mädchen in den Zeitschriften.

Beim Blick in den Spiegel fahre ich entsetzt zurück.

Keine Verführerin mit laszivem Blick sieht mich an, sondern ein verschrecktes Kindergesicht mit hohlen Wangen und Ringen unter den Augen. Meine Beine staksen unter dem Röckchen hervor und wirken durch die grotesken Klumpen an meinen Füßen noch magerer. Lediglich die zwei zaghaften Wölbungen unter meinem kurzen, gestreiften Pullover deuten einen Hauch von Weiblichkeit an. Eine vernichtende Bilanz.

Soll ich zu Hause bleiben? Mich ins Bett legen, «Fänger im Roggen» lesen und vergessen, daß es Bert, die Party und mein Jungfernhäutchen überhaupt gibt? Sicher tut es ziemlich weh, wenn es reißt. Was ist, wenn es nicht kaputtgehen will und der Penis wie ein Turner auf einem Trampolin auf ihm herumhopst? Vielleicht macht es ein Geräusch. Aaaargh! Ein leichtes Schnalzen zum Beispiel. Wie eine zerplatzende Kaugummiblase. Oder ein kurzes, dünnes Zischen, wie es beim Deflorieren eines frischen Glases «Käpt'n Nuss» zu hören ist, wenn das Messer durch die goldene Schutzhaut stößt.

Einen kurzen Moment bin ich verführt, aufzugeben. Dann siegt der Gedanke an Chris. Ich muß es tun, ich bin es ihm schuldig. Es ist der größte Beweis meiner Liebe, den ich ihm erbringen kann.

Johlen und Pfeifen, als ich den Partykeller betrete.

«Ey, Chris, du willst es heute aber wissen, was?»

Errötend stelle ich mich an die Bar, neben Manu, die mir den Rücken zukehrt und einen Jungen aus der zehnten vollquatscht. Ich schaue mich um. Es ist einer dieser superspießigen Partykeller mit skaibezogenen Barhockern und Postern von Country-Sängern an der Wand, in dem Mikes Eltern bestimmt superverklemmte Partnertausch-Parties feiern. Plötzlich bin ich dankbar, daß meine Eltern anders sind.

Da drüben steht Bert. Ich merke, wie mein Gesicht heiß wird und meine Handinnenflächen feucht. Er lächelt nichtsahnend zu mir rüber. Ich bin Chris, der nette Kumpel für lustige Schulstreiche und engagierte Diskussionen im Deutsch-Leistungskurs. Ich wette, er hat bisher noch nicht mal bemerkt, daß ich ein Mädchen bin. Ich schütte Cola mit Eckes-Edelkirsch in mich rein, um mir Mut zu machen. Irgendwann wird getanzt. Ich arbeite mich unauffällig in seine Nähe, remple ihn ein paarmal an und lächle ihn jedesmal vielsagend an. Beim ersten langsamen Song werfe ich mich ihm an den Hals. Die Cola-Kirsch-Mischung blubbert klebrig durch meine Blutbahn und verlangsamt meine Bewegungen und mein Sprechtempo.

«Tollesch Fescht, wasch?» nuschle ich neben seinem Ohr.

Bert hält mich unbeholfen an den Hüften fest und bewegt sich steif wie ein Regenschirm hin und her. Er schafft es nicht mal, im Rhythmus zu bleiben. Manu behauptet, so, wie ein Typ tanzt, ist er auch im Bett. Na, dann gute Nacht. Sieht so aus, als würde ich mal wieder undefloriert nach Hause gehen.

Die Country-Sänger an den Wänden fangen an, sich wie wild um mich zu drehen. Ich torkle die Treppe hoch, rette mich an die frische Luft. Unter jedem Baum wird geknutscht. Ich habe Mühe, ein Plätzchen zu finden, wo ich meine Überdosis Eckes-Cola loswerden kann.

Als ich zusammengesunken dasitze, die Arme um die Knie geknotet, und versuche, das Karussell in meinem Kopf anzuhalten, tippt mich jemand an. Ich schaue auf. Bert hockt mit besorgter Miene vor mir.

«Is was, Chris, geht's dir nicht gut?» erkundigt er sich und streicht mit der Hand über meine Stirn.

«Mir is so schlecht», bringe ich gerade noch heraus.

«Komm, ich fahr dich nach Hause.»

Er zieht mich am Arm hoch, bis ich einigermaßen gerade stehe, und schleift mich zu seinem Moped. Mit Mühe wuchtet er mich auf den Beifahrersitz. Der Fahrtwind peitscht mir die Haare ins Gesicht, ich schließe die Augen und klammere mich an ihm fest.

Vor unserem Haus steige ich ab. Er klappt das Visier seines Helmes hoch.

«Besser?» Ich nicke dankbar. «Geht schon wieder. Kommst du noch 'nen Moment mit rein?»

Er wirft einen scheuen Blick auf unser Haus, die lasterhafte Hippie-Höhle, und schüttelt den Kopf.

«Nee, danke. Ich muß wieder.»
Er klappt das Visier runter und startet den Motor.
«Halt, Bert, warte doch mal!» schreie ich. «Ich wollte dich fragen ... na ja, ich meine ... ich wollte wissen, ob du schon mal mit einer Frau geschlafen hast?»
Mitten im Satz schaltet Bert das Moped aus, und meine Stimme dröhnt durch unsere ruhige Wohnstraße.
Bert schaut mich an und überlegt.
«Wenn ich ‹Ja› sage, hältst du mich für einen Angeber. Wenn ich ‹Nein› sage, für einen Schwächling. Was soll ich dir also sagen?»
Daß die Antwort auf eine so einfache Frage so kompliziert sein würde, habe ich nicht erwartet.

Jagger

Ich habe beschlossen, die Sache einem erfahrenen Mann in die Hand zu geben. Jagger ist ein Freund meiner Schwester. Er sieht nicht nur aus wie Mick Jagger, sondern gehört auch zu den Männern, die laut Kitty «nichts anbrennen» lassen. Ihn werde ich ja wohl dazu bewegen können, mich endlich zur Frau zu machen!
Jagger dürfte rund zehn Jahre älter sein als ich und kennt mich, seit ich ein Kleinkind bin. Seit einiger Zeit hat sich die Art verändert, wie er mich ansieht. Ich habe ein bißchen Angst vor seinem riesigen Mund mit den fleischigen Lippen, die aussehen, als wollten sie einen verschlingen. «Er ist ein Verrückter, aber er küßt wie eine gesengte Sau», habe ich Kitty mal über ihn sagen hören. Seither frage ich mich, wie sich das wohl anfühlt.
Ich habe mich für die Überrumpelungstaktik entschieden und klingle ohne Voranmeldung bei ihm. Er trägt eine Pyjamahose und ein T-Shirt, seine Haare sind verstrubbelt.

«Was willst du denn hier?» Er gafft mich entgeistert an.
«Kann ich reinkommen?»
«Nein, tut mir leid. Ich kann dich jetzt nicht brauchen.»
Er will die Tür zuschlagen, aber ich schaue ihn flehend an.
«Bitte!»
«Mensch, Kleines, ich hab morgen eine wichtige Prüfung und stecke mitten in der Vorbereitung!»
«Aber es ist wichtig!» beharre ich, und meine Augen füllen sich mit Tränen.
«Also, gut. Aber nur fünf Minuten.»
Ich schlüpfe hinein. Die Wohnung besteht aus einer großen Küche, in der sich die Pizzakartons stapeln, und einem Zimmer mit einem Schreibtisch und einem Bett. Die Regale sind vollgestopft mit Büchern. Mangels einer anderen Sitzgelegenheit lasse ich mich auf der Bettkante nieder.

Er hat nicht gelogen. Die Schreibtischlampe brennt, darunter liegen ein aufgeschlagenes Buch und Notizzettel.

«Was ist denn das für eine Prüfung?» heuchle ich Interesse.

«Magisterabschlußprüfung. Wenn ich durchfalle, muß ich ein Jahr länger studieren. Also, was gibt's?»

«Ich wollte dich um einen Gefallen bitten.»

Er greift nach einer Tasse und nimmt einen Schluck. Ungeduldig stellt er sie zurück auf den Tisch.

«Muß das ausgerechnet jetzt sein?»

«Es geht ganz schnell.»

Ich muß ihn in eine Situation bringen, in der er nicht nein sagen kann. Mit einem Ruck ziehe ich meinen Pullover aus.

«Hey, was machst du da? Spinnst du?» fragt Jagger halb entsetzt, halb belustigt.

Ich sehe ihn nur an. Er erwidert meinen Blick, wird unsicher.

«Das meinst du nicht ernst, oder?»
Ich nicke. «Doch.»
Er fängt an zu lachen. Ein nervöses, unheiteres Lachen.
«Nein, Chris, das ist nicht fair! Du weißt genau, daß ich schon seit längerem ein Auge auf dich geworfen habe, und nun kommst du ausgerechnet im einzigen Moment, in dem es absolut nicht geht!»
Ich zucke bedauernd die Schultern. «Jetzt oder nie.»
Der Konflikt spielt sich offen auf seinem Gesicht ab. Er ist hin- und hergerissen. Ich bleibe ganz ruhig sitzen, meine kleinen, nackten Brüste auf ihn gerichtet wie eine Waffe.
Es dauert ungefähr eine Minute, dann hat er verloren.
Mit einem unterdrückten Schrei stürzt er sich auf mich. Sofort spüre ich überall eine riesige, weiche Zunge, die dicken Lippen, die sich auf meine Haut drücken wie die Saugnäpfe einer monströsen Krake. Ich spüre, daß ich etwas in Gang gebracht habe, das ich kaum noch bremsen kann; seine Wucht ist erregend und bedrohlich zugleich.
Er wirft mich in voller Länge aufs Bett und reißt mir mit einem Ruck die Jeans vom Körper.
«Du kleines Biest, das wirst du mir büßen!»
Seine Hände sind überall gleichzeitig. Ich kriege es mit der Angst.
«Nicht so schnell!» wimmere ich.
Gott sei Dank hält er inne. Schwer atmend sieht er mich an, seine Augen sind gerötet.
«Bist du etwa noch ...?»
«Ach, Quatsch», unterbreche ich ihn, «glaubst du im Ernst, ich bin mit fünfzehn noch Jungfrau?»
Er denkt kurz nach, es scheint ihn zu überzeugen. Dann fährt er behutsam fort, mich am ganzen Körper zu streicheln und zu küssen. Plötzlich spüre ich seinen Mund auf meinem, seine Zunge wühlt sich in mein Inneres, ich habe das Gefühl zu ersticken.

Er schlüpft aus dem T-Shirt und der Pyjama-Hose. Instinktiv kneife ich die Augen zu. Nein, ich will es nicht sehen. Wenn sein Ding so überdimensioniert ist wie seine Lippen, seine Zunge und seine Hände, dann falle ich womöglich in Ohnmacht.

Ich lasse ihn weiter hantieren, gottergeben und von kleinen Strömen der Erregung gekitzelt.

«Verdammt!» höre ich plötzlich seine Stimme.

Erschrocken mache ich die Augen auf. Er sieht verzweifelt an sich herunter. Mein Blick folgt ihm und landet bei seinem Penis, der tatsächlich riesig zu sein scheint, aber nur halb steif ist.

Jagger setzt sich auf den Bettrand und fährt sich mit den Händen durchs Haar.

«Es geht nicht, Kleines.»

Oh, nein. Das kann nicht wahr sein.

«Findest du mich häßlich?» frage ich mit piepsigem Stimmchen. Wahrscheinlich ist mein Busen zu klein. Und meine Beine sind zu dünn. Meine Hüften zu mager.

Er packt mich und hebt mich auf seinen Schoß. Ich sitze da, an ihn geschmiegt wie ein Kind.

«Blödsinn. Ich krieg nur die Prüfung nicht aus dem Kopf. Zieh dich jetzt an, Kleines, und verschwinde. Wir holen das nach, ich versprech's dir.»

Wütend und enttäuscht folge ich seiner Aufforderung.

Ich kann es einfach nicht glauben. Es kann doch, verdammt noch mal, nicht so ein Problem sein, seine Unschuld zu verlieren! Soll ich mich vielleicht an die Straße stellen, damit sich endlich einer erbarmt?

Zu Hause laufe ich meiner Mutter in die Arme, die in einem indischen Kleid vorbeischwebt, eine Duftwolke von Shit und Räucherstäbchen hinter sich herziehend.

«Hallo, Süße, wie geht's dir? Hattest du 'nen netten Abend?» fragt sie und lächelt mich benebelt an.

«Es geht so», antworte ich wahrheitsgemäß.
Ihr scheint etwas einzufallen. «Übrigens, Chrissie, wenn du willst, daß wir mal über gewisse Dinge reden, dann sag mir Bescheid.»
«Gewisse Dinge?»
«Na ja, ich meine ... Verhütung ... und so.»
«Nein, danke, Mama», winke ich ab, «kein Bedarf.»
Sie küßt mich flüchtig auf die Stirn. «Du hast recht, Süße. Ist vielleicht wirklich noch ein bißchen zu früh.»

Chris

Ich nahm die Pille einfach weiter, obwohl wirklich kein Grund dafür bestand. Ich kannte keinen mehr, den ich noch mit der Aufgabe hätte betrauen können, und so war ich weiter davon entfernt, entjungfert zu werden, als je zuvor.

Früher gab es Edelmänner, die ein Vermögen dafür zahlten, ein unberührtes Mädchen zugeführt zu bekommen. Heutzutage waren die unberührten Mädchen bereit, ihre Unschuld zu verschleudern, und keiner wollte sie mehr haben.

Ich hatte meinen Plan fast schon aufgegeben, da geschah etwas Unvorhergesehenes. Eine «klassenübergreifende Wanderwoche» war angesagt, bei der die Schüler der Oberstufe in willkürlich zusammengestellten Gruppen auf eine Berghütte gekarrt wurden, um ein bißchen Gruppendynamik und Sozialverhalten zu lernen. Von der Tatsache, daß es keinen Strom und kein fließendes Wasser gab, versprach sich das pädagogische Personal unserer Schule einen zusätzlichen Lerneffekt auf uns verwöhnte Wohlstandsblagen.

Ich will ja die Sache mit dem Stern und dem Urknall

nicht überstrapazieren, aber wie konnte es sonst passieren, daß plötzlich *er* neben mir im Bus hockte?

Ich saß stocksteif da, starrte aus dem Fenster und ignorierte ihn. Er saß ebenfalls stocksteif da, ignorierte mich und las in einem Buch. Nachdem meine Augäpfel schon Muskelkater hatten vom Wegschauen, erlaubte ich ihnen, sich ganz kurz in seine Richtung zu bewegen. Und was sahen sie dort?

«Der Fänger im Roggen». Mein Lieblingsbuch. Ach, was sage ich, meine Bibel. Das einzige Buch, daß es wert ist, geschrieben worden zu sein. Außer vielleicht «Das Kapital». Aber das hatte sowieso keiner gelesen, deshalb konnte man das leicht behaupten. Schnell drehten sich meine Augäpfel wieder weg. Mein Herz raste, mein Mund war trocken. Seine Nähe allein hätte gereicht, um mein vegetatives Nervensystem aus den Angeln zu heben. Aber daß er auch zur Holden-Caulfield-Gemeinde gehört, war zuviel.

Die nächsten Tage verbrachte ich damit, ihm aus dem Weg zu gehen. Es war der lächerliche Versuch, mir vorzumachen, ich hätte eine Wahl. In Wahrheit hatte ich natürlich keine. Wir steuerten aufeinander zu, wie von Magnetkraft angezogen. Wie hätte es auch anders sein können bei zwei Teilen ein und desselben Sterns?

Ich weiß nicht mehr, wer auf die grandiose Idee kam, eine Nachtwanderung zu machen. Tatsache ist jedenfalls, daß ich nachtblind bin. Ein Spaziergang im Dunkeln ist für mich so ungefähr das Schrecklichste, was ich mir überhaupt vorstellen kann. Ich habe ständig das Gefühl, im nächsten Moment gegen eine Wand zu laufen. Ich bin völlig orientierungslos, kann Geräusche nicht zuordnen und empfinde blanke Panik. Natürlich würde ich das niemals zugeben.

Es dauerte keine Viertelstunde, da hatte ich die anderen

verloren. Unmerklich war ich zurückgefallen; irgendwann hörte ich keine Stimmen mehr. Ich war eingehüllt von dröhnender Stille.

Bebend klammerte ich mich an einem Baumstamm fest. Ich rief. Keine Antwort. Ich rief lauter. Mein Echo schallte höhnisch zurück. Außer mir vor Angst schrie ich, so laut ich nur konnte, wieder und wieder.

Endlich hörte ich eine Stimme, schnelle Schritte, die sich näherten. «Chris?» fragte die Stimme.

Zwei Arme umfingen mich. Ich zitterte so, daß meine Zähne klapperten. Die Arme verstärkten ihren Druck, eine Hand streichelte meinen Rücken. Im nächsten Moment fühlte ich Lippen auf meinem Gesicht. Es fühlte sich wunderbar an. Zärtlich, lebendig, beruhigend. Meine Angst verflog. Vertrauensvoll lag ich in den Armen eines Unsichtbaren, von dem ich sicher war, zu wissen, wer er war.

Wir landeten auf einem Polster aus Moos, Gras und Tannennadeln, deren Pieksen mir signalisierte, daß es sich nicht um einen Traum handelte. Was soll ich sagen. Ich war meine verdammte Un-schuld so schnell los, daß ich kaum begriff, was für ein Aufhebens um diesen Vorgang gemacht wird.

Es ziepte ein bißchen, und ich hätte schwören können, daß ich auch ein Geräusch gehört habe. Ganz leise natürlich, nur so ein schwaches «Plopp». Aber vielleicht hab ich mir das auch nur eingebildet. Jedenfalls ging's ziemlich schnell, und die Nadeln piecksten wirklich ungemütlich, und so war ich froh, daß es bald vorbei war. Wir standen auf, klopften unsere Kleider ab und blieben eng umschlungen stehen. Dann hörte ich, daß die anderen sich näherten. Die Arme lösten sich von mir, und im nächsten Moment stand ich alleine da. Gleich darauf war ich umringt von meinen Mitschülern. Eine Taschenlampe flammte auf.

«Da bist du ja», hörte ich Manu.

Blinzend versuchte ich, etwas zu erkennen.

Da drüben stand er, inmitten der anderen. Er sah mich an, das Licht der Taschenlampe zauberte einen Reflex in seine Pupillen. Wie war er so schnell dahingekommen? Aufmerksam suchte ich nach einem Zeichen. Einem Lächeln, einem Zwinkern, einem Zucken seines Augenlids. Nichts. Nur dieser unverwandte Blick. Verwirrt sah ich in die anderen Gesichter. Sollte es doch einer von den anderen gewesen sein?

«Was ist los, Chris?» fragte Manu besorgt.

«Nichts», sagte ich.

Es war also doch nur ein Traum gewesen. Die Einbildung einer lebhaften Phantasie, verstärkt durch die hysterische Angst vor der Dunkelheit.

Da sah ich plötzlich, wie Chris ein paar Tannennadeln von seinem Pulloverärmel entfernte.

Mein Mund verzog sich zu einem Lächeln.

«Nichts», sagte ich noch mal, und mein Grinsen wurde breiter. «Ich hatte nur gerade eine Sternenkollision.» Und dann warf ich den Kopf zurück und lachte und lachte, bis mir die Tränen kamen.

Meine erste Liebe
Olivia Goldsmith

Ich bin in New York City geboren und ging auch dort zur Uni, während die meisten meiner Freunde und Freundinnen es gar nicht erwarten konnte, in ein Provinznest mit Campus auf der grünen Wiese zu verschwinden. Bis zum Alter von über dreißig Jahren habe ich New York niemals für längere Zeit verlassen, mit einer wichtigen Ausnahme allerdings.

Meine Familie war immer urban. Meine Eltern waren sogar noch ausgeprägtere Großstadtpflanzen als ich. Warum also packten sie, als ich drei war, alles zusammen und zogen in einem abgelegenen Teil des südlichen New Jersey auf eine Hühnerfarm? Vielleicht waren sie von *Das Ei und ich* inspiriert, einem Buch, das direkt nach dem Zweiten Weltkrieg erschienen war und kurz darauf verfilmt wurde. Vielleicht stand auch die zweite Schwangerschaft meiner Mutter dahinter oder der Gedanke, daß die Landluft für mich, ein sehr schmächtiges Kind, gesünder wäre. Welche Überlegung (oder welcher Mangel daran) nun auch immer den Ausschlag gegeben hatte, für mich, die Dreijährige, war das alte, verschachtelte weiße Farmhaus einfach himmlisch. Wenn ich mein tägliches Nachmittagsnickerchen auf der Veranda machte, schläferten mich die schräg durch die Fenster einfallenden Sonnenstrahlen ein, und der Wildwuchs-Garten, den die vorherige Farmersfrau im englischen Stil angelegt hatte – mit einer Buchsbaumhecke, Fußwegen, überwucherten Staudenbeeten und allem Drum und Dran – war ein zutiefst magischer Ort.

Es war jedoch auch ein abgeschiedener Ort. Es gab keine anderen Kinder – ich kann mich nicht einmal mehr an irgendwelche anderen *Leute* erinnern –, außer den wenigen, denen wir bei unserer wöchentlichen Fahrt mit dem eierbeladenen Lieferwagen zur Stadt begegneten.

Ich war also allein; ob ich einsam war, weiß ich nicht mehr. Meine Mutter erzählt, ich hätte mit einer imaginären Spielkameradin namens Becky lange Unterredungen geführt, doch daran habe ich nicht die geringste Erinnerung. Ich erinere mich an Rusty, die Katze, die ich mochte, Besuche von Vettern und Kusinen, die ich nicht mochte, die Geburt meiner Schwester und – viel später – an ihre ersten tapsigen Gehversuche. Und ich erinnere mich an Russell.

Ich weiß nicht, wie er mit Familiennamen hieß. Eines Nachmittags ritt er gegen Abend, zu jener Zeit, die die Dichter «die blaue Stunde» nennen, auf seinem Pferd den gekiesten Fahrweg heran. Da ich Schriftstellerin bin, werden Sie nun wahrscheinlich den Rest dieses Berichts für Fiktion halten. Doch ich habe das Folgende nicht erfunden und schmücke auch nichts aus. (Bedenken Sie, daß meine Bücher in manchen Kreisen als männerfeindlich gelten, weil sie so radikal unkitschig sind.)

Na gut, da kam nun also Russell, sieben Jahre alt, goldbraun gebrannt und das Haar blond und lang – ungewöhnlich in jener Zeit der geschorenen Jungsköpfe. Er trug Jeans, doch damals nannten wir die «Dungarees». Sein Pferd – vielleicht auch ein großes Pony – war braun. Die Sonne warf einen Strahlenkranz um Russells blonden Kopf, und ich, vierjährig, dunkelhaarig, klein und dünn für mein Alter, schaute zu ihm auf und liebte ihn. Das Sonderbarste daran war, daß er meine Liebe sofort erwiderte. Vielleicht fehlten ihm ebenfalls Spielkameraden, vielleicht war er auch einfach ein ganz besonderer Junge; auf jeden Fall unterblieb das übliche Theater von wegen «Ich bin ein Junge und spiele nicht mit Mädchen» oder «Ich bin sieben Jahre und spiele nicht mit vierjährigen Babys». Aus irgendeinem Grund kannte mein Vater ihn und stellte uns einander vor. Dann schwang er mich, ohne daß dies nach meiner Erinnerung überhaupt besprochen worden war, hinter Russell auf den warmen, braunen Rücken des Pferdes. Ich erinnere mich, daß ich die Hände um Russells nackte Taille legte. Ich war ein ängstliches und schüchternes Kind, doch vor dem Pferd hatte ich keine Angst und gegenüber Russell war ich nicht schüchtern. Vom ersten Moment an fühlte ich mich bei ihm vollkommen sicher.

An irgendwelche Gespräche mit Russell kann ich mich überhaupt nicht erinnern. Er kam immer mit nacktem Oberkörper, barfuß und ritt auf dem bloßen Rücken des Pferdes ohne Sattel oder auch nur eine Decke. Woran ich mich erinnere, ist unsere körperliche Nähe. Er ritt mit mir, immer in langsamem Tempo, über verschiedene Felder, sowohl auf unserem Land als auch auf dem der benachbarten größeren Farm. Wir waren immer auf offenem Gelände, niemals im Wald. Es war immer sonnig, zumindest in meiner Erinnerung. Vielleicht konnte er nur an schönen Nachmittagen zu Besuch kommen, wenn sein Teil der Farmarbeit erledigt war. Er mußte wohl auch zur Schule gehen. Doch an nichts davon erinnere ich mich, auch nicht an seine Familie und noch nicht einmal an den Namen seines Pferdes.

Dagegen weiß ich noch genau, wie Russell mir vom Pferderücken heruntehalf und mit mir von Steinbrocken zu Steinbrocken einen Bach überquerte, der zwischen den

Feldern verlief. Er zeigte mir Frösche – Hunderte, so schien es –, die sich dort versammelt hatten.

Am lebhaftesten erinnere ich mich an einen warmen Nachmittag, als wir zu einem weit entfernten Feld ritten. Es muß spät im August oder sogar schon früh im September gewesen sein, denn ich sehe noch vor mir, daß das Gras hoch stand und sich schon golden färbte, als wir es am Rand durchritten. Das Gold von Russells Haar vor dem goldenen Hintergrund des Grases verzauberte mich. Entlang der Grenze des Feldes standen alte Maulbeerbäume, und von unserem Platz auf dem breiten Pferderücken zog Russell einen Zweig zu uns herunter, so daß ich die warmen Maulbeeren direkt mit dem Mund vom Stiel beißen konnte. Ich erinnere mich an den Geruch des Pferdes, an sein rauhes Fell gegen meine bloßen Knöchel, an die violetten Maulbeerflecken um Russells Mund, die seinen goldbraunen Teint wie mit Blutergüssen überzogen. Seine Wimpern warfen lange Schatten unter seinen Augen. Ich hatte noch nichts über das Rittertum gelesen, kannte mich nicht aus mit den mittelalterlichen Tugenden. Aber ich wußte, er war so magisch wie Pan, so edel wie Sir Galahad. Und obgleich wir nie mehr als ein Dutzend oder vielleicht ein paar Dutzend Worte miteinander wechselten, wußte ich, daß er mich genauso liebte wie ich ihn. Und das war keine kindische Liebe. Sie war so romantisch wie gefühlvoll, eine stetig fließende Verbindung zwischen uns.

Wenn ich mit Russell zusammen war, galt die unausgesprochene Übereinkunft, daß er die Verantwortung für mich übernahm. Schließlich war es sein Pferd, er war der Ältere, und man hatte mich ihm anvertraut. Ich wußte, er würde mich niemals fallen lassen, würde immer darauf achten, daß ich mich nicht verirrte, mich niemals necken oder mir das Haar zerzausen. Einmal, als ich Zöpfe trug, folgte ich ihm unter einem Zaun hindurch, und einer der Zöpfe verfing sich im Stacheldraht. Ich blieb stehen. Er muß gespürt haben, wie der Abstand zwischen uns größer wurde, denn obwohl er mir den Rücken zugekehrt hatte und ich nicht nach ihm rief, drehte er sich wortlos um, kam zurück und löste vorsichtig den Knoten. Das schaffte er, ohne mir weh zu tun, doch als er fertig war, blieben ein paar Strähnchen meines langen, fast schwarzen Haars in seiner Hand zurück. Er wickelte sie um seinen kleinen Finger, faßte mich bei der Hand, und für den Rest des Ritts trug er meine Haarsträhne als Fingerring.

Ich war vier Jahre alt. Nie wieder habe ich eine so romantische Beziehung erlebt. Seine natürliche Ritterlichkeit erscheint mir im nachhinein sowohl kostbar als auch außergewöhnlich. Sie war frei von Befangenheit und Schauspielerei. Und es ging nicht nur um Freundschaft oder Kameradschaft oder die guten Manieren eines Babysitters. Denn einmal, nur ein einziges Mal, hat er mich tatsächlich geküßt.

Den Weg zu unserer Farm entlang verlief eine lange Ligusterhecke mit einem Kiefernwäldchen daneben. Dort hatte mein Vater eine weiße Hängematte angebracht, und eines Tages saßen Russell und ich nach einem Ausritt darauf, die Füße auf dem Boden, und schaukelten vor und zurück. Wir schaukelten nicht hoch, doch wenn die Hängematte den obersten Punkt des Bogens erreichte, befanden wir uns einen Moment lang im Schatten und schwangen dann wieder ins Sonnenlicht zurück. Russell, dessen nackter Arm meinen berührte, wandte sich mir zu und küßte mich, als wir den Schatten erreichten, einmal auf die Lippen. Es war ein kurzer Kuß, doch er war nicht flüchtig: Ich erinnere mich, daß seine Lippen weich waren, obgleich nicht voll, und ich erinnere mich meiner tiefen Befriedigung, daß er mich geküßt hatte. An diesem Tag oder am darauffolgenden schenkte er mir ein Hufeisen. Ich nahm es an, wie man einen Verlobungsring entgegennehmen würde.

Wie alle Idyllen mußte auch diese enden. Vielleicht hatte Russell nur den Sommer auf einer unserer Nachbarfarmen verbracht. Vielleicht hatte er zuviel mit der Schule zu tun. Vielleicht fuhr er nach Hause in irgendeine Stadt zurück oder lernte ein anderes kleines Mädchen kennen oder vielleicht sogar eine Jungsclique. In jenem Sommer ging auch Polio um. Meine Eltern verboten mir, im Fluß zu baden, weil sie der Ansicht waren, die Krankheit käme aus dem Wasser. Hatte Russell nun die Gegend verlassen, oder war er krank geworden? Ich weiß nur noch, daß seine Besuche kurz darauf endeten.

Im Spätherbst beschlossen meine Eltern, die verlustbringende Farm zu verkaufen. Mein Vater führte einen Interessenten auf dem ganzen Grundstück herum. Ich verabscheute den Mann von Herzen und versteckte mich vor ihm und seiner sechsjährigen Tochter unter dem Liguster. Mein Vater rief mich beim Namen, doch ich blieb in meinem Versteck, während er sich für meine Abwesenheit entschuldigte. Ich wollte die Leute nicht kennenlernen, die mir die Farm wegnehmen würden. Ich erinnere mich deutlich an mein Gefühl ohnmächtiger Wut.

Eine Zeitlang verschwanden sie in einem Hühnerstall. Dann sah ich sie den Zaun entlanggehen, wo mein Verlobungs-Hufeisen hing. «Oh, schau mal, Papa», rief das Mädchen, «ein Hufeisen, das bringt Glück.»

«Du kannst es haben», sagte mein Vater gedankenlos und reichte es ihr. Der Vater des Mädchens lächelte, und alle drei gingen zur Veranda, wo meine Mutter sie mit meiner kleinen Schwester auf dem Schoß erwartete. Das Mädchen legte das Hufeisen auf die Verandastufen. Wütend wartete ich ab, bis sie ins Haus gegangen waren, und machte mich dann mit dem Eisen davon. Ich grub ein Loch bei den Hängematten-Kiefern und versteckte es dort.

Wir zogen nach New York zurück. Mein Vater bekam eine Stelle als Beamter. Meine Mutter brachte noch ein Mädchen zur Welt, und ich kam in die Schule. Das Sonderbarste ist, daß ich das alles ganz und gar vergessen hatte, bis es mir vor ein oder zwei Jahren wieder eingefallen ist. Das war an einem sonnigen Augusttag; ich lag in einer Hängematte, das gesprenkelte Licht erzeugte in mir das sonderbare Gefühl eines Déjà-vu. Und plötzlich erinnerte ich mich an Russell, die Hängematte, den Kuß, das Pferd, das Hufeisen und alles andere. Ich erinnerte mich an sein Haar, die Maulbeeren, den Sonnenschein und daran, wie sich seine gebräunte Haut anfühlte. Tränen stiegen mir in die Augen. Ich konnte kaum glauben, daß ich eine so bedeutsame Freundschaft, eine so glückliche Zeit vollständig vergessen hatte.

Es war mir als Kind wohl unerträglich, mich daran zu erinnern oder meinen Verlust zu empfinden. Meine Mutter erinnert sich überhaupt nicht mehr an Russell, und mein Vater ist tot. Ich weiß nicht, wo Russell jetzt ist. Es ist unwahrscheinlich, daß ich je wieder von ihm höre, doch an jenem zeitlosen Ort, der mehr als alle anderen zählt, habe ich ihn zurückgewonnen.

Deutsch von
Barbara Ostrop

Dressierte Flöhe
Susannah Jowitt

Ich weiß Bescheid. Ich stehe im Schlafzimmer meiner besten Freundin. Sie hat mir diesen Raum überlassen, einzig und allein, damit ich meine Unschuld verliere. Ich weiß ganz genau, was passieren wird. Nichts kann mich aus der Fassung bringen. Es gibt nichts, was ich nicht schon wüßte. Ich bin eine durch und durch aufgeklärte Jungfrau. Genaugenommen bin ich pervers.

Das weiß ich – aus unfehlbarer Quelle, nämlich von meiner Mutter –, weil schon die Umstände meiner Geburt abartig waren. Ich bin die jüngere Schwester eines bis dahin einzigen Sohnes. Schon meine Zeugung barg den Ruch des Lasters und der Ausschweifung, jedenfalls hatte mein Vater bereits drei blaue Augen, ehe ich überhaupt nur ein paar Zentimeter groß war. Das erste bekam er wenige Minuten vor meiner Zeugung. Meine Mutter erwischte ihn dabei, wie er, vom Alkohol beflügelt, mit dem Zimmermädchen flirtete, das ihnen ihr romantisches Après-Ski-Dinner ans Bett bringen sollte. Meine Eltern waren bereits damit zugange, ihre Aperitifs und einander zu vernaschen, als sie das sanfte Klopfen an der Tür hörten und meiner Mutter siedendheiß einfiel, daß sie jenes fremde, neue, magische Ding namens Antibabypille vergessen hatte. Sie stolperte ins Badezimmer, während mein Vater zur Tür stolperte.

Da stand Claudia, das Mädel im kleidsamen Dirndl, eine der zahlreichen Gespielinnen meines Vaters zu jener Zeit vor zehn Jahren, als er an diesem Skiort tätig war, und die er seitdem nicht wiedergesehen hatte. Folglich erging sich dieser stets zum Überschwang neigende Mann in allerlei Begrüßungszeremonien, teilte über Spätzle und Germknödel hinweg hocherfreute Küßchen und Umarmungen aus. Meine Mutter, die in ihrem Kulturbeutel einer unversehens flüchtigen Pillenpackung hinterherjagte, hörte bloß weibliches Gekicher, männliches Brummen und ein unverkennbares Schmatzen. Ihr brannten die Sicherungen durch.

Raus aus dem Badezimmer. Nieder mit Claudia und ihren Germknödeln. Dann drosch sie auf meinen Vater ein, bei dem auf der Stelle die Lichter ausgingen. Sogleich meldete sich ihr schlechtes Gewissen, als sie sah, wie er langsam, taumelnd, wieder zu sich kam.

«Ich liebe es, wenn du wütend wirst», nuschelte er. Sein Auge schwoll bereits an. «Aber sag mir trotzdem mal, *warum* du wütend bist?!»

Dann läutete er jenes Versöhnungsritual ein, das sich – nach einem Honeymoon-Baby und fünf Ehejahren – als besonders wirksam herausgestellt hatte, und ignorierte sein schmerzhaft erblühendes Megaveilchen. «Du warst nicht nur mein Sonnenschein», vertraute er mir Jahre später an, «sondern ein Himmel voller Sternchen.»

Währenddessen ruhte in den Tiefen des mütterlichen Kulturbeutels das potentielle Instrument meiner Vernichtung – vergessen und verdrängt.

Aber nicht lange. Als meine Mutter am folgenden Abend ihr Versäumnis entdeckte, verspürte sie erste Anzeichen von Unruhe, die sie sogleich mit einem Fondue und jeder Menge Schnaps betäubte. Sechs Wochen später, unwohl und reizbar, suchte sie unseren Hausarzt auf, der ein alter Freund der Familie war.

«Ian, du mußt mir was verschreiben», forderte sie mit Nachdruck. «Ich fühle mich schrecklich. Deprimiert und ausgelaugt.»

«Wir haben immer noch März, es ist Winter, da hat man schon mal seinen Melancholischen», erwiderte er in seiner üblichen flapsigen Art. «Wir werden dich natürlich untersuchen, aber hey, weißt du, was das beste Mittel ist?»

Wenn er jetzt Orgien mit den Frühlingslämmern verschreibt, dachte meine Mutter, drehe ich durch; dieses Bild brachte auf der Stelle ihre Schwindelgefühle zurück. «Was?» fragte sie mit schwacher Stimme.

«Eine Party. Gebt eine Party. Da fühlen sich alle gleich besser.»

Also gaben sie eine Party. Zur Bekämpfung der Melancholie. Und alle hatten ihren Spaß – einschließlich des Doktors, der um drei Uhr nachts, nach diversen Flaschen Wein, die Zeit für gekommen hielt, meiner Mutter die guten Neuigkeiten zu übermitteln: daß mein Bruder Billy ein Geschwisterchen bekäme. Das waren in der Tat Neuigkeiten für meine Mutter. Aber keine guten. Ganz und gar nicht. Sie machte sich auf die Suche nach meinem Vater. Und fand ihn inmitten eines beschwipsten Flirts, diesmal mit meiner Patentante in spe. Meine Mutter sah darin eine Wiederholung jener Ereignisse vor sechs Wochen. Und wurde noch wütender. Im Grunde wußte sie, daß sie meine bevorstehende Ankunft sich selbst zu verdanken hatte. Immerhin war sie es, die die Pille vergessen hatte. Doch wie die meisten Menschen, die sich ihrer eigenen Schuld nicht stellen wollen, suchte sie sie jemand anders aufs Auge zu drücken. Wer eignete sich besser dafür als mein Vater, der soeben feuchtfröhlich den Hals einer ihrer besten Freundinnen abschlabberte? So drückte sie ihm eins aufs Auge.

«Das!» und traf diesmal das linke, «bekommst du dafür, daß du mich geschwängert hast, du Schwein.»

Mein tapferer Vater blieb – gerade so eben – bei Bewußtsein. «Wie – bitte?» murmelte er. «Geschwängert? Schwanger?» Meiner Mutter zufolge wandte er sich daraufhin mit einem engelsgleichen Gesicht an die arme Annie, ihre Freundin. «Schwanger! Wir kriegen ein Baby! Was für eine schöne Überraschung!»

Der Augenblick war gekommen, da meine Mutter unter Beweis stellen konnte, daß sie doppelt und dreifach keine Lady war. «Herrgott noch mal!» brüllte sie, «das ist eine beschissene Überraschung! Ich will nicht noch so 'n blödes Balg. Ich mag überhaupt keine Bälger. Du Idiot!» Sprach's und – wumm! – drückte ihm noch eins auf, diesmal ins gelbschwarz gestreifte Auge, das sechs Wochen zuvor seine Strafe erhalten hatte.

So schien es nur allzu passend, daß ich, als ich acht Monate später auf die Welt kam – nachdem meine Mutter zwei Wochen lang auf ihren riesigen Bauch gestarrt und «Komm raus! Komm raus!» gegrummelt hatte – mit zwei blauen Augen erschien. Mein Vater betrachtete mich zärtlich. «Schau doch mal!» rief er meiner Mutter zu. «Sie sieht mir ähnlich!»

Meine Mutter, die bloß darauf wartete, daß das holde Kindermädchen ihr die Last abnahm, die sie neuneinhalb Monate mit sich herumgeschleppt hatte, lachte sogar. «Irgendwann werden wir ihr das alles erzählen», sagte sie entschlossen und strich meinem Vater über das nunmehr unversehrte Gesicht. «Zumindest wird es ihr die Notwendigkeit von Verhütungsmitteln bewußtmachen.» Das war wohl ihre etwas verdrehte Art, mich auf dieser Welt willkommen zu heißen.

Und hier bin ich nun, kurz davor, mich selbst in der Welt der Eingeweihten willkommen zu heißen – mit meinem Freund Dominic. Wir sind seit sieben Monaten zusammen. Achtzehn Jahre sind seit meiner Geburt vergangen, und ich bin mir der Notwendigkeit von Verhütungsmitteln wohl bewußt. Während wir hier stehen und uns ansehen, uns noch nicht einmal berühren, wartet die Startflagge auf ihren Einsatz: eine Packung Durex, die Dominic feierlich, mit stolzer Lässigkeit auf dem Bett plaziert hat.

Natürlich weiß ich, was das ist. Das habe ich bereits mit sieben Jahren gelernt, als ein australisches Au-pair-Mädchen mich in einem Zeitungsladen schickte, um «ein bißchen Durex» für unser Märchenschloß zu holen, das wir an jenem Nachmittag aus Klorollen und Cornflakespackungen basteln wollten. Da ich schon ein paar Wochen Zeit gehabt hatte, mich an die eigentümliche Sprache dieses Au pair zu gewöhnen, wußte ich, daß sie eigentlich Tesafilm meinte; was ich nicht wußte, war, daß dieser abgedroschene Witz von der südlichen Erdhalbkugel maßgeblich zu meiner Aufklärung beitragen sollte.

«Du willst was?» fragte der Zeitungsverkäufer entsetzt.

«Durex, bitte», wiederholte ich, klimperte mit den neununddreißig Pence, die ich mit auf den Weg bekommen hatte, und fragte mich, ob wohl noch was für ein Tütchen verbotenes Brausepulver übrigbleiben würde, das ich mir heimlich kaufen wollte.

«Unfaßbar!» rief er einem Kunden hinter mir zu. «Allmächtiger, die fangen ja immer früher an!» Dann wandte er sich mir zu, zog eine Grimasse und sagte: «Raus hier, du verdorbener kleiner Lümmel! Wer hat dich dazu angestiftet? So was führen wir nicht, und du bist verdammt noch mal viel zu jung dafür. Mensch, so ein kleiner Bengel!»

Es blieb natürlich nicht aus, daß ich mit meinen kurzen Haaren und den Klamotten meines Bruders für einen Jungen gehalten wurde. Da ich zwischen sieben und neun Jahren hartnäckig an der Vorstellung festhielt, ich sei ein Junge namens Martin, der von seinen leiblichen Eltern, einem Prinzenpaar aus einem weit entfernten Tyrannenland, unter einem Busch ausgesetzt worden war, machte mir die Verwechslung immer Freude. Also verließ ich den Zeitungsladen mit einem Lächeln und freute mich ganz besonders darüber, daß ich den Verkäufer zum Fluchen gebracht hatte – ein Ziel, das meine Freundinnen und ich stets ehrgeizig verfolgten. Ein bißchen irritiert war ich aber doch, weil man mir kein Tesafilm verkaufen wollte, obwohl ich es hinter dem Verkäufer im Regal gesehen hatte, und zutiefst betrübt, brauselos wieder abziehen zu müssen.

«Er wollte mir kein Durex verkaufen», berichtete ich dem Au-pair-Mädchen, das noch immer im Parkverbot stand und sich die Verkehrspolizisten vom Leibe hielt. «Er hat gemeint, so was führen sie nicht und daß ich ein verdammter Lümmel bin.»

«Nicht fluchen, Susannah», gab sie automatisch zurück. «Warum hat er das wohl gesagt?» grübelte sie, bis bruchstückhaft erinnerte Warnungen aus einem Reiseführer ihr wieder in den Sinn kamen und sie zum Lachen brachten. «Jesses! Natürlich! Präser! Du hast nach Präsern gefragt! Kein Wunder, daß er dich für einen Lümmel hielt! Meine Herren!»

«Präser? Was ist das denn?»

Und da sie so redete, wie ihr der australische Schnabel gewachsen war, erzählte sie es mir.

Durch Vorfälle wie diesen bin ich unvermeidlich zu der Überzeugung gelangt, daß ich tatsächlich verdorben bin. Meine Kindheit war voll von solchen Mißverständnissen. Wie damals, als ich, kaum vier Jahre alt, ein frisches Malbuch suchte, um meine neuen Caran-d'Ache-Kreiden auszuprobieren. Das Schlafzimmer meiner Eltern war der hellste Raum in einem kühlen Haus, also zog es mich und die Hunde bei jeder sich bietenden Gelegenheit dorthin.

Ich lag auf dem Boden, kitzelte einen der Hunde und fragte mich, wo ich ein geeignetes Objekt für meine Malkünste herbekäme, als ich unter dem elterlichen Bett ein Buch entdeckte. Ich zog es heraus – und traute meinen Augen nicht. Was für ein Geschenk des Himmels! Ein riesenfettes Buch, vollgestopft mit Schwarzweißbildern, die geradezu sehnsüchtig darauf warteten, mit bunten Farben aufgepeppt zu werden. Während ich die ersten Seiten durchblätterte, wurde ich schon fortgetragen in eine Welt der Kobaltblaus, Löwenzahngelbs und Feuerwehrrots.

Stunden später krochen die Schatten über den Fußboden, das Schlafzimmer war kalt, und die Hunde hatten sich längst in wärmere Gefilde begeben. Doch ich war noch immer da, umringt von kleinen farbigen Stummeln und den stets verschmähten schwarzen Kreidestiften. Ich war erschöpft, meine Finger waren zu schmierigen kleinen Jackson-Pollock-Würstchen mutiert, und ich näherte mich bedrohlich dem Ende des Buches. Aber ich war glücklich. Picasso hätte nicht glücklicher sein können. So fanden mich meine Eltern vor, als mein Vater nach oben kam, um sich nach der Arbeit umzuziehen.

«Na, mein Schatz», sagte er vergnügt. «Schwer beschäftigt? Was malst du denn da?»

Stolz zeigte ich es ihm.

«Warst du die ganze Zeit hier?» wollte meine Mutter wissen. «Du warst gar nicht an der frischen Luft, um ...»

«Verdammte Scheiße!» fuhr mein Vater dazwischen, als er den Titel des Buches erkannte. «Ich meine, ach du liebe Güte!» verbesserte er sich auf Mutters mahnenden Blick hin. «Guck dir das an», sagte er und reichte ihr meine farbenfrohen Schöpfungen. «Wir haben eine Sexbesessene im Haus.»

Und so entstand die wilde, wunderbare Technicolor-Version von Susannah Jowitts ... *Spaß am Sex*.

Veschwunden waren die skizzenhaften Linien in Schwarz und Weiß, das schwarze Haar und der volle Bart des Mannes, verschwunden auch die bleichen Schenkel der Frau. Statt dessen betrachteten meine Eltern und ich in stiller Andacht die bunte Palette von lila Schamhaaren, leuchtendblauen Brustwarzen, außerordentlich roten Gesichtern und, auf einer Seite, eine liebevoll gestreifte Fahnenstange von einem Penis.

Schon im zarten Alter von vier ahnte ich, daß ich mir nur selten des uneingeschränkten Wohlwollens beider Elternteile gewiß sein konnte, doch diesmal wähnte ich mich auf Erfolgskurs. Ich würde dieses Werk am nächsten Tag in den Kindergarten tragen und die Konkurrenz mit ihren linkischen Windmühlen und einfältigen Katzen hinwegpusten. Die Lehrerin, Mrs. Sutton, würde mich zur Belohnung auffordern, die Geschichte für den Tag auszuwählen. Möglicherweise würde ich sogar einen goldenen Stern und in der Essenspause die erste Milch gereicht bekommen. Die Aussichten machten mich ganz schwindelig. Zum ersten Mal in meinem Leben spürte ich den berauschenden Kitzel des Ehrgeizes.

Derweil sahen sich meine Eltern an und dachten darüber nach, wie sie auf die ersten Anzeichen von Nymphomanie bei ihrer vierjährigen Tochter reagieren sollten. Fest stand, daß ich versaut war. Wie sollte man so was bloß erziehen?

«Abscheuliches Mädchen», sagte meine Mutter schließlich. «Wo hast du das geklaut? Nein, ich will es gar nicht wissen. Du weißt, daß man nicht in anderer Leute Sachen herumwühlt. Geh auf dein Zimmer.»

Statt Belohnung große Verwirrung. Erst fünf Jahre später wurde mir klar, was ich verbrochen hatte.

Da war ich neun und auf dem Internat. Ich hatte bereits meine Durex-Kenntnisse verbreitet – eine maßlos aufgeblähte Version der nüchternen australischen Erklärung – und galt als eins der coolsten Mädchen. Wer sich über Sex informieren wollte, kam zu mir. Und ich bluffte mich durch. Ohne mit der Wimper zu zucken.

Denn ich hatte nicht den geringsten Schimmer, was die Erinnerungen an unsere Durex-Unterhaltung mit dem Ding an sich zu tun hatten. Mir fielen Penisse, Gummi, Babyverhinderung, Vaginas, Präser und Sperma wieder ein. Gleichwohl hätte das Au pair auch über Quarks, Neutronen, Wysiwygs, Megabytes und Zipdisks reden können – ich hätte ungefähr genausoviel verstanden. Mit den Jahren hatte ich sowohl das «Ding» meines Vaters als auch meines Bruders gesehen, doch keins von beiden ähnelte auch nur entfernt dem «erigierten Penis» aus der australischen Erklärung oder der längst vergessenen Fahnenstange meiner Maleskapaden. Ich war einfach eine ausgekochte Betrügerin.

Und dann brachte ich das Ganze auch noch mit einem Film über Gummibaumzucht durcheinander, den ich mal gesehen hatte. «Na ja», spielte ich mich auf, «ich weiß Bescheid. Aus dem Ding von dem Jungen kommt Gummi. Das wird dann in einem besonderen Gefäß gesammelt, das man Vagina nennt. Dann, wenn es ganz fest und klebrig ist, schiebt ihr's in euren Vorderhintern und voilá! habt ihr ein Baby gepflanzt. Jawoll, ich weiß Bescheid. Und wenn man das Gummi in ein Durex tut – ein anderes Gefäß –, dann verhindert man, daß das Baby wächst, was scheinbar manchmal gut ist.»

An dem Tag, als Victoria, abwechselnd beste Freundin und ärgste Feindin, die neuen Biologiebücher ihres älteren Bruders zu uns ins Klassenzimmer schmuggelte, flog ich auf. Zu fünft drängten wir uns schweigend über den Zeichnungen und Diagrammen. Schließlich blickte Victoria auf und starrte mich durchdringend an. «Hier steht nichts über Gummi – und da! die Vagina ist kein Gefäß, das *ist* der Vorderhintern. Gott, bist du blöd, Susannah! Du weißt überhaupt nichts!»

Die Beleidigungen perlten an mir ab. Denn ich starrte die Zeichnungen an und hörte eh kaum, was sie sagte. Erinnerungen an andere Bilder, in einem farbenfrohen Buch mit dem Titel *Spaß am Sex,* wurden schlagartig in mir wach. Fünf Jahre nach dem Ereignis zählte ich zwei und zwei zusammen, und das Ergebnis war erschütternd. Kein Wunder, daß meine Mutter mich für pervers hielt. Kein Wunder, daß sie mich, als sie mich vor wenigen Monaten dabei erwischte, wie ich die Pornomagazine meines Bruders durchblätterte (also, bei allem, was so sorgfältig und verstohlen unter einem Bett verstaut ist, lohnt sich doch ein flüchtiger Blick), so seltsam anschaute und sagte: «Mein Gott, du bist wahrhaftig sexbesessen!» Und jetzt stellte ich die schlimmstmögliche Kombination dar: eine Perverse, die nicht einmal wußte, worin die Perversion bestand.

Es war eine demütigende Lektion, die ich meine gesamte Schulzeit hindurch beherzigte – ich gab mir selbst die Hausaufgabe mit auf den Weg, nie wieder so schlecht informiert zu sein, noch sollte mich irgend jemand jemals wieder der Sexbesessenheit bezichtigen. Und aus diesem Grund stehe ich hier im Londoner Schlafzimmer meiner besten Freundin, während sich alle meine Schulkameradinnen schon längst ihrer Jungfräulichkeit entledigt haben, keusch und umfassend informiert über alles, was Sex zu bieten hat. Was mich erwartet, ist keine Initiation, sondern bloß eine Bestätigung.

Ein Mädcheninternat ist die perfekte Tauschbörse von Informationen über alle technischen sexuellen Details. Denn im Gegensatz zu den gemischten Schulen, wo alle damit beschäftigt sind, Es zu tun, Es wenigstens zu versuchen oder Es gerade *nicht* zu tun, *konnten* wir es gar nicht tun, wir konnten nur darüber reden. Die Ferien waren die Zeit der Feldstudien für jene, die sich eines passenden sozialen Umfelds rühmen konnten; wenn die Schule wieder anfing, wurden die jeweiligen Erfahrungen präsentiert und neue Erkenntnisse der Allgemeinheit zur Verfügung gestellt, damit man sie ausführlich in einem lebhaften Forum voller Meinungen, Gelächter und Wißbegierde diskutieren konnte. Sechs Jahre lang verglich ich meine behutsam beschränkten Fummeleien mit denen meiner Klassenkameradinnen und fügte diesen Erfahrungen eine gründliche Lektüre von einschlägigen Werken hinzu, die das sexuelle Terrain abdeckten: von Groschenromanen über eine wohlgehütete, häufig konfiszierte Ausgabe von *Lady Chatterley* bis zu dem nahezu klinischen Schmutz von Mario Puzo, Jackie Collins und, sehr gewagt, dem *Delta der Venus*.

Zuweilen ging dieser Lernprozeß ein wenig in die Irre, sozusagen ein Hürdenlauf auf Krücken. Ein Mädchen namens Naomi war eine gute Freundin und wertvolle Mentorin für viele von uns. Wir befanden uns in einem dauerhaften Zustand atemloser Bewunderung für Naomi, weil sie uns sowohl in der erotischen Akrobatik wie auch in ihrer beneidenswert weltweisen Skepsis gegenüber dem ganzen Rammelrummel, wie sie es nannte, meilenweit voraus war. An dem Tag, als sie uns in die Kunst des Blasens einführte, hatte sie mindestens fünfzehn eifrige Schülerinnen um sich versammelt – und ich saß in der ersten Reihe. Keine von uns hatte je einen erigierten Penis gesehen, geschweige denn im Mund gehabt ...

«Das wichtigste», eröffnete Naomi bedeutungsschwer, «ist: keine Zähne.» Öffnete den Mund ganz weit und stülpte ihre Lippen über die oberen und unteren Schneidezähne, so daß sie wie eine alte Rentnerin aussah, die sich gerade das Gebiß herausgenommen hatte. «So bereitet ihr euch vor.» Und so führte sie die gesamte Unterrichtseinheit fort. Dabei klang sie wie eine Kreuzung zwischen einer Gehirnlähmungspatientin und Dr. Ruth. Es war, gelinde gesagt, abstoßend.

«Zuerst könnt ihr ein bißchen züngeln», gurgelte sie, «dran herumlecken, als handelte es sich um eine große Eistüte, aber irgendwann müßt ihr ihn richtig in den Mund nehmen. Und da fängt das Problem an. Denn wenn er nicht gerade Stecknadelgröße hat, quetscht er euch die Mandeln ein. Und dann fangt ihr an zu würgen.» Sodann ahmte sie die Fellatio nach, inklusive naturgetreuer Würgelaute. «Vor allem, wenn er richtig in Fahrt kommt.» Ihre Kopfbewegungen wurden hektisch, der zahnlose Mund öffnete sich noch weiter, die Augen quollen ihr aus dem Kopf. «Zu diesem Zeitpunkt wollt ihr nur noch weg, aber bleibt dran, denn wenn er anfängt, euch heftig in den Rachen zu stoßen», sie packte sich in den Nacken und fing an, ihren Kopf vorwärts zu schleudern, «und euren Kopf nach vorn zu zerren – so, dann bedeutet das, daß er gleich kommt. Und ihr müßt euch entscheiden: spucken oder schlucken?»

Inzwischen waren wir in kollektivem Entsetzen verstummt.

«Spucken oder schlucken?» wiederholte Naomi mit normaler Stimme. Ihr Mund hatte sich zu einem amüsierten Lächeln zurückgeformt. «Darüber gibt es unterschiedliche Ansichten. Ich plädiere für Spucken – nur, ihr müßt es heimlich machen, und bevor sie euch küssen, logisch.»

Aus der Zuhörermenge waren unterdrückte Ekelbekundungen zu vernehmen.

«... sonst sind sie natürlich total beleidigt, daß ihr nicht schlucken wollt. Andererseits: Warum sollte man das wollen? Sperma ist widerlich, es schmeckt wie warmer, salziger Popel und ...»

«Es reicht!» riefen wir wie aus einem Munde. «Igitt! Grauenhaft!»

Wir sahen uns an, in einvernehmlichem Schauder, und waren uns einig: nur über unsere Leiche. Sich ein theoretisches Fundament an Sexualkenntnissen anzueignen war eine Sache, aber sich freiwillig einer zahnlosen, würgenden, schleimschluckenden Demütigung zu unterziehen war sichtlich hirnverbrannt. Das kam der Wirklichkeit viel zu nah.

Doch nun bin ich achtzehn, bin mein ganzes Leben lang pervers gewesen – und sollte dem Ruf wohl allmählich gerecht werden. Dies *ist* die Wirklichkeit. Nach so vielen Jahren der Vorbereitung habe ich diese Verführung mit der militärischen Präzision einer Golfkriegsoffensive geplant. Seit genau sieben Monaten (eine Glückszahl, fand ich immer) gehen wir miteinander und haben seitdem nicht weniger als achtzehn ernsthafte Diskussionen über meine Jungfräulichkeit geführt. Im Schutz der Dunkelheit haben wir uns gleichsam eine Vertrautheit mit unseren Körpern erarbeitet, jeden Punkt in der angemessenen Reihenfolge abgedeckt.

Es ist der letzte Samstag in den Ferien, ich habe die ganze Woche über streng Diät gehalten, meine Beine bis zum Schritt rasiert und Gleitcreme besorgt – für alle Fälle. Meine Freundin Matty hat uns ihr Schlafzimmer zur Verfügung gestellt und schläft mit ihrem Freund auf dem Sofa, und nach gründlicher Überlegung haben wir das Bett dunkel bezogen – für alle Fälle. Zwischen uns liegt eine Packung Durex, in meiner Handtasche noch ein einzelnes Exemplar, das ich aus dem Portemonnaie meines Bruders entwendet habe – für alle Fälle; ich bin auf alles vorbereitet.

Wie eine Pfadfinderin nehme ich meine Entjungferung in Angriff, und in Dominic habe ich dabei einen bereitwilligen Komplizen gefunden. Um seine eigene Nervosität zu übertünchen, sucht er Zuflucht in der feierlichen Inszenierung eines solch entscheidenden Rituals. Er hat im ganzen Raum Kerzen verteilt und einen exakt bemessenen Zipfel der Überdecke umgeschlagen. Seit wir uns im Schlafzimmer befinden, hat er seinen Atem mindestens viermal überprüft und die unglückliche Stelle an seiner Stirn blutig gequetscht, um unerbetene Pickel vorsorglich in die Schranken zu weisen. Jetzt hippelt er nervös von einem Bein aufs andere.

Denn auch Dominic ist noch Jungfrau.

In meiner Naivität bilde ich mir ein, daß das gerade gut ist. Es gibt nichts, was wir beide nicht über den Geschlechtsakt wissen, also bleibt uns das sprichwörtliche Fummeldesaster erspart, und trotzdem brauche ich mich nicht an den gymnastischen Rekorden irgendwelcher Sexhäschen zu messen, die er vorher gehabt hätte. Der gemeinsame Mangel an Vorgeschichte kann doch nur in einer harmonischen, selbstvergessenen Entdeckungsreise münden, die nicht durch bestehende Marksteine behindert wird. Dies ist mein Freund, den ich für diese wichtige Aufgabe auserwählt habe: Es wird bewegend, zart und rundum erfüllend.

Also ziehe ich ihn zu mir heran und hauche ihm ins Ohr: «Vögel tun es, Bienen tun es, auch dressierte Flöhe tun es ... laß uns rammeln – die ganze Nacht!»

Ich bin so stolz auf diesen Spruch. Der ideale Eisbrecher. Ich habe ihn mit Matty oft genug geübt, und wir waren uns sogar einig, daß das unverblümte Sexvokabular besser ist als alles, was mit ‹Liebe› zu tun hat. Dumm ist nur, daß mir jetzt, da ich es sage, die Alternativen in den Sinn kommen, die uns in unserer Wodka-umnebelten Hysterie eingefallen waren: «Laß uns ficken, bis wir knicken! Laß uns vögeln wie die Elstern! Laß uns bumsen, bis der Nachbar aus dem Bett fällt!» Und plötzlich ist mir zum Kichern zumute.

Dominic und ich hatten immer Spaß gehabt im Bett, beim Ringen mit ungewohnten Verschlüssen von Gürteln und BHs, und uns beschwipst angerülpst in den kurzen gemeinsamen Stunden, bevor wir wieder nach Hause oder in die Schule zurückmußten. In unseren Briefen, die wir uns eisern zweimal die Woche schrieben, haben wir uns das immer wieder gegenseitig bestätigt. Aber jetzt kann ich, sollte ich, darf ich nicht lachen – es ist doch der Moment, in dem ich meine Unschuld verliere. Es ist ein ernstzunehmender Meilenstein in meinem Leben, und Albernheiten sind hier völlig fehl am Platz.

Also schlucke ich das verräterische Glucksen hinunter, feierlich legen wir uns aufs Bett und fangen an, uns gegenseitig auszuziehen. Unsere bisherigen entspannten Erkundungen waren lediglich Kostümproben für diesen Augenblick gewesen, und in unserem Lampenfieber gehen wir hastig und ungeschickt vor, ohne ein befreiendes Lachen. Unser Vorspiel, bis jetzt das einzige Ventil für unsere jugendliche Lust, ist auf einmal bloß der Prolog zu diesem Drama und daher flüchtig und fahrig. Während ich schon oft nackt neben ihm gelegen habe, hat er bisher immer seine Boxershorts anbehalten. Jetzt erstickt er jegliche Leidenschaft im Keim, steht auf, klettert unter die Decke, mit dem Kondom in der Hand, zieht seine Hose aus und dreht mir den Rücken zu. Für eine Weile höre ich nichts außer unterdrücktem Fluchen, während ich unbeholfen zu ihm unter die Decke krieche. Er dreht sich wieder zu mir um, bringt einen leicht abstoßenden Hauch von Latex mit und gibt mir einen hektischen Kuß, wobei sein Rücken einen krampfhaften Bogen um meine Hüften macht. Bisher fand ich es immer schön, die warme Wölbung in seiner Hose oder seinen Shorts zu streicheln, jetzt fürchtet sich meine Hand, all diese Zeichnungen, Pornomagazine, die gestreifte Fahnenstange meiner Kindheit zu bestätigen. Ich weiß, wie er aussieht, habe ihn sogar ein paarmal vorsichtig durch die Öffnung in seinen Shorts gestreift, aber nie zuvor habe ich darüber nachgedacht, wie groß er sich in mir anfühlen würde. Auf einmal ist Wissen nicht mehr Macht; Wissen ist machtlos.

Als er in mich eindringt, werde ich mit genau der falschen Einstellung zur Frau: verhalten, verschämt, ehrfürchtig, verklemmt. Es ist die erste Täuschung, die zweite folgt sogleich: Ich spüre keinen Schmerz, nicht mal Unbehagen, doch ebensowenig Lust, also ganz gewiß keinen Orgasmus. Nach dem, was mir meine Freundinnen erzählen, haben sie allesamt jedesmal einen Orgasmus, also muß mit mir irgendwas nicht stimmen. Das sind meine Gedanken, als wir unsere erste ‹Nummer› beenden – kein feuchtes Stöhnen, kein Violinencrescendo, sondern lediglich ein leichtes Summen, das weniger aufregend ist als jedes Vorspiel, in dem wir uns in den vergangenen sieben Monaten erkundet haben. Wir haben keine Liebe gemacht, wir haben es bloß hinter uns gebracht.

Hinterher ist die quälendste Erkenntnis, daß sich überhaupt nichts verändert hat. Nach achtzehn Jahren Vorbereitung hänge ich mitten in der Luft, bin weder in Grund und Boden zerstört noch zu den Sternen entfleucht. Ich fühle mich kein bißchen verändert, nicht wissender, nicht reifer. Und, das Schlimmste von allem, nichts war neu, überraschend. Hatte ich wirklich erwartet, daß ich durch eine – na gut, seien wir großzügig, drei – Penetrationen plötzlich zur Frau würde? Statt dessen fühle ich mich wie der linkische Teenager, der ich noch immer bin: gräßlich und stumm. Dominic und ich fremdeln, lügen uns zum ersten Mal an, versichern einander, wie fantastisch es war. Aber wir umarmen uns nicht, wir liegen nebeneinander, fühlen uns unwohl in unserer unverschwitzten Haut, und sein Arm liegt unbequem um meine Schultern herum. Das Lachen ist verschwunden – ich verspüre kein Bedürfnis, noch einmal von dressierten Flöhen anzufangen – und mir kommt der traurige Gedanke, daß Matty und ich uns keinen geistreichen Spruch ausgedacht haben, um das Eis danach zu brechen. Wie sollte ich denn wissen, daß das nötig sein würde?

Mein vielgerühmtes Wissen entpuppt sich jetzt als doppelter Fluch: Es hat dem Ereignis jegliche Spontaneität und Überraschung genommen, war aber gleichzeitig so hohl, daß es mir nun, in diesem Moment, nicht weiterhelfen kann. Wenn ich meinen Schularbeiten so viel Zeit gewidmet hätte wie meiner Entjungferung, könnte ich dieses Wissen wunderbar in den bevorstehenden Klausuren anwenden. Auf einmal erscheint mir diese Art von Wissen so viel wichtiger ...

Deutsch von
Miriam Mandelkow

Bunny
Alexa Hennig von Lange

Bunny hält sich für etwas ganz Besonderes. Das würde sie natürlich nie laut sagen. Aber wenn sie mit dem Finger an den Backsteinwänden der roten Bungalowsiedlung, in der sie mit ihren Eltern wohnt, entlangfährt und von der Bushaltestelle nach Hause geht, dann dreht sich in ihrem Kopf alles, und Bunny denkt sich, daß sie ein Genie ist.

Bunny weiß zwar nicht genau, warum, aber vorhin, als sie ihren besten Freund Paul nach der Schule noch kurz besucht hatte, um ihm die neueste Ausgabe der Schülerzeitung «Gänscha» in die Hand zu drücken, in der drei wirklich geniale Geschichten von ihr abgedruckt sind, hatte Paul bewundernd bestätigt, daß Bunny ein Genie sei. Paul hatte auf seiner Patchwork-Überdecke gesessen und gierig Bunnys Geschichten verschlungen und hinterher erklärt, daß Bunny ein Schreib-Genie sei. Bunny hatte Pauls Worte mit großen Augen von der Fensterbank aus aufgesogen und ganz genau gespürt, daß Paul recht hatte.

Paul ist siebzehn und der einzige, der Bunny voll und ganz versteht, weil auch er ein Genie ist. Paul spielt nämlich Baß in einer Band und malt nebenbei geniale Bilder von ausgemergelten, schreienden Kreaturen, die er, wenn sie fertig sind, an seine Zimmerwände hängt. Auf dem Weg von Pauls Zweizimmerwohnung zum Bus hatte Bunny vor lauter Euphorie noch schnell eine Geschichte von ihren getöteten Haustieren aus dem Stegreif erzählt, und Paul war ganz nervös geworden, weil er das Gefühl hatte, daß Bunny langsam durchdrehte. Doch genau darum hatte Bunny es wieder gespürt. Bunny ist ein Genie.

Bunny ist fünfzehn Jahre alt und haut ihren Kopf gerne mal gegen die geschlossene Zimmertür, wenn ihre Mutter auf der anderen Seite im Flur steht und bettelt, daß Bunny mit dem Quatsch aufhört. Aber Bunny hört nicht auf, sondern haut lieber weiter ihren Kopf an die grün gestrichene Holztür, weil das so schön weh tut und weil sie meint, daß Genies so etwas eben tun. Immerhin hatte der Kunstlehrer Herr Klug in der Schule erzählt, daß dieser geniale Maler Vincent van Gogh im Wahn sogar sein Ohr abgeschnitten hätte. Also hatte Bunny beschlossen, auch wahnsinnig zu werden, weil das so ziemlich das Spannendste ist, was sie sich im Moment vorstellen kann.

Wahnsinnig werden ist doch schon mal eine Perspektive. Vor allen Dingen, wenn man nicht weiß, wohin einen das Leben führt. Darum haut Bunny weiter ihren Kopf gegen die Tür, hört ihre Mutter im Flur schreien, hat das Gefühl, verrückt zu werden, und überlegt, was sie sich als nächstes antun könnte. Auf dem Schreibtisch liegen noch die Bücher, die sie von ihren Eltern zum Geburtstag bekommen hat. Eins davon ist besonders dick und enthält mehrere Geschichten von Franz Kafka. Eine Geschichte heißt «Der Hungerkünstler». Daran erinnert sich Bunny jetzt, als es ihr langweilig wird, den Kopf gegen die Tür zu schlagen. Bunny hält inne, erhebt sich von ihrem Teppichplatz an der Türschwelle, wankt herüber zu Kafkas Geschichten, blättert zum Beweis in dem dicken Buch herum und findet im Inhaltsverzeichnis das schöne Wort: Hungerkünstler.

Als Bunny gestern zum Wiegen bei ihrem Hausarzt neben den ganzen Omas und Opas im Wartezimmer auf den orangen Stühlen gesessen und gewartet hatte, da hatte sie beim Durchblättern der BUNTEN auch so eine interessante Sache über berühmte Schauspieler und über Kafka entdeckt: Die versammelte Mannschaft magersüchtiger Genies. Das hatte Bunny Genugtuung verschafft und ihr das Gefühl gegeben, genau das Richtige zu tun. Sie war auf dem richtigen Weg, ein Genie zu werden. Nie mehr essen, war Bunnys Plan. Zum Beweis, daß der Plan bereits aufging, saß sie da zwischen den dicken Omas und Opas und wartete auf die Schwester, die ihr Gewicht prüfte.

Das ist Bunnys liebster Termin in der Woche. Erstens fällt dadurch immer die erste Schulstunde aus, und zweitens liebt Bunny diesen Blick der Schwester auf die Waage und dann den Kugelschreiber, der in den Wiegepaß kritzelt, daß Bunny nur noch 48,5 Kilo wiegt.

Kafka war auch ein Genie und wußte genau, wie man hungert. Kafka war ein Hungerkünstler, und Bunny hat vor, auch einer zu werden. Ein Hungergenie.

Bunnys Mutter klopft zaghaft an die Tür und drückt die Klinke runter. Bunny muß grinsen und freut sich, daß die Tür abgeschlossen ist. Mama muß draußen bleiben und Angst um Bunny haben. Mama fängt an zu weinen, und Bunny fühlt sich unter Druck gesetzt, dreht die Musik auf und setzt sich heulend unter den Tisch.

Bunnys Mutter verschwindet, und Bunny weiß genau, wie Mama jetzt guckt. Ganz traurig, mit rotgeweinten Augen und hilflosen Zuckungen um den Mund. Mama tut Bunny leid, aber Bunny kann es nicht ändern, weil sie sich noch viel mehr leid tut. Bunny ist schließlich auf dem besten Wege, wahnsinnig zu werden. Das heißt, daß sie gar nichts gegen ihre merkwürdigen Anwandlungen tun kann. Mama kann Bunny auch nicht helfen, obwohl Bunny sich nichts lieber wünscht, als daß Mama ihr helfen könnte. Aber weil Mama Bunny nicht versteht, haut Bunny ihren Kopf gegen die Wand und versucht, sich mit aller Gewalt in Luft aufzulösen.

Bunny fühlt sich einsam und ist sich gar nicht mehr so sicher, ob sie wirklich wahnsinnig werden will. Darum überlegt sie, während sie sich in ihren Pulloverärmel schneuzt, daß sie vielleicht zu Mama in die Küche gehen könnte, um sich auf die Arbeitsplatte zu setzen und ein bißchen mit Mama zu reden. Aber dann würde Mama nur hilflos gukken, und Bunny hätte sofort wieder das Gefühl, wahnsinnig werden zu müssen. Genies haben es eben nicht besonders einfach auf dieser Welt. Besonders wenn sie noch bei ihren Eltern wohnen und eigentlich viel lieber nach draußen ins eigene Leben treten wollen.

Bunnys Mutter ahnt nichts und guckt ängstlich duch Bunnys Kinderzimmerfenster.

Und Bunny merkt nichts, weil sie gerade damit beschäftigt ist, die Kalorien von den zwei Knäckebroten und dem Apfel vom Vormittag zusammenzuzählen und die Flusen vom Boden in den Papierkorb zu sammeln.

Bunny hat ein schlechtes Gewissen: Irgendwo in ihrem Körper geistern 200 Kalorien herum, die da eigentlich nichts zu suchen haben, außer ihren Bauch wie den einer Schwangeren aufzublähen.

Bunnys Mutter hat ein schlechtes Gewissen, weil sie sich im Vorgarten durch die Rosenhecke kämpft und versucht herauszufinden, was Bunny gerade in ihrem Zimmer macht.

Bunny sitzt immer noch versteckt unter ihrem Schreibtisch und zieht, schon etwas besser gelaunt, die rechte Schublade in ihrem Bücherschrank auf. Da liegen nämlich diese wunderbaren Abführtabletten unter den Geschichtsbüchern der siebten und achten Klasse, die Bunny mit Hängen und Würgen hinter sich gebracht hat.

Bunnys Mutter hängt in den Rosendornen fest. Die Nachbarin Frau Seidel wünscht Bunnys Mutter einen wunderschönen Tag und will wissen, was Bunnys Mutter mit ihrer Seidenbluse zwischen den Rosen zu suchen hat. Mama macht, wie immer, einen gekonnten Scherz, obwohl ihr zum Heulen zumute ist, und sagt, daß sie ihren Ehering irgendwo da vor Bunnys Fenster verloren hat. Frau Seidel guckt komisch und verschwindet, um Bunnys Mutter nicht zwischen den Dornen suchen helfen zu müssen. Aber Bunnys Mutter ist heilfroh, daß Frau Seidel im Nachbarbungalow Abendessen machen will, reißt sich in ihre Seidenbluse ein großes Loch und kämpft sich, wie ein frecher Prinz zu seiner geliebten Prinzessin, zu Bunnys Fenster vor.

Als Bunny sich die erste von den Abführpillen in den Mund steckt und hinunterschluckt, findet sie mal wieder, daß Schule die reinste Zeitverschwendung ist und nicht das richtige für Genies. In der Schule ist es langweilig. Nie wird man da nach der eigenen Meinung gefragt, und die Lehrer haben überhaupt keine Ahnung von den wirklich wichtigen Dingen des Lebens. Die Mitschüler im übrigen auch nicht. Das sind einfach nur kleine Häschen, die an der Karotte knabbern, die der Lehrer ihnen vorhält. Bunny muß heftig niesen, der Teppich ist so staubig, da sie ihrer Mutter seit geraumer Zeit verbietet, in ihrem Zimmer Staub zu saugen. Auf die Zuchtkarotte der Lehrer hat Bunny wirklich keine Lust.

Am schlimmsten sind der Religionslehrer Herr Weber und Sonja, ihre Tischnachbarin mit den langen hellblonden Popperhaaren, die tüchtig nach der Pfeife von Herrn Weber tanzt, weil sie Angst hat, Herr Weber könnte merken, daß sie nur Styropor im Kopf hat.

Letzte Woche, nachdem Herr Weber beschlossen hatte, während des Unterrichts die Klassenarbeiten der 7c zu korrigieren, weil draußen auf dem Schulhof so schön die Sonne schien und 29 oder 30 Grad im Schatten waren, sollten sie alle einen Jesus malen. Da hatte Bunny sich gefreut und gedacht, daß sie jetzt mal der ganzen Klasse, und besonders Herrn Weber, zeigen könnte, daß sie ein Genie ist, und hatte ihrem Bleistift-Jesus mit Absicht keine Augen gemalt. Da hatte Herr Weber sofort gemerkt, daß die kleine Bunny mehr auf dem Kasten hat als er und ihr von seinem Lehrerpult aus eilig einen Vogel gezeigt.

Die Sache mit Jesus ist nämlich die, hatte Bunny versucht zu erklären, daß man Jesus nie den richtigen Augenausdruck malen könne, weil er sein Leben lang furchtbar tiefsinnig und melancholisch und ganz einfach auch ein Genie gewesen war. Wenn nicht sogar das größte, was je sein Leben auf der Erde gefristet hatte. Dieser Tatsache war

Bunny sich absolut sicher. Gerade deswegen, weil es Jesus und nur Jesus möglich gewesen war, Blinde sehend zu machen, ohne ihnen eine neue Linse einsetzen zu müssen, wie das gerade die Ärzte in Amerika mit Lasertechnologie erproben. Nach dem Vogelzeig von Herrn Weber malte Sonja Bunnys geliebtem Jesus schnell zwei große, rote Filzstift-Albino-Karnickel-Augen und schleimte sich vorsorglich bei Herrn Weber ein, weil die Zeugnisse in greifbare Nähe rückten. Um sich zusätzlich bei der Klasse einen Punkt zu holen, erklärte Sonja, sie sei auch ein Genie, weil sie sogar Jesus ohne größeren Aufwand Augen verpassen könnte. Von hinten und von vorne wurde Bunny von ekelhaftem Gelächter erschlagen. Die widerliche Sonja kassierte ihren angestrebten Beliebtheits-Punkt, und seitdem ist sie für Bunny gestorben. Bevor die Religionsstunde zu Ende war, landete der Bleistift-Jesus, in hundert kleine Schnipsel zerfetzt, im grauen Plastikpapierkorb in der Ecke vom Klassenzimmer.

Auf dem Weg in die Pause hatte sich Bunny noch einmal zu Herrn Weber umgedreht und böse erklärt, Herr Weber sei ein infantiler Esel. Dieses geliebte Wort hatte Bunny in einem Miss-Marple-Krimi gelesen, und seitdem gehörte es zu ihrem festen Wortschatz. Herr Weber hatte Bunny mit seinen grandiosen blauen Augen erschrocken angesehen. Im Grunde genommen schätzt Bunny Herrn Webers blaue Augen, besonders, wenn er ein Hemd in der gleichen meerestiefen Farbe trägt. Trotzdem hatte Bunny sich in diesem Moment nichts sehnlicher gewünscht, als ihren Tintenkiller aus ihrer Schulplastiktüte hervorzuziehen und damit Herrn Weber die blauen Augen wegzulöschen.

Bunny drückt die zweite Tablette aus der durchsichtigen Hülle durch die Alufolie und stellt erschüttert fest, daß sowieso alle Leute infantil sind, die nicht bereit sind zu leiden, um Genies zu sein. Nur Genies, meint Bunny, können wirklich leiden und wissen, was Verzicht und Schmerzen bedeuten. Zum Beispiel, wenn man sich die zweite Abführtablette in den Mund steckt und neun Stunden später vor lauter Magenkrämpfen im Bad zusammenbricht. Na ja. Bunny schluckt die trockene Pille und denkt über die Dinge nach, die sie sich in der Schule antun lassen muß. Darum paßt sie im Unterricht auch gar nicht mehr auf. Bunny findet, daß der ganze Kram nichts mit ihr zu tun hat. Und so hat Bunnies Mutter erst richtig was zu tun, wenn ihrer Tochter beim Mittagessen plötzlich wieder einfällt, daß am nächsten Tag eine Klassenarbeit in Geschichte geschrieben wird. Eigentlich ist Mama nämlich mehr als perfekt. Die setzt sich dann den ganzen Nachmittag hin, liest das Geschichtsbuch durch und faßt es für Bunny auf DIN-A4-Blättern zusammen. Diese lernt Bunny dann nachts auswendig und schreibt mittelmäßige Arbeiten.

Bunny hat ein schlechtes Gewissen, weil sie Mama mit ihren Geniewünschen quält.

Bunnys Mutter quält sich durch das Gestrüpp zu Bunnys Fensterscheibe, die in der unteren linken Ecke ein großes Loch hat, und ist froh, daß die Rosenhecken das Loch so gut verstecken, weil die kaputte Scheibe unschöne Erinnerungen an den Nachmittag vor zwei Tagen wachruft, als Bunny vor lauter Wut mit der Faust die Scheibe zerschlug, um ihrer Mutter klarzumachen, daß sie wirklich unglücklich sei.

Bunny fühlt sich wie ein Teufel, der kurz davor ist durchzudrehen. Auf der Erde hat sie nichts verloren. Sie will nun endlich den Weg in die Hölle finden. Sie will bei den anderen Teufeln sein. Sie sind die Auserwählten, die Genies, und verstehen sich wunderbar untereinander und müssen nicht mehr einsam sein.

Darum schluckt Bunny die dritte Tablette. Bunny fühlt sich ihrem weltlichen Ende ein Stückchen näher.

Bunnys Mutter starrt ängstlich ins Zimmer, in dem die kleine Bunny einfach nicht zu erspähen ist. Das Bett mit der gelb gestreiften Überdecke ist leer, das hellblaue Sofa ist ausschließlich mit einem Kleiderhaufen bedeckt, auf dem Teppich stehen nur, einsam und verlassen, Bunnys Hausschuhe. Die weigert sich Bunny zu tragen. Am Schreibtisch sitzt auch keine Bunny, die fleißig ihre Hausaufgaben macht. Bunnys Mutter überlegt, ob ihre Tochter vielleicht im geschlossenen Kleiderschrank sitzt und ins Dunkle starrt. Platz wäre dafür allemal. Schließlich liegen Bunnys Kleider alle auf dem Sofa verstreut. Hoffentlich erstickt sie nicht, denkt Bunnys Mutter und klopft gegen die Scheibe, damit Bunny aus ihrem Versteck kommt, um zu zeigen, daß sie noch am Leben ist.

Bunny zuckt unter dem Schreibtisch zusammen und krabbelt unter der hellen Holzplatte hervor, um dann sofort auszuflippen, als sie ihre Mutter auf der anderen Seite der Fensterscheibe zwischen den Rosensträuchern stehen sieht. Bunnys Mutter macht ihrer Tochter hilflose Zeichen, weil die Nachbarn sonst denken könnten, daß Bunny ständig von ihren Eltern mißhandelt wird.

Bunny ist das alles zuviel, und sie schleudert den Ghettoblaster, den sie letzte Weihnachten von ihrer Oma geschenkt bekommen hatte, gegen die gegenüberliegende

Wand, weil das so schön kracht und um Mama zu zeigen, wie schlimm es ist, wie ein Affe durch die Fensterscheibe beobachtet zu werden.

Mama kämpft sich durch die scharfen Dornen, fühlt die Krallen der wogenden Äste auf ihren heißen Wangen, wehrt sich gegen den aufkommenden Schmerz, tastet sich blind durch die peitschenden Blüten.

Bunnys Mutter kann nicht mehr.

Bunny kann nicht mehr.

Bunny kauert vor ihrem hellblauen Sofa, auf dem die Babypuppe Liesbeth Jansen thront und an vergangene Kindheitstage erinnert, an denen Bunny auf Mamas Schoß gesessen und mit verweinten Augen versprochen hatte, immer die kleine Bunny zu bleiben und nie von zu Hause wegzuziehen. Bunny hatte immer bei Mama und Papa bleiben wollen, um nie alleine sein zu müssen. Jetzt ist Bunny immer noch bei Mama und Papa und fühlt sich einsamer als je zuvor.

In Bunny tobt und schreit es wie verrückt, Bunny will lieber tot sein, als den Schmerz auf dem Teppich vor dem Sofa zu ertragen. Sie will die Arme ausbreiten und sich in das imaginäre Messer stürzen, was ihren Bauch aufschlitzt und endlich die wahrhaftige Bunny aus der viel zu engen Hülle befreit.

Bunnys Mutter spürt am rechten Arm den letzten Stich der Rosen und wünscht sich nichts sehnlicher als Bunnys Vater an ihrer Seite. Aber der sitzt im Büro und sorgt dafür, daß Bunny und Mama immer etwas zu essen haben.

Paul kommt die rote Häuserwand entlang und beobachtet verzaubert, wie sich Bunnys Mutter taumelnd und zitternd aus dem dornigen Märchenwald auf den gepflasterten Gehweg vor der Haustür rettet. Paul beschleunigt augenblicklich seine Schritte und folgt Bunnys Mutter ins Haus, vor die Höhle der kleinen Bestie Bunny, die wieder rhythmisch ihren Kopf gegen den grüngestrichenen Höhleneingang schlägt.

Bunnys Mutter haut schreiend vor Wut und Angst gegen die vibrierende Tür und fleht ihre Tochter an, endlich mit diesem Quatsch aufzuhören. Aber Bunny denkt nicht daran und nutzt ihren Schädel weiter als unzerstörbaren Trommelschlegel. Mama bricht an der Schwelle zur Hölle zusammen und bedeckt den Boden mit zischenden Tränen, wie glühender Lack.

Paul beugt sich über Bunnys Mutter, streift ihren bebenden Rücken mit seinem dunkelblauen Hosenbein und drückt vorsichtig die goldene Käfigklinke herunter. Der einsame Vogel soll aus seiner Gefangenschaft befreit werden. Aber der Käfig ist von innen verschlossen, und hinter den undurchdringlichen Gitterstäben klagt das Rotkehlchen ohnmächtig sein Leid.

Bunny hört ihre Mutter an der Türklinke weinen, fühlt, wie die Klinke über ihrem Kopf immer und immer wieder heruntergedrückt wird, und will nichts davon wissen. Bunny hat Angst, ihr Brustkorb ist zu eng für das rasend pumpende Herz unter der linken Brusttasche ihres gelben Hemdes. Der Kleiderschrank, das Bett, das Sofa und der Tisch mit dem Bücherregal scheinen näher zu rücken, um Bunny wie Zorro in seinem Kerker zu erdrücken. Bunny sucht nach der rettenden Bodenplatte, die Zorro im «Western von gestern» quergestellt hatte, um die näher rückenden Wände daran zu hindern, seinen Körper im schwarzen Umhang zu zerquetschen. Aber unter Bunny liegt nur der weiche Flusenteppich, den Papa mit Spezialkleber fest an das darunterliegende Linoleum befestigt hatte. Bunny fühlt die Tabletten in ihren Därmen rumoren, zu früh tritt die Wirkung der heimlich gekauften Saubermacher ein. Sie hat feuchte Hände und zieht sich die Haare hilflos durchs naßgeweinte Gesicht. Bunny muß raus, um nicht im eigenen Sumpf zu versinken.

Paul zieht Bunnys Mutter auf die Beine, greift ihr fest unter die Arme und schleift sie ins Nebenzimmer über die Schwelle ins Bett.

Bunny tastet schwindlig nach dem Schlüssel unter der Klinke und dreht ihn herum. Da steht Paul und breitet wie der Greif aus Odysseus seine schwarzen Schwingen aus, um Bunny in sein Reich zu ziehen.

Bunny fühlt sich sicher in der dunklen Mulde, die die Wärme nicht nach draußen läßt, sondern sich plötzlich wie eine Hülle um ihren Körper legt und das alte Gefühl aus Liesbeth-Jansen-Jahren wieder aufleben läßt. Aber es nimmt Bunny nicht die Luft zum Atmen, sondern macht Lust auf tiefe, gurgelnde Atemzüge, die Sonnenblumenfelder in ihrer Lunge zum Blühen bringen.

Pauls Hände streichen sanft über Bunnys schmächtigen, zerbrechlichen Rücken, fühlen die zarten Rippenbögen, die sich gegen die durchscheinende Haut unter dem zerknitterten Hemd hervorwölben, und sorgen in Bunnys Körper für warme, wogende Wellen, die den gesamten Brustraum erfüllen.

Bunny drückt ihre tränennasse Nase gegen Pauls duftenden Hals mit der pumpenden Ader unter dem dunkelblauen Rollkragenpullover, und zwei kleine, grüne Augen halten ängstlich nach Mama Ausschau, die wieder neugierig hinter der nächsten Ecke lauern könnte. Aber da ist keine Mama. Da ist nur Paul, der süße Luft in Bunnys einsame Ohrmuschel bläst und liebe Worte flüstert. Bunny traut sich nicht zu atmen, zu schön ist der Zauber, der sie umgibt. Da ist Pauls Bauch, der sich an ihre flache Brust preßt und scheinbar mit ihr verschmilzt.

Bunnys zitternde Lippen tasten sich zögernd an Pauls Bartstoppeln empor zu dem weichen, lächelnden Mund. Da will Bunny mit ihrer hungrigen Zunge rein, um zu spüren, wie es in der fremden, roten Höhle ist. Da ist es warm und feucht. Da fühlt sich Bunny aufgehoben und sicher. Ihre dünnen, zitternden Hände gleiten über Pauls Rücken, krallen sich in seiner Haut fest, und sie drückt die Ärmchen fest zusammen, um nicht im Strudel unterzugehen, der sich um die beiden gebildet hat.

Da stehen die beiden Königskinder auf der kleinen, weichen Wolke und fahren in den Himmel, um der Hölle zu entfliehen.

So fühlt Bunny und hält sich an Pauls Gürtel fest.

Der Kurs des Begehrens
Marti Leimbach

Als ich Anfang Zwanzig war, suchte ich eine Psychologin auf. Es war nicht das erste Mal und sollte auch nicht das letzte sein, und doch erinnere ich mich besonders gut daran, denn ich ging diesmal nicht hin, weil ich schon Probleme hatte, sondern weil ich welche erwartete. Meine Mutter, mein einziges Elternteil, lag im Sterben, und dieses Sterben war Teil meines Lebens geworden, so sehr, daß ich das Gefühl hatte, unter einem Baldachin aus Kummer und Verlustangst zu existieren, aus Schuldgefühlen und Zorn. Ich war nervös, verunsichert, plötzlich jagten mir die alltäglichsten Dinge Angst ein: Flugzeuge, Autobahnen, bestimmte Stunden in der Nacht. Meine Mutter war bereits seit längerem krank gewesen, und die Krankheit hatte sie derart verändert, daß sie nicht mehr die Mutter war, die ich aus meiner Kindheit kannte. Ganz gewiß nicht. Sie war streng religiös geworden, ohne kritische Distanz zur Außenwelt, frei von Ehrgeiz und Illusionen, voller Nachsicht für ihre Kinder, die sie so viele Jahre lang für die Unzulänglichkeiten ihres eigenen Lebens verantwortlich gemacht hatte. Diese Frau, die in einem Krankenhausbett in Illinois im Sterben lag, hatte nur noch schlichte Bedürfnisse. Sie wollte reden und lachen, eine Mahlzeit genießen, ihren Kindern nah sein, ihren Frieden mit Gott schließen. Sie war überhaupt nicht wie meine Mutter.

«Wenn sie stirbt, werde ich wohl zusammenbrechen», erklärte ich, ohne mir bewußt zu sein, daß ich bereits dabei war, einen gewaltigen Zusammenbruch zu erleiden. «Und ich möchte, daß Sie mich kennenlernen, bevor sie stirbt, damit Sie nach ihrem Tod eine Vergleichsmöglichkeit haben.»

Die Psychologin lachte ein wenig und ließ eine Bemerkung fallen, die mich glauben machte, sie halte diese – wie könnte man es nennen? – prophylaktische Therapie für eine gute Idee. Sie stellte einige einfache Fragen nach meinem Alter und ob ich bestimmte Medikamente einnehme, und machte sich ein paar Notizen. Dann blickte sie auf, ich weiß noch, daß ihre Augen klar waren, ruhig, rund und sanft, so sanftmütig wie die einer Kuh, und fragte mich ganz gelassen und direkt, ob ich jemals sexuell mißbraucht worden sei. Diese Frage bestürzte mich, ich fand sie unangemessen, sie hatte so gar nichts mit dem Thema zu tun, das mich beschäftigte. Sie erklärte mir, von den Frauen, die sie aufsuchten, seien so viele mißbraucht worden, daß sie dazu übergegangen sei, diese Frage gleich zu Beginn zu stellen, um sich nicht von Sitzung zu Sitzung vortasten zu müssen. Manchmal sei es eben leichter, sich zu äußern, bevor man die Therapeutin besser kennenlerne.

Ich wich der Frage aus und erwiderte, ich wisse es nicht so genau. Was bedeutet denn sexueller Mißbrauch? sinnierte ich laut. Im Gegensatz zu einfachem Sex? Die Therapeutin, die ungefähr Mitte Dreißig war, so wie ich heute, zuckte bei diesen Worten sichtlich zusammen. Sie versuchte, mich zu einem Gespräch zu bewegen, das mir die Antwort zu dieser existentiellen Frage erschließen würde, aber ich war nicht in der Stimmung, darüber zu sprechen. Ich habe auch niemals darüber gesprochen. Meine Mitmenschen bezeichnen mich als offen, mutig, ungestüm, als jemanden, der direkt und aufrichtig ist, ungeachtet der möglichen Konsequenzen. Aber ich habe meine Geheimfächer, meine ureigenen Falltüren. Was in meiner Jugend passiert ist, so zwischen 1976, als ich dreizehn war, und 1983, sollte immer nur mich persönlich angehen. Ich habe darüber niemals mit einem Therapeuten gesprochen oder mit meinem Mann, auch nicht mit Freunden oder Verwandten, ganz bestimmt nicht mit den Betroffenen, den Jungen und den Männern, die ich mir gesucht hatte, auf gedankenlose oder naive oder leichtfertige Weise. Wenn ich heute einem von ihnen auf der Straße begegnete, würde ich einfach vorbeigehen, als erkenne ich ihn nicht wieder, und wenn er mich darauf ansprächt, würde ich mit solcher Leichtigkeit lügen, daß es vielleicht sogar mich selbst überzeugen würde. Kein Aufruf zur Wahrheitsliebe könnte mich je umstimmen – warum auch? Ich habe meine Zeit mit diesen Männern bereits abgesessen, habe eine Strafe verbüßt, von der ich zuweilen das Gefühl habe, sie sei erst vor kurzem abgelaufen. Ich bin nichts schuldig geblieben, und doch bin ich nun bereit, über alles zu reden. Sich auszusprechen bringt keine Erleichterung. Eigentlich kommt es mir beinah eitel vor, so offen eine Geschichte zu erzählen, die einen wirklich unangenehm berührt und – wahrscheinlich – gar nicht so außergewöhnlich ist.

Keine Namen. Bis auf meine Mutter. Sie ist nun seit langem tot, und mit ihrem Geist habe ich mich anfreunden können. Ich gebe ihr nicht die Schuld, aber ich möchte ihr auch keine guten Eigenschaften andichten, die ihr fremd waren, oder sie durch glanzvolle Erinnerungen verklären, die sie nur tiefer begraben würden. Ihre Persönlichkeit, ihr wahres Selbst, lebt in meinen Erinnerungen fort, und ich versuche, sie nicht schönzufärben, um meine Mutter nicht ganz zu verlieren. Sie war alleinerziehend – auch wenn es diesen Begriff damals noch nicht gab. Sie war Witwe. Ich weiß noch, wie gräßlich ich dieses Wort fand, als ich noch ein Kind war, gräßlich, so gerufen zu werden. Wie die Spinne, die wir in jungen Jahren zu fürchten lernen und zu meiden suchen. Sie hatte den Falschen geheiratet, ein Fehler, der leicht passieren kann, und von ihm drei Kinder bekommen, bevor er sich im Keller eines Hauses umbrachte, aus dem wir bald darauf auszogen. Ich erinnere mich, wie unglücklich sie war, vor seinem Tod und danach, wie sie drohte, uns loswerden zu wollen – uns auszusetzen, zu ertränken oder wegzuschicken (für gewöhnlich in ein Erziehungsheim). Obwohl diese Drohungen uns sehr verletzten, haben wir sie doch niemals ernst genommen. Sie schien so stark zu sein, wie sie zwei Kinder auf einmal die Treppe hinauftrug, den Abwasch erledigte, dabei lässig eine Zigarette rauchte und gleichzeitig das Abendessen für uns zubereitete, wie sie mit Stöckelschuhen und schicken Kleidern ins Büro eilte. Sie ging zur Arbeit – natürlich erst nach dem Selbstmord meines Vater –, während die anderen Mütter zu Hause blieben, und das ließ sie in einem ganz anderen Licht erscheinen, das machte sie für uns so außergewöhnlich. Sie fehlte uns, und wir weinten und hämmerten gegen die Tür. Mein Bruder schlug regelmäßig mit dem Kopf gegen die Wand neben dem Fernseher, um sie zum Bleiben zu bewegen. In irgendeinem Hinterzimmer wachte eine schwarze Frau aus der Stadt, die zu Hause wahrscheinlich selbst Kinder hatte und die sich nur widerwillig um drei weiße Bälger kümmerte, die in ihren Augen verwöhnt und undankbar waren.

Die Zeiten waren hart, aber es gab auch Lichtblicke. Meine Mutter war Journalistin, Reporterin. Sie liebte ihren Beruf, und ich erinnere mich, wie sie ein paar Jahre lang zur Arbeit und wir zur Schule gingen und alles besser lief als früher. Sie war furchtbar einsam und hatte es sich in den Kopf gesetzt, daß sie so einsam war und niemals wirklich glücklich werden konnte, weil sie häßlich sei. Sie hatte eine krumme Nase und leicht schiefe Zähne, dünnes, glattes Haar, und ihre Haut war von Aknenarben aus der Pubertät gezeichnet. Wie habe ich es nur fertiggebracht, so schöne Kinder auf die Welt zu bringen, wo ich doch selbst häßlich bin? fragte sie immer wieder. Sie hatte ebenfalls für sich entschieden, daß ich es im Leben niemals schwer haben würde, weil ich so hübsch war. Von früher Kindheit an – vielleicht seit meinem fünften oder sechsten Lebensjahr – betrachtete sie mein blondes Haar und meine rosige, reine Haut, meine tadellosen Zähne und beschloß, daß mein Leben aufgrund meines Aussehens unter günstigen Vorzeichen stand. Die Männer werden dir zu Füßen liegen, verkündete sie mir, als ich noch in einem Alter war, da der Gedanke an Männer – *Männer* – mir noch so fremd war wie Wesen von einem anderen Stern.

Nun muß man wissen, daß meine Mutter, all ihren Makeln zum Trotz, nicht im geringsten häßlich war. Für sich genommen war keiner ihrer Gesichtszüge besonders schön, das nicht, aber in ihrer Gesamtwirkung hatten sie einen ganz eigenen Reiz. Sie war eine kräftige, schmale Frau von natürlicher Anmut, mit einem besonders ausdrucksvollen Gesicht, voller Leben und Witz, und einem ansteckenden Lachen, das ihren ganzen Körper schüttelte. Als Kind war ich hübsch wie viele andere Kinder auch, und ich wuchs zu einer durchschnittlich aussehenden Frau heran, die ihre besten Züge – jenes unverwechselbare Lachen und einen ausgeprägten Sinn für Humor – von der Mutter geerbt hatte. Aber die Wahrheit zählt nicht, was in unserer Familie zählte, war der Glaubenssatz, daß Mutter erstens unglücklich war, weil sie keinen Ehemann hatte, und zweitens, weil sie für Männer nicht anziehend genug war. Verheiratete Frauen müßten nicht hart arbeiten, behauptete sie. Das galt in ihren Augen sogar für die Mutter meiner besten Freundin, die sechs Kinder hatte und halbtags in einer Immobilienagentur arbeitete. Schönen Frauen fliege alles nur so zu, predigte sie, die nettesten, reichsten Ehemänner, die Sonnenseite des Lebens sei ihnen sicher. Sie würden ständig zu Parties eingeladen, sie selbst hingegen sei überhaupt niemals irgendwo eingeladen.

Man könnte den Eindruck gewinnen, die Sorgen meiner Mutter seien nichts weiter gewesen als besonders bizarre, übermächtige, verzerrte Ansichten einer Frau, die vor lauter Einsamkeit und Verlassenheit verbittert war. Ihre Kinder, die sie für ungewöhnlich schön hielt, sollten der Welt ihren eigenen Wert beweisen, auch wenn diese Kinder sie ironischerweise vielleicht davon abhielten, jenen Mann ausfindig zu machen, von dem sie glaubte, er würde sie von einem Leben voller Sorgen und Nöte erlösen und ihr nichts als Freude und Muße schenken. Doch befand sich die Außenwelt durchaus im Einklang mit den Gefühlen meiner Mutter. Die sexuelle Revolution stand unmittelbar bevor, und die gesamte Nation (in diesem Fall die USA) schien von Fragen der äußeren Erscheinung genauso besessen zu sein wie meine Mutter. Das Bedürfnis, das andere Geschlecht anzuziehen, hatte absurde Geltung erlangt, die alles andere als angemessen war. Sex wurde immer mehr nach außen getragen, die Sexualität wurde für jeden ein zusehends wichtiger, beinahe greifbarer Trumpf. Meine Mutter sprach niemals von Sex, immer nur von Sex-Appeal, und das war der große Diskurs der Siebziger. Es lief darauf hinaus, daß die Frauen sich befreiten, indem sie ihre Sexualität offen auslebten, und daß diese Entwicklung auf lange Sicht zur Gleichberechtigung mit den Männern führen müßte, deren Libido seit jeher als Teil der menschlichen Natur akzeptiert wurde. Allerdings war es nicht diese Botschaft, die mich erreichte, mich und viele andere junge Mädchen dieser Ära. Die Tatsache, daß Frauen von nun an rückenfreie Oberteile und knallenge Hosen tragen durften, von einem Bett ins nächste springen und sich die heißesten, gewagtesten Affären leisten konnten, bedeutete keineswegs, daß diejenigen unter uns, die gerade ins Teenager-Alter kamen, in aller Freiheit eine gesunde, natürliche Sexualität entwickeln konnten. Es bedeutete lediglich, daß wir uns auf einen gnadenlosen Wettkampf einlassen mußten, um unseren sexuellen Marktwert unter Beweis zu stellen, und daß wir immer einfallsreicher vorgehen mußten, um einen Mann zu erobern. Ich weiß noch, daß an unserer High School ein Buch in Umlauf war, ein Bestseller mit dem Titel *The Happy Hooker*, den eine ehemalige Prostituierte verfaßt hatte. Alles drehte sich nur darum, wie wunderbar einfach es doch war, schön zu sein und mit unzähligen einfältigen Männern Sex zu haben, die dafür auch noch bereitwillig ein kleines Vermögen zahlten. Die Autorin stellte sich selbst als eine Art Sex-Guru dar und ließ sich seitenlang darüber aus, was Männer wirklich wollen und wie man sie in Kenntnis ihrer geheimsten Wünsche am besten manipulieren kann. Und das sollte *befreiend* sein? Meine Freundinnen und ich lasen es und zogen daraus den Schluß, daß wir uns selbst mehr oder weniger wie diese Prostituierte verhalten mußten, um den Männern zu gefallen, deren Erwartungen seit der sexuellen Revolution ins Unermeßliche gestiegen waren und die es nun nach Dingen wie Gruppensex oder kleinen, intimen Orgien verlangte. Es lag nicht allein an diesem Buch, selbst große Schriftsteller trugen zu diesem Eindruck bei, etwa John Updike, der jungen Mädchen wie mir mit seinem Roman *Ehepaare* einen düsteren, schockierenden Einblick in die Welt der Erwachsenen gewährte, in eine Welt, die offensichtlich viel mehr mit Sexualität zu tun hatte, als wir uns je träumen ließen, und die voller furchteinflößender sexueller Anforderungen steckte. Und so war ein junges Mädchen wie ich, das von Kindheit an gelernt hatte, wie wichtig es war, Männern zu gefallen, die Tochter eines Aschenputtels, das nie auf den Ball gekommen war, zwangsläufig verloren.

Eine meiner besten Freundinnen brachte die Nächte damit zu, mit Radio-DJs zu telefonieren und sich auf lange, alberne Gespräche einzulassen, die mit lauter sexuellen Anspielungen, halbherzigen Versprechen und neckischem Geplänkel gespickt waren. Sie war religiös erzogen und noch Jungfrau, ein stilles, fleißiges Mädchen, das in der Schule nicht weiter aufgefallen wäre, wo Schönheit und Beliebtheit miteinander einhergingen und sehr ernst genommen wurden, Anlaß zu einem Konkurrenzkampf gaben, bei dem solche Mädchen wie meine Freundin und auch ich selbst nicht die geringste Chance hatten. Eines Abends überredete sie mich, sie zu einem Treffen mit jenem Mann zu begleiten, mit dem sie geflirtet hatte. Er wollte einen Freund mitbringen, der angeblich über eins achtzig groß war, gut aussah und eine volle, dunkle Stimme hatte (das stimmte, ich hatte ihn im Radio gehört). Ich sagte vor allem deshalb zu, weil ich mich gerade langweilte, aber auch, weil mir bewußt war, daß meine Freundin auf jeden Fall zu diesem Treffen mit den beiden Typen gehen würde – sie hatte bereits fest zugesagt und sie hielt immer Wort – und daß sie allein auf sich gestellt wäre, wenn ich nicht mit ihr ginge.

Kaum war ich zu ihnen ins Auto gestiegen, wurde mir klar, daß ich einen Fehler gemacht hatte. Der Wagen war eine winzige, zweitürige Schrottkarre, meine Freundin und ich waren hinten eingezwängt, während vor uns zwei dunkle Gestalten saßen – diese Radiotypen –, die wir kaum erkennen konnten, wenn sie nicht gerade ein

Streichholz entzündeten, um die kleine, metallene Pfeife voller Marihuana anzustecken, die unentwegt von einem zum anderen gereicht wurde. Im harschen roten Licht einer Verkehrsampel musterte ich meinen «Partner» und fand ihn nicht besonders attraktiv, ganz anders als den süßen Jungen, den ich mir vorgestellt hatte. Seine Lippen waren wulstig, er hatte einen vorspringenden Unterkiefer, schlechte Zähne und eine Brille, die ihm jedesmal bis auf die Wangen herabrutschte, wenn er an der Pfeife zog.

Sie reichten uns die Pfeife nach hinten und drängten uns, doch auch zu rauchen. Ich tat so, als ob – ich wollte mich nicht zudröhnen, außerdem wußte ich nicht, was das eigentlich für Stoff war. Meine Mutter, die mich niemals über Männer aufgeklärt hatte, es sei denn, um deren lebenswichtige Bedeutung zu unterstreichen, hatte dafür eindringlich vor Drogen gewarnt. Solltest du dich jemals auf Drogen einlassen, hatte sie mir eingetrichtert, dann kannst du nur hoffen, daß dich die Polizei erwischt, bevor ich es tue. Ob es nun an ihren Ermahnungen lag oder an meinem eigenen Bedürfnis, stets einen klaren Kopf zu behalten, Drogen habe ich nie gemocht. Selbst Alkohol nicht, und wenn man mir auf Parties ein Glas in die Hand drückt, gebe ich manchmal vor, daran zu nippen und es zu genießen, genau wie ich in jener Nacht im Jahr 1977 vorgab, an besagter Pfeife zu ziehen.

Ich weiß nicht mehr, wohin wir unterwegs waren, vielleicht fuhren wir über den Highway Richtung Virginia oder über die windigen, kaum beleuchteten Landstraßen, die meine Heimatstadt säumten. Wir fuhren die ganze Nacht durch, und ich wurde immer schläfriger. Mein munterer, gewandter Plauderton, mit dem ich die anderen zu beeindrucken hoffte, ließ merklich nach, meine Haare wurden strähnig von der feuchten Morgenluft. Als wir schließlich etliche Stunden später an einer Straße nicht weit von meinem Zuhause anhielten – nicht direkt beim Haus, denn diese Männer waren klug genug, uns außer Sichtweite der Eltern abzusetzen –, war ich zutiefst erleichtert. Ich hatte das Gefühl, nach einer Entführung heil zurückgebracht zu werden, und ich war froh über die Freilassung. Der Mann, den man mir zugedacht hatte, küßte mich, weder zärtlich noch rücksichtsvoll, aber zumindest ließ er es dabei bewenden. Bei einem Kuß. Meine Freundin hatte mehr Glück, ihr «Partner» war nicht scharf auf sie. Ich erinnere mich, daß sie mir damals leid tat, weil sie nicht einmal einen dieser mißratenen, dubiosen Typen reizen konnte, zumal das Ganze auf ihre Initiative hin geschehen war. Ich hingegen hatte bei dem anderen irgendwie ein Feuer der Leidenschaft entfacht, bei dem mit den wulstigen Lippen, der meistens so zugedröhnt war, daß er nur in die Ferne starren und dabei dümmlich grinsen konnte. Ständig rief er mich an, bettelte darum, mich sehen zu dürfen, dann tauchte er sogar bei mir zu Hause auf, um mir nachzustellen. Meine Mutter war von ihm beeindruckt, weil er unseren Fernseher reparierte, der lange Zeit kaputt gewesen war, einige Möbelstücke umstellte, die sie allein nicht hätte heben können, ihren Wagen mit Hilfe von Überbrückungskabeln starten konnte, als die Batterie leer war. Sie mochte ihn, und sie schien es durchaus erstrebenswert zu finden, daß ich jemanden wie ihn zum Freund hatte – ich weiß nicht mehr, ob sie ihn MEINEN Freund nannte. Er war zwar erst Anfang Zwanzig, aber er war ein kräftiger Typ mit schweren Knochen, etwas schwabbelig und erstaunlich stark, wie das dicke Männer manchmal sein können.

Vielleicht habe ich aufgrund ihrer Zustimmung, ihrer stillschweigenden Ermunterung, ihn weiterhin zu treffen, tatsächlich weitergemacht. Ich wartete stets darauf, daß sie mir den Umgang mit ihm verbieten würde – das wäre mir als Ausrede sehr gelegen gekommen. Falls sie entschieden hätte, daß es sich für mich nicht schickte, mit ihm auszugehen, dann hätte ich einen plausiblen Grund gehabt, ihm abzusagen. Meine Mutter erlaubt es nicht, dieser schlichte Satz hätte vielleicht genügt, um ihn zu bremsen. Schließlich war ich erst vierzehn, und er wußte – er muß es gewußt haben –, daß es falsch war, mich so zu lieben und zu begehren, wie er es seiner Vorstellung nach tat. Aber meine Mutter unternahm nichts, um mich davon abzuhalten. Sie fand es herrlich, daß er im Radio zu hören war, daß sie zu bestimmten Tageszeiten nur am Knopf zu drehen brauchte und zwischen zwei Liebesliedern seiner Stimme lauschen konnte, in dem Wissen, daß ihre eigene Tochter sein Herz erobert hatte. Er war in meine Welt hineingeraten, und nun konnte ich ihn nicht mehr vertreiben. Ich wußte nicht wirklich, wie ich einen Mann an mich binden konnte, und noch viel weniger, wie ich mich von einem trennen sollte. Paul Simons großer Hit, «Fifty Ways To Leave Your Lover», wurde überall pausenlos gespielt, und ich achtete ganz besonders auf den Text. Meinen Freundinnen teilte ich im Vertrauen mit, daß ich mit dem Radiotypen «Schluß machen» wollte, und wenn ich davon sprach, klang es durchaus so, als ob ich diese Möglichkeit hätte. Doch wenn ich ihm unmittelbar gegenüberstand, wurde meine Ohnmacht augenfällig. Mit ihm zu schlafen war grauenhaft, ich winselte die ganze Zeit vor mich hin. Ich fand seinen behaarten, grotesken Körper abstoßend, auf den er so stolz war. Wußte meine Mutter überhaupt, daß er mit mir schlief? Ich glaube es eher nicht. Sie wußte, daß er in mich verliebt war, daß ich ihn hatte ködern können, und seine Avancen waren ein Beweis dafür, daß es mir im Lauf meines Lebens immer wieder gelingen würde, Männer anzuziehen. Das gefiel ihr. Er selbst gefiel ihr auch. Er sorgte für die männliche Präsenz, die ihr gefehlt hatte. Aber ich kann einfach nicht glauben, daß sie von unserer sexuellen Beziehung wußte. Ich *muß* einfach annehmen, daß der Gedanke, jemand könnte mit einem derart jungen Mädchen Sex haben, zu absurd war, um ihr überhaupt in den Sinn zu kommen. Wie sollte sich andernfalls eine solche Indifferenz mit der Liebe vereinbaren lassen, die sie mir entgegenbrachte? Ich bin mir sicher, daß meine Mutter mich liebte. Kurz bevor sie starb, schrieb sie mir einen Brief, in dem sie mir vieles anvertraute, ihre Gefühle für mich und auch die Sorgen, die sie sich um meine Zukunft machte, weil ich nicht genug für mich behielt, sondern stets den anderen gab, weil ich meine eigenen Interessen nicht vehement genug verteidigte. Als ich diesen Brief das erste Mal las, dachte ich, daß ihre Bedenken sinnlos wären, daß sie offenbar nicht die geringste Ahnung hatte, wie egoistisch ich war und wie gut ich mich zu behaupten wußte. Doch jetzt, zehn Jahre später, erkenne ich, daß sie recht hatte, sie kannte mich besser, als ich mich selbst kannte. Aber kann das dann auch bedeuten, daß sie wußte, was mit diesem Mann und mir wirklich los war? *Kann es das?*

Es wäre so bequem, meiner Mutter die Schuld dafür zu geben, daß ich fast ein ganzes Jahr lang damit beschäftigt war, mich abwechselnd vor einem Mann zu drücken und ihn dann wieder zu versöhnen, einem Mann, der mit seiner Präsenz eindeutig das Ende meiner Kindheit anzeigt und den Beginn jahrelanger unbefriedigender Beziehungen zu Männern. Ich denke allerdings, daß Sex ganz allgemein gesellschaftlich akzeptiert ist und prinzipiell als erstrebenswert gilt, egal wie fragwürdig die Bedingungen sind. Schon 1977 hatte die weibliche Sexualität längst die Grenzen der Privatsphäre gesprengt und einen Raum besetzt, der so öffentlich und leicht zugänglich war wie nie zuvor. Vielleicht hätte meine Mutter diese ganze unerträgliche, widerwärtige Situation verhindern können, aber dann hätte sie zugleich alle Umstände im Keim ersticken müssen, die dazu geführt hatten. Für die Frauen der Generation meiner Mutter hatte die sexuelle Revolution vor allem eines geleistet: Sie hatte sie von den entmündigenden Etiketten befreit, die sie entweder als ehrbare Frauen oder als Huren brandmarkten, genauer: als Ehefrauen (und potentielle Ehefrauen) oder unpassende Partien. Doch für die Frauen meiner Generation hatte sie die Prämisse geschaffen, daß wir unsere Sexualität ausleben sollten, und diese Sexualität sollte sich größtenteils über Äußerlichkeiten definieren, über die eindeutige Anziehungskraft, die wir auf Männer ausübten. Ich habe nicht den Eindruck, daß sich in letzter Zeit auf diesem Gebiet allzuviel verändert hat. Unsere Kultur hat alles Natürliche, was vielleicht einmal die Sexualität von Jugendlichen ausgemacht hat, restlos aufgezehrt und sie als weiteres Konsumgut im Schaufenster einer Welt ausgestellt, die vor verordneter Lust bereits überquillt. Daß weibliche Sexualität nicht mehr geleugnet, verschmäht oder verteufelt wird, bedeutet noch lange nicht, daß es nunmehr möglich ist, eine befreite Sexualität zu leben und sich ungehindert neuen sinnlichen Erfahrungen zu widmen. Sex ist immer noch die Tauschware geblieben, die er vor der sexuellen Revolution war, als Jungfräulichkeit für die Frau einen kostbaren Schatz darstellte, der nicht vergeudet werden durfte. Heutzutage heißt die Währung sexuelle Anziehungskraft, mit der wir sehr früh in unserem Leben als Erwachsene oder beinah Erwachsene ausgestattet werden. Eine Zeitlang können wir so tun, als sei dieses Vermögen unbegrenzt, und es nach Kräften genießen, aber auch das hat seinen Preis, birgt ganz eigene Gefahren, und zu guter Letzt sind wir bankrott, wenn unsere Attraktivität mit den Jahren dahinschmilzt. Solange wir jedoch über dieses Gut verfügen (und wie verzweifelt wir uns daran klammern!), verfügen wir auch über eine gewisse Macht. Es wäre schön zu glauben, wir machten davon Gebrauch, um unsere eigenen Wünsche zu verwirklichen, aber leider scheint mir das Gegenteil der Fall.

Das Leben als Frau bietet kaum Freiräume, in denen wir unsere echten, eigenen Wünsche von den Erwartungen anderer trennen könnten. Während meiner ersten Schwangerschaft stellte ich bei der begeisterten Lektüre aller möglichen Baby-Zeitschriften und Bücher zur Geburtsvorbereitung verblüfft fest, wie viele der Artikel und Kapitel Frauen «beruhigend» versicherten, sie könnten getrost bis zum Tag der Entbindung Sex haben. Der Gedanke, daß eine hochschwangere Frau vielleicht keine Lust verspüren könnte, ja daß es überhaupt Momente im Leben einer Frau geben könnte, in denen sie aus gutem Grund auf Sex verzichten wolle, wurde kein einziges Mal geäußert. Selbst die medizinische Fachwelt verkündete diese Botschaft – daß eine Frau eben jederzeit sexuell verfügbar zu sein habe. Sechs Wochen nach der Geburt meines zweiten Kindes versicherte mir die Ärztin, daß der Riß zweiten Grades, den ich bei der Entbindung erlitten hatte, verheilt sei, obwohl sie mich vor dieser Behauptung noch gar nicht untersucht hatte. Sie warnte mich davor, mein Liebesleben wegen dieser vermeintlichen Wunde noch länger auszusetzen, da diese – entgegen meinen Befürchtungen – wirklich verheilt sei. Sie wies mich ausdrücklich darauf hin, daß ich mich besser beeilen sollte, mit einem vielsagenden Blick, der nahelegte, ich würde das Schicksal herausfordern, wenn ich meinen Mann noch länger warten ließe.

Die Bücher gaben ihr recht – wie auch die Zeitschriften. Ich hatte das Gefühl, von allen Seiten mit irgendwelchen lästigen, langweiligen, lächerlichen Artikeln traktiert zu werden, die mir zu verstehen gaben, ich könne binnen fünf oder sechs Wochen nach der Geburt wieder Sex haben. Nicht zu vergessen die unzähligen anderen Beiträge, die mir dabei «helfen» sollten, zu meiner ursprünglichen Figur zurückzufinden – eine Sache von höchster Dringlichkeit, wie ich der hektischen Prosa entnehmen konnte, mit der diese Artikel gewürzt waren. Die Botschaft lautete, daß ich mit meiner Figur auch mein Selbstwertgefühl wiedergewinnen würde, wenn ich hingegen in postnataler Schlampigkeit verharrte, trüge ich reinen Selbsthaß zur Schau. In einer Welt ewiger Konkurrenz nicht begehrenswert sein zu wollen, selbst als junge Mutter, und sei es nur für einige Monate, war einfach unerhört. Sei sexy – so lautet die Botschaft –, und obwohl diese Botschaft *von* Frauen an Frauen ergeht, ist sie darum nicht weniger gefährlich und keinen Deut anders als die Botschaft, die mir meine Mutter verkündet hatte.

Ich erinnere mich, wie ich diesen Radiotypen endlich doch noch losgeworden bin. Er hatte mich am Swimmingpool seiner Wohnanlage vorgefunden, ich saß in einem Liegestuhl und plauderte mit einem gleichaltrigen Jungen. Er tobte vor Wut, deutete auf den Boden neben sich und rief mich wie einen ungehorsamen Hund. Ich reagierte nicht. Er stampfte mit dem Fuß auf, warf den Kopf zurück, blähte die Nasenlöcher und versuchte es noch einmal. Widerwillig ging ich auf ihn zu, aber nur, um ihm mitzuteilen, daß ich ihm nirgendswohin mehr folgen würde. Ich wollte meine Kleider wiederhaben, die noch in seinem Kombi waren. Ich wollte, daß er mich von nun an in Frieden ließ. Sein Blick gab mir zu verstehen, daß seine Geduld rapide nachließ, ich war im roten Bereich. Es gab eine Grenze, die ich nicht übertreten durfte, davor hatte er mich eindringlich gewarnt. Sein Zorn explodierte wie eine Kiste voller Knallkörper, die man versehentlich in Brand gesteckt hatte. Er rannte im Kreis herum, brüllte und warf mit allem, was ihm zwischen die Finger geriet, dann ging er zu seinem Kombi und verstreute meine Kleider über den ganzen Parkplatz. Als ich sie aufsammeln wollte, versetzte er mir einen Schlag und rannte schließlich davon, während ich Jeans und T-Shirt überstreifte. Vergiß die Socken, schlüpf schnell in die Schuhe, sagte ich mir, meine Finger versagten mir den Dienst, meine Fersen brannten auf dem heißen Asphalt. Bevor ich fliehen konnte, war er schon wieder zurückgekehrt, er hatte irgendwo ein Messer aufgetrieben – kein richtiges, nur ein Steakmesser, aber er hielt es wie eine Waffe, und so wurde es zur Waffe. Ich dachte, daß er mir vermutlich ein Andenken in die Haut ritzen würde oder mich sogar töten wollte. Ich hatte Angst, war aber zu allem bereit. Bereit, wegzulaufen oder zu kämpfen oder das Unvermeidliche über mich ergehen zu lassen. Seine Raserei, seine Kraft jagten mir fürchterliche Angst ein, aber sein Verhalten zeigte mir auch, daß ich es endlich geschafft hatte, daß ich ihn losgeworden war. Mir wurde ganz leicht zumute, ich spürte Freude, überschwengliche Freude. Ich schaute auf das Messer und auf seine Hand. Ich schaute weg, in die Richtung, in die ich gehen mußte. Zum Highway mit dem steten Strom von Autos, auf ein Einkaufszentrum, das ganz in der Nähe war und doch zu weit, als daß ich einen Vorsprung hätte halten können. Er sah mein fieberhaftes Spekulieren, meine Angst, und wandte das Messer gegen sich selbst, stach hilflos auf die Innenseite seines Arms ein, bis Blut floß. Dann rannte er weg, vielleicht hatte er sich selbst Angst eingejagt, und ich steuerte auf die Autos zu, weil sie sich fortbewegten und weil sie ein Ziel zu haben schienen.

Deutsch von
Patricia Klobusiczky

Auf der Suche nach Mr. Right Kathy Lette

Meine Mutter hat immer gesagt, eines Tages würde ich den Richtigen finden. Okay, sie hat auch immer gesagt, ich soll nicht schwimmen gehen, wenn ich meine Tage habe, was mich hätte stutzig machen müssen. Hat es aber nicht, und dann war auch schon alles zu spät: Mit dreizehn war ich bereits eine unheilbare Romantikerin. Und was schwebte mir in meinen romantischen Träumen vor? Eigentlich nichts Besonderes – *er* sollte lediglich über einen respektablen Bizeps, einen Doktortitel, einen knackigen Hintern, hellblaue Augen und einen gebildeten Schwanz verfügen, braungebrannt und profeministisch eingestellt sein, Krokodile mit bloßen Händen erwürgen und ein anständiges Soufflé zubereiten können sowie eine zärtliche Beziehung voll brandheißer Erotik anstreben. War das von einem Milliardär zuviel verlangt?

Was ich fand, waren eine Menge Falsche, ein oder zwei, die in Ordnung gingen, und ein paar, die man mitnahm, weil es schon verdammt spät und die Auswahl ohnehin nicht so toll war. (Die australische Frauenfolklore kennt diese Spezies als «Dingomann»; wenn sie morgens aufwacht, liegt er auf ihrem Arm, sie sitzt fest wie ein Dingo in der Falle, würde sich aber eher den Arm brechen, als ihn aufwecken und mit ihm *reden*.) Wie sollte ich es bloß anstellen, meinen Ritter von der knackigen Gestalt zu finden?

Von feministischen Frontfrauen hört man manchmal, Liebe komme in der Realität nicht vor und an sie zu glauben sei etwa so vernünftig, wie auf der Existenz von UFOs zu beharren. Es stimmt, romantische Begegnungen der dritten Art waren ziemlich unbekannte Objekte in dem Strandvorort von Sydney, wo ich aufgewachsen bin. Australische Surfer sind der einzige lebende Gegenbeweis zur Evolutionstheorie: Von Generation zu Generation werden sie den Affen immer ähnlicher. Emotional gleichen sie einer Wüstenlandschaft, in der man unter Einsatz von zehn Tonnen Kunstdünger gerade mal einen zwei Zentimeter hohen Kaktus zum Wachsen bringen kann. Rein körperlich gleichen sie allerdings griechischen Göttern.

Meine erste große Liebe, der Surfchampion Bruce Hennessy, war eigentlich nur eine Herz-Lungen-Maschine im Neoprenanzug. Dennoch liebte ich ihn bis zur Selbstaufgabe. Ich schnitt seinen Namen aus einem Blatt Papier, klebte es mir auf den Bauch und legte mich in die Sonne, um ihn als Bräunungstattoo auf meiner Haut zu verewigen. Falls ich jemals Hautkrebs kriege, wird es das einzige Buchstaben-Melanom der Welt sein.

Leider sind Surfer keine besonders romantischen Typen. Als wir das erste Mal miteinander schliefen (auf dem Rücksitz eines Kombis, weil australische Männer meinen, Geschlechtsverkehr müsse logischerweise immer was mit Auto zu tun haben), schaute ich ihm tief in die Augen und fragte: «Du liebst mich doch wirklich, Bruce, oder?»

Worauf Bruce, heftig fummelnd, knurrte: «Mensch, Kath – ich vögel dich schließlich, was willst du denn noch?»

Nicht unbedingt die Antwort, von der eine unheilbare Romantikerin träumt.

Ein paar Monate und einige Beziehungsphasen später lief unsere kleine Liebesgondel titanicmäßig auf Grund:

Wie sich herausstellte, verstand Bruce unter Treue, nie mit mehr als einer Frau gleichzeitig zu schlafen. Mein Liebster (fortan als Gründungsmitglied der Anonymen Arschlöcher bekannt) war mit jeder einzelnen meiner Freundinnen im Bett gewesen. Ich hatte das Gefühl, ein Schild auf dem Herzen zu tragen: «Im Notfall hier einschlagen». Damals, bei der ersten Begegnung mit Bruce, hing der Himmel voller Geigen. Jetzt hörte es sich mehr nach Kreissägen an. Es war Liebe auf den ersten Blick gewesen, aber dann hatte ich doch zweimal hingeguckt ...

Als ich Bruce' sexuelle Kleptomanie entdeckte, dachte ich, ich müßte sterben. Aber Liebe ist, ebenso wie ein Tripper, heilbar. Im Vergleich etwa zu einem Frontalzusammenstoß mit einem Öltanker stehen die Heilungschancen gar nicht so schlecht.

Bruce war ein ziemlich typischer Vertreter der Spezies männlicher Australier zu jener Zeit. Ihre Kriterien für die Wahl von Sexualpartnern beschränkten sich auf zwei wesentliche Faktoren: Ein Loch mußte vorhanden und ein Pulsschlag bemerkbar sein. Hinterher noch rasch die Beine durchgezählt – das genügte, um den Überblick zu behalten. (Zur Vorsicht sollte man sich immer mal wieder ins Gedächtnis rufen, daß Schafescheren in Australien als Variante des Vorspiels gilt.)

Ein bißchen frustriert von meinen Erfahrungen mit «schwerem Petting», fand ich, es sei an der Zeit, meinen hormonellen Horizont zu erweitern. Ein amerikanischer Romeo erschien mir vielversprechender. Nach den bekannten Fernsehserien zu urteilen, waren amerikanische Männer nicht nur in der Lage, ihre Gefühle zu äußern (sie sprachen sogar nach dem Sex mit ihren Partnerinnen!), sondern auch sehr freizügig (ihr Lieblingsplatz schien ein lauschiger Ort namens G-Punkt zu sein). Außerdem pflegten sie einen sensiblen Umgang mit Topinambur.

Nach ein paar Monaten in den USA war auch dieser Traum ausgeträumt. Das Problem mit amerikanischen Männern ist, daß sie eher unheilbar als romantisch sind. Zum ersten Mal fiel mir das auf, als ein Freund mich in einen Singles-Club in Santa Monica mitnahm, der «Simplex» hieß. Ich sag nur eins: Als der Typ auf dem Barhokker neben mir erzählte, Amerikaner seien oft steif, sprach er nicht von ihren Umgangsformen. Außerdem rennen die Amis ständig zum Psychiater und sind deshalb völlig auf sich fixiert. Ich hatte bei meinen US-Lovern ab und an den Eindruck, sie wüßten nicht genau, wer oder was sich eigentlich am anderen Ende ihres Schwanzes befand.

Nachdem ich über die Jahre ziemlich intensive Feldforschungen betrieben habe, möchte ich Ihnen einige Weisheiten der Wollust nicht vorenthalten: Das männliche Accessoire französischer Provenienz ist zu leidenschaftlichen Affären fähig – allerdings ausschließlich mit sich selbst. Französische Männer haben Knutschflecken auf den Rasierspiegeln. Das männliche Accessoire italienischer Provenienz will sich gern bloß ein bißchen unterhalten, vorzugsweise über die Liebe und vorzugsweise in seiner Wohnung bei einem «Espresso» (Espresso sozusagen in Verführungsstrichen ...). Sprache ist dabei kein Problem, was Frauen angeht, ist der Italiener Experte in nonverbaler Konversation. Deutsche Männer taugen als Accessoire nicht so recht. Zur Liebe gehört eben mehr als Vorsprung durch Technik.

Nach diesem kleinen Bummel über die Weltausstellung internationaler Designer-Gene fand ich, es sei Zeit, wie einst Königin Viktoria die Augen zu schließen und an England zu denken. Sicher würde ich hier dem Traumprinzen begegnen, den meine Mutter mir immer in Aussicht gestellt hatte. Obwohl man natürlich gerade in Britannien aufpassen muß, was einem mit dem Etikett «Prinz» so alles untergejubelt wird. Im Vergleich zu anderen Ländern wird das zulässige Dienstalter dort schon mal kräftig überschritten.

Bei meiner Ankunft in London hatte ich das Gefühl, in einer wunderbaren Welt bewegter Männer gelandet zu sein. Die Kerle redeten über Gartenarbeit und Opernaufführungen, zitierten seitenweise Shakespeare und diskutierten das Waldsterben aus feministischer Perspektive.

Ich brauchte ein paar Monate, bis mir dämmerte, daß ich es mit einem klassischen Fall von Mösenwahn zu tun hatte. Englische Männer sind genau solche Machos wie die Australier. Sie tragen die partnerschaftliche Einstellung wie einen gutgeschnittenen Anzug, um über ihren Sexismus hinwegzutäuschen.

Außerdem leben alle englischen Männer nach dem Motto: «Peitschen und peitschen lassen ...» Die nadelgestreiften Unterhosen kann man vergessen, britische Kerle denken immer nur an das eine – und es ist immer pervers. Täglich berichtet die Presse über neue Skandale, abartige Praktiken von Satsuma-Insertion bis Autoerotik. (Als einfache Australierin dachte ich immer, das heißt, daß man's auf dem Rücksitz macht. Weit gefehlt.) Der Mann meiner besten Freundin – mittlerweile allerdings ihr Ex-Mann – besitzt eine einschlägige Videosammlung. Sein Lieblingsfilm heißt: «Und leise zittern die Aale».

Mach mal halblang, sagt ihr jetzt wahrscheinlich, aber seid gewarnt, Mädels: Halblang ist bei diesen Typen schon die Sondergröße. Und wenn ihr außer ein paar Bechern Sahne in eurem Leben noch nichts geschlagen habt, seid ihr bei den Knaben von der Insel definitiv an der falschen Adresse.

Nach all dem, was ich durchgemacht hatte, kriegte ich jedesmal Mordphantasien, wenn ich einem Mann auch nur begegnete. Und das, obwohl meine Tage noch nicht mal am Kalenderhorizont aufstiegen.

Aber wie das immer so ist: Gerade, als ich meine internationale Romantik-Rasterfahndung eingestellt hatte, passierte es. Ich verknallte mich total. Ich weiß nicht, ob er der Traumprinz im klassischen Sinne ist – manchmal ist er's, und manchmal ist er die miese Ratte, die ständig vergißt, die Klorolle auszutauschen. Doch die ganze Romantikfrage trat irgendwann sowieso in den Hintergrund. Wir kriegten nämlich ein Baby.

Willkommen auf dem Planeten der Eltern. Von hier gibt's keine Rückfahrkarten. Nach der Geburt hab ich den Arzt gebeten, einfach weiterzunähen. Ich wollte absolut nicht, daß da noch mal irgendwann irgendwas rein oder rausging. Babys sind das beste Verhütungsmittel, garantiert ohne Nebenwirkungen. Selbst wenn man mal genügend Energie für Sex hätte, würde es trotzdem nicht klappen, weil bei jedem Versuch das Neugeborene anfängt zu brüllen oder die Kurzen ins Zimmer tapern. (Heißer Tip für Eltern: Vaseline – auf die Türklinken. Klingt pervers, aber sie kommen garantiert nicht rein.)

Da habe ich nun jahrelang gesucht – nach dem Richtigen mit dem Schlafzimmerblick, dem Superhirn, nach ihm, der mit den Eiern tanzt. Um die Welt in achtzig Betten, und wozu das alles? Ich sag's ungern, aber nach der Geburt heißt «eine neue Position im Bett», daß man sich im Schlaf mal umdreht.

Deutsch von
Siv Bublitz

Girls just wanna have fun Wiebke Lorenz

«Mit fünfzehn», sagte mir einmal eine Freundin, «habe ich mit einem Jungen auf einer Fete rumgeknutscht – und war dann automatisch mit ihm zusammen. Heute kann ich mit jedem Mann schlafen, auf den ich Lust habe. Aber das heißt noch lange nicht, daß ich dann mit ihm zusammen bin.»

Like a Virgin

Als Madonna 1985 mit ihrem jungfräulichen Song die Hitparaden stürmte, besuchte ich die 7. Klasse eines Mädchengymnasiums. Ich war dreizehn Jahre alt, also mitten im schönsten «Flegelalter», und meinen Klassenkameradinnen erging es nicht anders. Jedesmal, wenn ein Junge das Gebäude betrat, und das war in einer katholischen Mädchenschule naturgemäß eher selten der Fall, gerieten wir allesamt außer uns. Zwar war ich als Vertreterin der Dr.-Sommer-Generation bestens über das andere Geschlecht informiert, aber zwischen Theorie und Praxis besteht dann wohl doch ein kleiner Unterschied. Ich kann nicht hundertprozentig beschwören, daß alle meine Freundinnen zu diesem Zeitpunkt noch Jungfrauen waren, aber es spricht alles dafür.

Es war die Zeit, da wir in überdimensionalen Vanilla-Hosen, Mickey-Mouse-Sweatshirts und hohen Adidas-Basketballschuhen steckten. Die Haare wurden kurz im Popperschnitt getragen, nur eine einzelne lange Strähne kräuselte sich vom Nacken bis zum Rücken hinab und war dabei vorzugsweise blond gefärbt. Wenn ich mich recht erinnere, trug ich sogar einen roten Nierengürtel und ein paar Playboyhasen als Ohrstecker. Es war eine seltsame Zeit.

Geburtstagsparties liefen damals noch mehr oder weniger alkoholfrei ab, sie begannen um sechs und endeten um zehn. Ort des Geschehens war hierbei meist eine dunkle Kellerbar im Elternhaus einer Schulfreundin, mit fellbezogenen Barhockern und einer Sammlung diverser Likörflaschen im Regal hinterm Tresen. Hier saßen wir, tranken Limonade und tanzten ein bißchen zu der Musik, die eine hoffnungslos veraltete Stereoanlage erschallen ließ.

Nur ein paar ältere Mädchen, die «Sitzengebliebenen», durften schon abends feiern. Sie mieteten dazu ein Jugendheim und luden ein paar Jungs aus höheren Klassen ein. Zu der ersten Fete dieser Art wurde ich von meinem Vater gebracht, was natürlich absolut uncool war, aber immerhin durfte ich allein mit dem Taxi zurück. Vor lauter Aufregung hatte ich schon in der Nacht vor der Party kein Auge zugetan, und als ich schließlich den Fetenraum betrat und gleich am Eingang die ersten Repräsentanten des männlichen Geschlechts mit Bierdosen in der Hand erblickte, kam ich mir unheimlich verrucht vor. Verrucht – aber auch irgendwie wunderbar erwachsen.

Auf einer dieser Feten bekam ich damals auch meinen ersten Zungenkuß. Die Umstände waren allerdings wenig spektakulär: Es passierte beim Flaschendrehen, manchen vielleicht besser bekannt als «Wahrheit oder Pflicht». Als das Los auf mich fiel und ich leichtsinnigerweise – und doch auch absichtlich, mit einem Kribbeln im Bauch –

«Pflicht» wählte, mußte ich den Jungen, der rechts neben mir saß, küssen. Ich selbst dachte an ein harmloses Küßchen, der Junge allerdings, ungefähr drei Jahre älter als ich, steckte mir ungefragt seine Zunge in den Mund. Meine Erinnerung daran? Naß und eklig!

An Sex dachte ich noch nicht, aber die ersten romantischen Flausen hatten sich bereits in meinem Kopf breitgemacht. Liebe war rosa und blau, so wie die 128 Seiten langen Denise-Romane, von denen jede Woche zwei neue in den Drehständern im Eingangsbereich der Supermärkte auf ein paar aufgeregte Teenager-Hände warteten. Wohl Hunderte von diesen Romanen habe ich damals verschlungen, mit klopfendem Herzen und einer großen Sehnsucht danach, so etwas irgendwann auch einmal zu erleben.

Ich war damals noch mehr Kind als alles andere, aber langsam stellte sich mein Körper von Mädchen auf Frau um: Ich bekam die Periode. Während meine Mutter und meine ältere Schwester mir lächelnd ein Glas Sekt in die Hand drückten und mir zu meiner plötzlichen «Frauwerdung» zuprosteten, fühlte ich mich hundeelend. Ich wollte nicht Frau sein, ich wollte nicht leiden, keine Schmerzen haben! Ich wollte mit meinen Freundinnen ins Freibad fahren und dort auf der großen Wiese Volleyball spielen. Zwar hatten meine Eltern mich schon früh aufgeklärt und auch nie ein Geheimnis aus dem Thema Sexualität gemacht, aber trotzdem traf mich dieses Ereignis wie ein Faustschlag. Obwohl ich aus einem Elternhaus stamme, in dem Prüderie und Verklemmtheit praktisch Fremdwörter sind, lernte ich plötzlich ein völlig neues Gefühl kennen: Scham. Als ich damals heulend aus der Küche rannte und mich in mein Zimmer einschloß, blickte meine Mutter recht verdutzt drein, denn eigentlich hatte sie erwartet, daß ich mich über dieses symbolische Ende meiner Kindheit freuen würde. Aber glücklicherweise gibt es ja für unverständliches Teenagerverhalten seit jeher eine gute Erklärung: an allem ist die Pubertät schuld.

Strangelove

Mit sechzehn waren meine Freundinnen und ich ungefähr dreimal pro Woche in jeweils drei verschiedene Jungs verknallt. Meine Schulbücher aus dieser Zeit sind mit unzähligen Herzchen und Namen übersät, die ich in langweiligen Unterrichtsstunden hingebungsvoll hineinmalte. Wenn ich heute in alten Tagebüchern herumstöbere, muß ich beinahe darüber lachen, wie großzügig und unkritisch ich meine Zuneigung mit sechzehn verteilte. Ein Junge mußte nur süß sein, schon war es um mich geschehen. Trotzdem glaubte ich damals jedesmal, wirklich aus vollstem Herzen zu lieben.

Wir hörten Depeche Mode, The Cure und Die Ärzte, gingen auf öffentliche Mammut-Feten, fingen mit dem Rauchen an und entdeckten, daß Zungenküsse nicht unbedingt eklig sein müssen. Wir trugen Jeans von Chipie oder wenigstens von Mason's, Pepe oder Marc O'Polo, Collegeschuhe und fast alle einen kinnlagen Bob, den wir damals unheimlich edel fanden. Wir waren in Sachen Mode also ein gutes Stück vorangekommen, jedenfalls muß man sich heute für Fotos aus dieser Zeit nicht allzusehr schämen.

Während eine meiner besten Freundinnen zu dieser Zeit bereits die Pille nahm, die sie im Überzug ihres Kopfkissens vor ihren Eltern versteckte (die gleiche Freundin hatte drei Jahre zuvor auch die Bravo verstecken müssen), traf ich zum ersten Mal IHN. Wir «gingen» ungefähr drei Monate miteinander, und natürlich dachte ich damals, die Liebe meines Lebens gefunden zu haben. Außer Knutschen und Händchenhalten passierte freilich nichts, wie viele meiner Altersgenossinnen lief auch ich noch Ende der 80er Jahre mit der Vorstellung von «sich aufheben müssen» im Kopf herum. Unsere Jungfräulichkeit war das größte «Geschenk», das wir einem Jungen machen konnten, eine Kostbarkeit, die es zu hüten galt. Die sexuelle Revolution hatte schließlich ohne uns stattgefunden.

Als mein Freund damals einmal versuchte, mir unter den Pullover zu greifen, kam das einer Katastrophe gleich. Ich war aufgrund dieser unerwarteten Körperlichkeit völlig durcheinander und wußte nicht, wie ich mich verhalten sollte. Schließlich machte ich ihm klar, daß ich auf so was keine Lust hatte. Er schluckte es mit betretener Miene, es blieb ihm ja auch nichts anderes übrig. Trotzdem glaube ich nicht, daß ich zu den ausgesprochenen Spätzündern gehörte. Zwar brüsteten sich einige der Mädchen in meinem Freundeskreis gern damit, schon alle möglichen Erfahrungen gemacht zu haben, aber wenn ich etwas tiefer bohrte, stellte sich meistens heraus, daß sie nicht viel schlauer waren als ich. Möglich, daß wir als Klosterschülerinnen über einen Heimnachteil verfügten; in der Bravo stellte sich jedenfalls alles ein wenig anders dar.

Irgendwann in dieser Zeit bekam ich auch das erste Pornoheft zu Gesicht. Ich entdeckte es bei einer Zugfahrt, seitlich zwischen Sitz und Heizung versteckt. Voller Interesse studierte ich die Bilder, die mir ganz neue Dimensionen eröffneten. Die Fotos riefen in mir eine kuriose Mischung aus Abscheu und Erregung hervor, ganz anders als die Heftchenromantik. Und natürlich schämte ich mich ein wenig, hatte das Gefühl, etwas Verbotenes zu tun. Von scheuer Unschuld über ängstliche Neugier bis zur selbstbestimmter Lust ist es ein langer Weg, und ich war damals noch weit vom Ziel entfernt.

Natürlich gab es in meiner Klasse ein paar Wenige, die

«Es» schon getan hatten. Wenn ich mich recht erinnere, betrachtete ich sie mit einer Mischung aus Bewunderung und Verständnislosigkeit. Schon damals war mir und meinen Freundinnen nur allzu bewußt, wie schnell man, natürlich besonders von den Jungs, den Stempel der «Schlampe» aufgedrückt bekam, und eine Schlampe wollte selbstverständlich keine von uns sein. Dennoch war und bleibt die Angelegenheit nach wie vor schizophren, denn einerseits versuchten die Jungen alles mögliche, um ein Mädchen ins Bett zu bekommen, andererseits zogen sie im Falle des Erfolgs hinterher mit ihren Kumpels gemeinsam über das Mädchen her. Wir waren natürlich keinen Deut besser, denn während wir die erfahreneren Schulkameradinnen nur zu gerne über ihre sexuellen Erkenntnisse ausquetschten, rümpften wir insgeheim die Nase über sie. Und alles nur, weil wir doch nur zu gern selbst einmal ausprobiert hätten, was wir nur aus Erzählungen kannten.

Vor allen Dingen eine Sache faszinierte uns: der Mythos Orgasmus. Was war das für ein Gefühl, das niemand so richtig beschreiben konnte, das aber angeblich die Erde zum Beben brachte? Und woran, bitte schön, erkannte man, ob man einen Orgasmus gehabt hatte? Was diese Sache angeht, sind Männer eindeutig im Vorteil, oder so dachten wir.

Masturbation – ja, das wäre wohl eine Möglichkeit gewesen, zu erfahren, was denn nun ein Orgasmus ist. Jedenfalls, wenn uns einer mal erklärt hätte, *wie genau* man so etwas machte. Selbst, wenn das Elternhaus noch so offen und aufgeklärt war – die eigene Mutter nach der besten Methode zu fragen, ist keine Selbstverständlichkeit. Klitoral, vaginal, G-Punkt, Stretch-Zone – all das kannte ich nur vom Hörensagen. Vage Schamgefühle erwiesen sich stärker als jede Entdeckungslust. Es war, als steckten wir 1988 noch mitten in der viktorianischen Ära.

I want it all

Mit siebzehn entdeckten die meisten von uns dann schließlich die Vorzüge des in Bravoheften vielzitierten Pettings. Das war die sogenannte «Dran, aber nicht drin»-Methode. Lustgewinn ohne Verlust der – zumindest biologischen – Jungfräulichkeit. Und an diesem Zustand hielten wir fest, mit einer Mischung aus Stolz und Angst. Fast jede von uns scheute sich, die Grenze ein für allemal zu überschreiten und «bis zum Äußersten zu gehen», wie wir es damals nur halbironisch nannten.

Wann tue ich es, mit wem tue ich es, wie tue ich es und vor allem: Wird er es wert sein? Das waren die wichtigsten Fragen, die uns im Kopf herumgeisterten. Die Entjungferung war etwas, das man nicht mehr rückgängig machen konnte, die wichtigste Entscheidung, die ein junges Mädchen treffen mußte. Ich glaube nicht, daß die Angst vor dem körperlichen Schmerz größer als die vor dem seelischen war. Was mit unserem Körper beim Geschlechtsverkehr passieren würde, wußten wir ziemlich genau. Es würde etwas weh tun, ein bißchen bluten, Ende. Aber was würde danach mit uns selbst passieren, wären wir noch so wie zuvor?

Glücklicherweise hatte ich auch in dieser Beziehung nie zu befürchten, daß meine Eltern ausrasten würden, wenn ich das erste Mal mit einem Jungen schlafen wollte. Im Gegenteil, meine Mutter schleifte mich eigenhändig zum Frauenarzt und ließ mir die Pille verschreiben, da sie der Ansicht war, daß es bei einer Siebzehnjährigen besser wäre, vorsorgende Maßnahmen zu ergreifen. Irgendwie war es absurd, daß die meisten von uns sehr liberale, aufgeklärte Eltern (ein Großteil von ihnen gehörte eindeutig zur 68er Generation) hatten, wir Jugendlichen uns aber in einer Art Rückentwicklung befanden. Unsere Eltern konnten immer offen und ehrlich über alles reden, nur wir selbst hatten einige Probleme damit. Trotzdem wäre die ohnehin schon schwierige Angelegenheit wohl noch schwieriger geworden, wenn ich auch noch vor meiner Familie etwas hätte verheimlichen müssen. Natürlich gibt es einen Punkt im Leben, an dem die Eltern nicht mehr unbedingt alles wissen müssen. Aber die Gewißheit, ihnen im Zweifel alles erzählen zu *können*, hat mir bei meiner Entwicklung vom Teenager zur Frau ungemein geholfen.

Bei der Angst vor dem Geschlechtsverkehr spielte damals natürlich auch schon das HI-Virus eine große Rolle. Aids hatte seit Mitte der 80er Jahre Tausende von Menschen, unter anderem viele prominente Künstler, dahingerafft, und nun war Sexualität in unseren Köpfen untrennbar mit Gefahr verbunden. Ich wuchs heran in einer Zeit, in der die angeblich schönste Sache der Welt gleichzeitig zu einer tödlichen Bedrohung wurde. Ein schrecklicher Gedanke, sich vor dem Menschen, den man liebt – oder wenigstens zu lieben glaubt –, schützen zu müssen. Als hätten wir nicht ohnehin schon mit dem Thema Sex zu kämpfen gehabt, war es plötzlich so, als würden wir von höherer Stelle bestraft werden: Sex ist etwas Böses, Schlechtes, und wer zuviel davon hat, bekommt Aids. Wahllos, hemmungslos, leichtlebig, all diese Begriffe bekamen ein noch viel größeres Gewicht.

Als der Mann, mit dem ich dann schließlich tatsächlich das erste Mal schlief, mir einen Abend vor dem großen Ereignis ungefragt einen negativen HIV-Test vorlegte, hatte die ganze Angelegenheit mit meinen romantischen Denise-Träumereien ungefähr so viel gemein wie Stephen King mit Rosamunde Pilcher. Die Sache selbst? Nun ja, sie *war* schmerzhaft, sowohl körperlich als auch seelisch. Ich war eben nicht mehr «Daddy's little girl», und außerdem reichte das Erlebte nicht einmal ansatzweise an das heran, was ich mir jahrelang mit Hilfe von Büchern und Filmen so ausgemalt hatte. Keine Geigen, keine bebende Erde, nur wieder eine gehörige Portion Schamgefühl. Wenn das die schönste Sache der Welt sein sollte – darauf konnte ich getrost verzichten! Weiterhin bastelte ich an meinem eigenen rosaroten Denise-Roman. Ich lebte in der Vorstellung, daß dieser Mann, dem ich mich nun, um es pathetisch auszudrücken, hingegeben hatte, derjenige welche sein mußte. Keine Ahnung, wer mir das damals eingeredet hatte, meine Eltern waren es mit Sicherheit nicht. Aber offenbar hatten gesellschaftliche Moralvorstellungen (merke: es war das Jahr 90/91) doch immerhin einen so großen Einfluß auf mich, daß ich nun der Ansicht war, mit diesem Mann für immer und ewig zusammenbleiben zu müssen.

Mein erster richtiger Schritt in Richtung Erwachsenenwelt war dann wohl die Einsicht, daß Geschlechtsverkehr durchaus auch ohne heilige Schwüre stattfinden kann und ohne daß man dafür öffentlich gebrandmarkt wird. Aber da muß jedes Mädchen durch.

Vor fünfzig Jahren war dieser Prozeß wohl noch langwieriger. Heutzutage haben wir Freiheiten, an die unsere Großmütter im Traum nicht gedacht hätten. Aber Freiheit muß erobert werden und bringt eben auch eine gehörige Portion Eigenverantwortung mit sich. Freiheit will gelernt sein.

My Heart will go on

1998 – fin du millénaire. Während Hollywoods Traumfabriken immer noch herzzerreißende Lovestories – in letzter Zeit vorzugsweise Geschichten, die im vorigen Jahrhundert spielen –, auf die Leinwand zaubern und damit Millionen Romantiksüchtige in die Kinos locken, erreichen

Sexpostillen wie «Blitz-Illu» und «Coupé» Rekordauflagen. Mittlerweile bin ich 26 Jahre alt und kann meine Sexualität leben und genießen. Aber der Weg dahin war lang, verwirrend und manchmal schmerzhaft. Schwärmereien, die in ernüchternden One-Night-Stands endeten, alle zwei Jahre ein neues Vorbild für Weiblichkeit, Frauenzeitschriften, die uns Hilfestellung geben wollen und heute dies, morgen genau das Gegenteil propagieren. Und dabei das ständige Sich-selbst-Hinterfragen: Ist es richtig, was ich tue, oder ist es falsch?

Gleichzeitig wird der Spagat zwischen dem Ideal der modernen Karrierefrau, die sich nimmt, was sie will, und der Sehnsucht nach Geborgenheit und Familie zur Zerreißprobe. Einerseits weiblich sein wollen, andererseits seinen «Mann stehen». Und daß bei Männern und Frauen noch immer mit zweierlei Maß gemessen wird, insbesondere dann, wenn es um die Sexualität geht, ist auch kurz vor der Jahrtausendwende weiterhin eine Tatsache.

Ich stecke mittendrin im Kuddelmuddel der modernen Zeit, umgeben von Schlagworten wie «Singlegesellschaft», «Werteverlust», «Die neue Frau» und «Der neue Mann». Aber eins weiß ich mit Gewißheit: In den Denise-Romanen, die ich als Dreizehnjährige so heiß und innig liebte, war von solchen Dingen keine Rede. Darin ging es nur um eins: Mädchen liebt Jungen, sie finden sich, Happy-End.

Das war's dann also
Milena Moser

Das war es also. War es das? Ein Fischernetz bauschte sich an der Zimmerdecke, echt aus Griechenland, mit Plastikseesternen dekoriert. Sie fing an, die Seesterne zu zählen. Immer, wenn sie sich unter ihm so zurechtlegte, daß sie wieder etwas spürte, stützte er sich auf die Arme und grinste auf sie herab: «Weißt du, Schätzli, so geht es nicht. So macht man es nicht.»

Sie war vierzehn und er dreiundzwanzig.

Sie hatte ihn im Café Mandarin aufgelesen, einen erwachsenen Mann mit Schnurrbart. Und einem Auto, mit dem er die Straßenbahn verfolgte, in der sie saß. An jeder Haltestelle hatte sie den Wagen gesehen und sein lachendes Gesicht. Bis sie ausstieg, hatte er sogar Blumen aufgetrieben.

Den nehm ich, hatte sie gedacht, der ist es, der weiß wenigstens, was er macht.

Ein Mann!

Vor der Haustür redete sie mit ihm, sie setzte sich nicht zu ihm ins Auto. Sie sagte, sie sei sechzehn. Das schien ihm immer noch sehr jung. Sie verabredete sich mit ihm. Als er sie küssen wollte, wich sie aus. Nächstes Mal.

Sie stieg die Treppen hoch, war stolz auf sich. Sie hatte es geschafft. Ihrer Mutter sagte sie nur, sie habe jemanden kennengelernt, nicht, wie alt er war, und nicht, was sie mit ihm vorhatte. Sie konnte kaum den nächsten Tag erwarten, die Schule, das Mittagessen, die anderen Mädchen in der Kantine.

«Ich hab jetzt auch einen Freund», sagte sie, «seit gestern.»

Punkt eins, der Freund.

Die Mädchen reagierten skeptisch, schon vor ein paar Wochen hatte sie aufgetrumpft mit einem «Freund» (den sie in der Disco aufgerissen hatte, zielgerichtet und ungeschickt, und den sie zum Mittagessen ins Café Maroc bestellt hatte, wo die Mädchen saßen mit ihren Freunden; wenn sie allein waren, aßen sie in der Kantine, mit den Jungen im Café Maroc). Der Junge war dann nicht aufgetaucht, und sie blieb allein in der Nische, und die anderen Mädchen küßten ihre Freunde und schauten manchmal verstohlen und voller Mitleid zu ihr herüber, der Khol zerlief schwarz über ihrem Gesicht. Die Freunde der Mädchen schauten nach, neugierig, sie galt als hübsch, aber irgendwie seltsam, nicht uninteressant. Schüler aus demselben Gymnasium, zwei oder drei Jahre älter. Keine Kleiderverkäufer im Warenhaus wie der junge Mann aus der Disco, der sie dann auch noch versetzte.

«Was macht er?» fragten die Mädchen, «dein Freund?» Sie wußte es nicht. «Er ist dreiundzwanzig», sagte sie beiläufig. Sie kannte seinen Namen nicht, aber sie sagte sicherheitshalber, sie liebe ihn. Das mußte sein. Sex ohne Liebe, unmöglich für ein Mädchen, fragt nur Doktor Sommer.

Das Ding, das männliche, war ihr kein großes Rätsel. Sie hatte einen Vater und mehrere Brüder. Sie wußte, wie es aussah. Aber nicht, wozu man es brauchte. Außer zum Pinkeln natürlich. Schien ihr sehr viel praktischer als das, was sie hatte, aber es mußte wohl einen Grund für alles geben. Kinder machen. Küssen, sagte die Mutter, Liebhaben. Auf die Frage, wie man genau die kleinen Kinder macht: Im Bett liegen. Gern haben.

Im Alter von zehn oder elf spielte sie mit einem jüngeren Mädchen im Wald. Sie wollten eine Hütte bauen, wußten nicht wie. Wie aus dem herumliegenden Geäst das propere Blockhaus ihrer Vorstellung werden sollte. Ein Mann kam zu ihnen. Ob sie denn keine Angst hätten. Es gäbe ja Männer, besonders im Wald. Die versuchten, Mädchen anzufassen, genau solche kleinen Mädchen wie sie, sie boten ihnen Bonbons an, hatten die Eltern sie nicht gewarnt? Er nahm einen Tannenzapfen und hielt ihn der Jüngeren hin.

«Das wäre mal ein Bonbon», sagte er. «Und wenn du es dann nehmen willst...» Er versuchte, dem Mädchen unter den Rock zu fassen, das ihm geschickt auswich und einen Blick zuwarf, der sagte: nice try.

Der Mann setzte sich auf den Boden. Ob sie denn überhaupt wüßten, wie man Kinder macht? Logisch, wollte sie schon sagen, als ältere wollte sie das Wort ergreifen. Da fing die Jüngere an. Das Ding reinstecken in die Frau und so lange «schütteln», bis der Samen rausspritzt und mitten in die Frau hinein. Also wirklich! So etwas konnte sich nur eine Drittkläßlerin ausdenken.

«Du spinnst ja!» rief sie, irritiert, «wie kommst du denn auf so was?» Wollte vom Liebhaben anfangen und im Bett liegen. Da nickte der komische Mann, bestätigte die Geschichte auch noch. Genau so wird's gemacht.

«Das glaub ich nicht!»

«Doch, doch.»

Sie sprang auf, rannte den ganzen Weg nach Hause. Die Mutter hatte sich Sorgen gemacht.

«Warum hast du mir das nicht gesagt», schrie sie die Mutter an. Sie brauchte eine ganze Weile, um sich an die Vorstellung zu gewöhnen.

Gott sei Dank gab es *Bravo*. *Bravo* hatte auf alles eine Antwort. Alles, was sie über Sex wissen wollte, stand da drin. Als sie es oft genug gehört beziehungsweise gelesen hatte, kam es ihr nicht mehr ganz so seltsam vor, daß das Ding in sie reingesteckt werden sollte. Sie fühlte mit dem Finger, ob es passen könnte. Es könnte. Je länger sie darüber nachdachte, desto logischer erschien ihr das Vorgehen, beinahe schon genial. Wie das ausgedacht war. Wie alles paßte.

In *Bravo* wurden auch Fragen beantwortet, auf die sie nie gekommen wäre. Ging sie doch irgendwie trotz allem davon aus, daß «es» in erster Linie Spaß machte. Warum sonst das ganze Brimborium? Warum sonst würde es irgend jemand tun wollen? Laut *Bravo* war aber Lust mehr für Jungs. Wie ihre Mitschülerinnen meinte *Bravo*, Mädchen würden eigentlich auch ohne Sex auskommen, aber aus Liebe, einem Jungen zuliebe, tun sie es dann doch.

Deshalb war es so: Mädchen, die zu bald, zu leicht nachgeben, werden nicht respektiert. Ein Junge, der dich wirklich liebt, wartet. Bis du bereit bist. Sex ist gefährlich (vor Aids): du kannst schwanger werden, auch wenn du meinst, es sei überhaupt nichts passiert. Immer aufpassen! Die Strafe ist fürchterlich: der Junge verläßt dich. Wenn du nicht aufpaßt. Wenn du zu früh mitmachst oder zu spät. Wenn du das Ding nicht richtig anfaßt. Zum Glück gab es in *Bravo* eine Gebrauchsanleitung. Denn eine Erektion, die zu nichts führt, macht gräßliche Schmerzen, und kein Mädchen, das einen Jungen liebt, würde ihm das antun. Deshalb immer dafür sorgen, daß der Junge sich auch außerhalb des Mädchens erleichtern kann. Das Mädchen bleibt aber besser angezogen, weil der freche Samen sich sonst einen Weg suchen könnte in das Mädchen hinein, ohne daß es irgend jemand merkt. Noch besser, den Jungen gar nicht erst in diesen Zustand bringen (an dem das Mädchen immer irgendwie schuld zu sein scheint).

Mädchen waren, das wurde ihr langsam klar, von der Natur benachteiligte Geschöpfe. Sie hatten den ganzen Ärger mit dem Sex, aber nicht den Spaß. Den hatten die Jungen, die triebgesteuerten Jungen, die wieder auf den kühlen Kopf des Mädchens angewiesen waren.

Das alles entsprach so ganz und gar nicht ihrem Empfinden.

Sie dachte über Samen nach, die übers Leintuch krochen und sich einen Weg suchten. Das Mädchen, das im Wald schon seinen Wissensvorsprung bewiesen hatte, erzählte, Samen gesehen zu haben auf dem Bettuch ihres älteren Bruders. Sie sahen aus wie Kaulquappen und schwammen auf dem Bettuch herum. Das Mädchen hatte keine Mutter. Zuhause. Die Mutter wohnte in einem Wohnwagen vor dem Haus. Der Vater warf manchmal Dinge aus dem Fenster und gegen die Türen des Wohnwagens. Es wunderte sie nicht, daß ausgerechnet dieses Mädchen Dinge wußte, von denen sonst niemand sprach.

Nicht, daß ein Mädchen nicht auch ein bißchen Spaß haben könnte, sagte *Bravo*. Wenn es den Jungen liebt. Wenn er sehr geduldig und einfühlsam ist. Wenn sie sehr viel Zeit haben. Eine romantische Stimmung aufkommen lassen. Wenn das Mädchen weiß, daß der Junge es ernst meint. Dann. Dann vielleicht kann das Mädchen auch Lust empfinden.

Das alles schien ihr recht schwierig. Sie fragte sich, warum es so schwierig sein konnte, wenn es doch eigentlich so gedacht war, von Anfang an, so gut eingerichtet, alles paßt ineinander, da mußte es doch eigentlich ganz einfach sein.

Und schön.

Auch die Mädchen in der Schule gingen davon aus, daß es schwierig sein würde. Sie redeten die ganze Zeit darüber, welche wie weit schon gekommen war, und sie verhielten sich alle so, wie es *Bravo*-normal war: Sie hatten Angst. Sie fühlten sich bedrängt. Sie sagten: «Nächstes Wochenende muß es passieren.» Sie machten es dem Jungen zuliebe. Sie hatten keine Lust.

Worum ging es denn, wenn nicht um die Lust? Sie hätte nicht gefragt. Wer würde schon eine Frage stellen, die nicht einmal in *Bravo* vorkommt? Da gab es auch Geschichten, Fallbeispiele, die ihre Phantasie anheizten. Sie las bald nur noch die Geschichten. Sie dachte sie weiter. Ihre Hand schlüpfte zwischen die Beine, ohne daß sie darüber nachgedacht hätte, ganz von allein. Sie gab der Lust nach. Sie brauchte keine Gebrauchsanweisung. Ihre Lust war heftig und fordernd, wie hätte sie ihr widerstehen sollen? Als sie den ersten, allerersten Orgasmus hatte, stand sie auf und ging ins Badezimmer. Ganz lange schaute sie in den Spiegel. Sie wollte wissen, ob sie jetzt anders aussah. Ob man «es» ihr ansah. Sie hatte das Gefühl, das Leben beginne jetzt. Mit diesem Orgasmus.

Sie fühlte sich stark. Und begann bald, sich auf «richtigen» Sex zu freuen, im Sinn von mit jemand anderem. Was sie sich nur als «mehr» vorstellen konnte, besser, als Steigerung dessen, was sie nun kannte, die Lust im Quadrat, ihre Lust mal seine. Obwohl diese Lust, dieses Verlangen in *Bravo* nicht vorkam und ihren Freundinnen offenbar auch unbekannt war, fühlte sie sich nicht im geringsten irritiert. Sie, die schon zu Hause geblieben war aus Verzweiflung über uncoole Hosen, die genauso sein wollte wie die anderen, die sogar die Stimmlagen ihrer Freundinnen imitierte, sie vertraute, eine kurze Zeit lang, ihrer Lust, ihrer eigenen Lust.

Die Lust machte sie stark.

Nicht stark genug. Sie wollte es. Endlich ausprobieren. Aber doch lieber in dem Rahmen, der ihr vorgegeben wurde. Sie wollte es so machen wie die anderen, die in *Bravo*, genauso wie alle wollte sie es machen. Nach den Regeln ihrer Welt, dieser ganz kleinen Welt, bestehend aus vier oder fünf Schülerinnen und dem Doktor-Sommer-Team. Sie dachte, mit vierzehneinhalb («fast fünfzehn», sagte sie) werde es langsam dringend.

Punkt eins: ein fester Freund.
Man macht «es» nur mit jemandem, den man wirklich, wirklich liebt. Ein fester Freund mußte her, ein möglichst komplizierter. Einer, der in der Pause kiffte oder die Schule schwänzte, einer, den die Eltern nicht akzeptierten, je schwieriger, desto besser. Am Schwierigkeitsgrad maß man den Wert einer Liebe.
Sie hatte keinen Freund. Sie war in mehrere Jungen verliebt, die sich nicht für sie interessierten oder umgekehrt. Eine Sackgasse. Sie konnte unmöglich einen Jungen ansprechen, in den sie verliebt war. Aber sie traute sich zu, einen Freund auf sich aufmerksam zu machen, einen, der sie nichts anging.

Am wenigsten Probleme mit ihrer Heterosexualität hatte sie im Alter von dreieinhalb Jahren. Zwei Jungen buhlten um ihre Aufmerksamkeit. Beide besuchten schon den Kindergarten, im ersten und im zweiten Jahr. Sie blieb zu Hause, sie war noch klein, sie spielte, und gegen elf ging sie nach draußen. Lehnte blondgelockt am Gartentor, sah von weitem die beiden Buben angerannt kommen, keuchend, wer zuerst das Gartentor erreichte, mit dem spielte sie bis zum Mittagessen.
Sie verschwendete keinen Gedanken an die Gefühle der beiden Jungen, ganz richtig davon ausgehend, daß sie sich

schon melden würden, wenn es ihnen nicht paßte (und richtig, einer war es irgendwann leid und spielte mit jemand anderem). Sie war eine ausgewachsene Diva, es hätte sie nicht erstaunt, wenn fünfzehn kleine Buben an ihrem Gartentor Schlange gestanden hätten, sie hätte es ohne Erstaunen als Aufmerksamkeit, die ihr zustand, zur Kenntnis genommen.

Später schnitt man ihr die Haare und sie wuchsen dunkel nach. Außerdem zog der verbleibende Bub um. Er schwor, ein kreisrundes Loch in den Boden des Umzugwagens zu sägen, sich auf die Straße fallen zu lassen, zurückzukommen und sie zu heiraten.

Er hat es nicht getan.

Von da an war es nie mehr so. Daß sie die Jungen nehmen konnte, wie sie kamen, und nach dem Mittagessen an etwas anderes denken. Die Kinder fanden sie komisch, und bis sie mit zwölf in eine andere Schule kam, galt sie als häßlich und dick und doof. Die ersten Schulfeste verbrachte sie in der Ecke stehend, ihre Mutter hatte ihr die Haare aufgedreht und ihr einen Maxirock geschenkt, wenn sie nach Hause kam, mußte sie so tun, als hätte es ihr gefallen. Zwei Jungen schubsten sich gegenseitig, bis sie hinfielen, alles nur, um nicht mit ihr tanzen zu müssen. Kein Wunder, sie vergaß das Mädchen, das am Gartentor stand, vergaß lange Zeit, daß sie das gewesen war.

Das Gymnasium war immer eine reine Jungenschule gewesen, sie gehörte zu den ersten Mädchen, die zugelassen wurden. Die älteren Schüler lungerten in der Pause um die wenigen Mädchen herum und versuchten, sie anzusprechen. Sie war groß und hatte schon Brüste. Was in der Primarschule peinlich gewesen war, erwies sich hier als eindeutiger Vorteil. Wenn man es als Vorteil ansieht, von Gymnasiasten belagert zu werden. Sie wußte nicht mehr, wie sie mit der Aufmerksamkeit umgehen sollte. Es erschreckte sie. Einer wollte sie ständig nach Hause begleiten. Nachdem sie mehrmals abgelehnt hatte, rief er: «Aber ich bin doch verliebt in dich!»

Was sollte sie da sagen? Der Junge war unglücklich und sie schuld daran. Also zog sie den Kopf ein und ließ sich begleiten. Mit dreieinhalb wäre sie nie so blöd gewesen. Jungen waren ein beinahe unüberwindbares Hindernis auf dem Weg zum heterosexuellen Sex. Sie wußte nicht, was sie mit ihnen anfangen sollte. Sie waren ihr ein Rätsel. Sie machten ihr angst. Was sollte sie tun?

Ein Fremder. Ein Erwachsener. Es sah aus wie eine gute Idee.

Punkt zwei, nach erbrachtem Beweis für die Ernsthaftigkeit der Beziehung: Pille verschreiben lassen. Einfach. Die Mütter hatten die Pille als Wundermittel begrüßt, als Erlösung, sie wollten nichts lieber, als ihre Töchter von dieser tollen Erfindung profitieren lassen. (Diese dankten es ihnen, indem sie mit Essigschwämmen verhüteten und ungewollt schwanger wurden, das allerdings später.) Ein Mädchen wurde zum Frauenarzt gezerrt, bevor es überhaupt an Sex dachte (oder besser, bevor es einen festen Freund hatte), der Arzt fragte: «Haben Sie regelmäßigen Geschlechtsverkehr?» Und sie: «Nein, warum, muß ich?»

Also die Pille, kein Problem, Mutter hat die zehnfache Dosierung geschluckt, stell dich nicht an, die Minipille macht, daß du gar keine Blutung mehr hast, ist doch praktisch, sagt die Mutter. Gegen die Pille hatten die Mädchen einen Widerwillen, vielleicht nur, weil die Mütter so für dieses Wundermittel schwärmten, die Mädchen wollten nicht hören, wie schwierig es gewesen war ohne, sie nahmen die Pille als weitere Last auf sich, die sie zu tragen hatten wegen dieses Sex. Die Mädchen waren alle dagegen, flüchtige Bekanntschaften zu haben, Affären, One-Night-

Stands, die sexuelle Befreiung hatten sie haarscharf verpaßt, sie wollten die wahre Liebe, nur eine.

Drei. Pille zwei Monate lang nehmen. (Ein Monat würde reichen, vierzehn Tage würden schon reichen, aber sicher ist sicher und was für eine Gelegenheit, die Gefühle des Jungen noch einmal zu testen.)

Vier. Günstigen Moment abwarten. Alles mußte stimmen, sagten die Mädchen: Die Eltern garantiert weg, und zwar für mindestens zwei Stunden. Musik, Kerzen, Liebesbeweise. Die meisten Mädchen hatten ein Schmuckstück bekommen, bevor sie es machten, eine Art Pfand.

Fünf. Zwei Badetücher aus Frottee unterlegen wegen Blut. Schmerzen und Blut hinnehmen als Liebesbeweis.

Von Lust war nie die Rede.

Eine nach der anderen durchliefen die Mädchen die verschiedenen Stadien der Initiation, wovon sie mit ernsten Mienen berichteten. Sie hörte zu und war neidisch und dachte, laßt mich doch endlich, ich hätte wenigstens Spaß daran. Sie hatte sich immer noch die Lust nicht nehmen lassen.

Endlich lag sie auf diesem Bett unter dem Fischernetz, der Erwachsene hatte gezögert, sie sei zu jung. Das Bett war breit, kein Kinderbett, ein richtiges Bett für zwei. Sie hatte ein bißchen gedrängt und gelogen. Die Mutter wäre einverstanden. Daß sie über Nacht bei ihm bleibe. «Wenn du meinst, man könne es nur nachts machen», hatte sie zur Mutter gesagt. Die Mutter wußte, daß sie die Pille nahm. Sie hatte den Mann kennengelernt. Was konnte schon passieren? Er war erwachsen. Er wußte, wie man es machte, sie hatte überhaupt keine Angst, und es tat auch nicht weh, es blutete nicht einmal, es war nur – nichts. Sie spürte nichts, sie wußte nicht, wie in Dreiteufelsnamen sie etwas spüren sollte, so wie sie unter ihm lag. Das durfte doch nicht wahr sein. So gut war alles eingerichtet, so gut paßte alles zusammen, man mußte doch etwas spüren dabei! Sie rutschte ein bißchen nach unten, so war es besser. Aber der Mann zog sie wieder nach oben. Sie wollte es wissen. Ob es nicht anders ging. Anders besser war. Es mußte doch.

«Nein», sagte der Mann irritiert, «genauso macht man es und nicht anders, wenn du keinen Spaß hast, ist das wohl nicht mein Problem. Vielleicht stimmt mit dir etwas nicht. Vielleicht bist du wirklich zu jung.»

So zählte sie die Seesterne, bis er fertig war. Sie weinte ein bißchen, nicht verwunderlich, das erste Mal ist immer schwierig und das zweite auch. Und überhaupt ist es schwierig. Alle haben es gesagt. Jetzt weißt du es. Sie weinte, weil sie nicht glauben wollte, daß es das war. Daß das alles war. Aber sie ließ sich überzeugen und glaubte es ziemlich lange, bis sie es nicht mehr glaubte.

Familienrat
Petra Oelker

Schuld war Robert Redford. Aber das wußte nur Uschi (Mama). Rainer (Papa) glaubte, daß seine Tochter nach Onkel Robert benannt worden war, den die ganze Familie für einen veritablen Erbonkel gehalten hatte. Ein bedauerlicher Irrtum, wie sich später herausstellte, aber das tut hier nichts zur Sache. So oder so – es war ein Fehler gewesen, das Baby auf den Namen Roberta zu taufen. So ein Kind hat doch nur die Chance, als Robbi oder als Betti durchs Leben zu gehen. Vielleicht noch als Berta, was aber auch nicht besser ist. Roberta jedenfalls ist ein Name für hagere alte Jungfern, nicht für süße Mädels, und Namen, das weiß jeder, prägen fürs Leben.

Erst mal blieb es bei Betti.

Als Betti dreizehn war, beschloß sie, von nun an Betty zu heißen. Mit y. Das konnte man zwar nicht hören, und wer bekommt heutzutage schon noch Briefe?, aber es war immerhin ein Anfang.

Mit fünfzehn bestand sie auf Roberta. Klar, Betti, wenn's dir so wichtig ist, sagten Rainer, Uschi und Bruder Viktor, Großtante Verena nicht zu vergessen. Aber es klappte erst – halbwegs –, nachdem Betti, pardon, Roberta konsequent die familienübliche Kommunikation verweigerte, indem sie die Nachrichtenzettel am Flurspiegel, am Telefon und auf dem Küchentisch ignorierte, wenn sie nicht korrekt, nämlich mit ‹Liebe Roberta!› überschrieben waren. Auch neutrale Anreden wie «Hallo!» oder «Meine Süße», selbst das sonst sehr geschätzte «Lieblingstochter» blieben fortan unbeachtet. Was unter anderem dazu führte, daß Roberta am vorletzten 23. Dezember nicht zu Hause war, als der Tanklaster mit dem Heizöl kam, weshalb das Weihnachtsfest in mehrfacher Hinsicht äußerst kühl verlief.

Sonst blieb Robertas Pubertät unspektakulär. Aber das fiel allen erst auf, als sie schon 17 war.

Der Grund war Anna-Lena (auch viele Vokale, doch in sehr viel femininerer Anordnung). Robertas Cousine (2. Grades) teilte ihren Eltern am Vorabend ihres 19. Geburtstages mit, daß sie schwanger sei und sich darauf freue, ganz Mutter zu sein. So sei das mit den jungen Frauen heutzutage, erklärten Anna-Lenas Eltern Robertas Eltern, keine Emanzipation im Kopf, vom Bauch ganz zu schweigen. Und dann auch noch vergeßlich mit der Pille. Aber das bräuchten sie ihnen, Robertas Eltern nämlich, gewiß nicht zu erklären. Immerhin habe Anna-Lena nicht die Absicht, den ebenfalls recht jugendlichen zukünftigen Vater zu heiraten. Dabei lächelten sie mit dieser elterlichen Mischung aus Märtyrertum, Verzagtheit und Komplizenschaft, mit der Eltern so lächeln, wenn sie auf ähnlich Leidgeprüfte treffen. Uschi und Rainer lächelten eifrig, aber beharrlich schweigend zurück. Was Anna-Lenas Eltern sehr verstimmte, denn das ist doch das mindeste an Solidarität unter Teenager-Eltern, daß man die Sorgen um die Kinder, besonders um die Töchter, austauscht.

Aber genau das war das Problem: Es gab einfach nichts auszutauschen. Von dem Tag an machte sich die ganze Familie schreckliche Sorgen um Roberta.

Anna-Lena war schwanger, nicht unbedingt ein Grund reiner Freude, das nicht, aber doch der Beweis einer gesunden Entwicklung. Und Roberta? Warum war es ihnen bisher nur nie aufgefallen: Roberta war schon 17, siebzehndreiviertel, um genau zu sein, und hatte noch nicht mal einen Freund. Natürlich hatte sie Freunde, jede Menge sogar, aber war sie in einen verliebt? Stundenlanges Gesäusel am Telefon? Rasch wechselnde Anfälle von Verzweiflung und Seligkeit? Keine Spur. Und ganz gewiß, auch da waren Uschi, Rainer, Viktor und besonders Tante Verena sicher, war sie noch Jungfrau. Was heutzutage wirklich kein gutes Licht auf eine anständige liberale Mittelschichtfamilie wirft. Immerhin hatten ihre Eltern in frühester Jugend mit großem Engagement die sexuelle Revolution befördert, und das verpflichtet. Viktor, der Erstgeborene, gab in dieser Hinsicht übrigens keinen Anlaß zur Klage, aber das nur nebenbei. Tante Verena mußte schwören, das Problem mit niemandem – NIEMANDEM! – in ihrem Creative-writing-Verein, der größten Klatschschleuder in der Stadt, zu diskutieren.

«Stell dir vor», flüsterte Uschi, als hätte der große Lauschangriff schon ihre Küche erreicht, «einer von euch schreibt doch noch heimlich einen Bestseller, und alle erkennen uns wieder!»

Tante Verena schwor eilig und ohne den kleinsten Ansatz von Widerrede. Als Robertas Großtante war sie zwar für einen so eklatanten Erziehungsfehler nicht verantwortlich, aber weiß man, was die Leute sich zusammenreimen?

Es war allen ein Rätsel. Sonst war Roberta eigentlich ganz normal, ein wenig ruhig vielleicht, auch kaum renitent, aber recht hübsch und gut gewachsen, durchaus lebenstüchtig und auch phantasievoll und fröhlich. Auf ihre Art eben. Und doch: Nun fiel allen schlagartig auf, daß sie niemals die Schule geschwänzt, weder jemals ihre Mutter angeschrien noch ihren Vater als schleimigen Spießer beschimpft hatte, wie es jeder gesunde Teenager zumindest hin und wieder tun sollte. Roberta war eine gute Schülerin und – bis auf den einen oder anderen melancholischen Tag – erschreckend ausgeglichen.

Sie war zwar schon immer ein eher stilles und pflegeleichtes Kind gewesen, was niemals jemanden gestört hatte, Gott bewahre, aber jetzt machten sich alle, wie schon gesagt, furchtbare Sorgen.

Uschis nun schlagartig einsetzende Du-kannst-mir-alles-sagen-Kind-ich-bin-doch-auch-deine-Freundin!-Angebote parierte Roberta mit einem erstaunten, wenngleich nachsichtig-freundlichen «Klar, Uschi-Mama, weiß ich doch, aber jetzt muß ich schnell los!», und weg war sie.

Am nächsten Samstagnachmittag – es war ein sonniger Tag im Mai, in den Parks knutschten alle 17jährigen der Stadt, als gelte es, dafür ein Porsche-Cabrio zu gewinnen, nur Roberta besuchte eine Ausstellung über die Totenkulte der späten Bronzezeit im Voralpenland –, an diesem schönen Nachmittag saßen Eltern, Bruder und Großtante um den Küchentisch. Rainer öffnete gerade die zweite Flasche Prosecco, als er sagte: «Wahrscheinlich machen wir uns ganz umsonst Sorgen. Keuschheit ist heute ja wieder in.»

Obwohl er es wirklich sehr leise gesagt hatte, sozusagen vor sich hin, lachte Viktor grölend.

«Und wer predigt mir immer», keuchte er, als er wieder Luft bekam, «daß man nicht alles glauben soll, was in den Illustrierten steht?»

«Vielleicht», sagte Uschi tapfer, «hätte ich mich doch mehr um das Kind kümmern müssen. Als berufstätige Mutter...»

«So ein Quatsch!» rief Viktor in einem Anfall nachträglicher Panik. «Weiß doch heute jeder, daß berufstätige Mütter viel selbständigere Kinder erziehen. Besonders die Mädchen.»

Uschi nickte dankbar.

«Na ja», sagte Rainer und spitzte den Mund, «vielleicht wäre halbtags ja doch besser...»

«Ich hab es ja immer gewußt», zischte Uschi, «irgendwann würdest du mir das um die Ohren hauen. Aber glaubst du etwa, wir hätten dein blödes Haus in der Provence nur von deinem Gehalt finanzieren können? Glaubst du etwa...»

«Auf alle Fälle», sagte Tante Verena schnell, die sich bisher auf den Prosecco konzentriert hatte und nun die sich blitzartig aufbauenden Zornfalten über Uschis und Rainers Nasenwurzeln sah, «auf alle Fälle sind diese Überlegungen sowieso müßig. Zu spät. Schnee von gestern. Verschüttete Milch...»

Die Falten über den Nasenwurzeln entspannten sich.

«...und sonst ist sie doch ein prächtiges Kind.»

«Eben nicht», seufzte Uschi, «Kind, meine ich.»

Nun seufzte auch Tante Verena, und die Diskussion ging von vorne los.

Nach der vierten Flasche Prosecco waren sich alle einig, daß nun die Stunde des großen Bruders geschlagen hatte. Selbst Viktor sah keine andere Lösung. Tatsächlich liebte er seine Schwester sehr, und auch wenn er, der um vier Jahre ältere, sich nie danach gedrängt hatte, seine Abende mit ihr zu verbringen, forderte diese Krise einen Beweis echter brüderlicher Liebe.

Die Geschichte des Scheiterns dieses klugen Planes ist schnell erzählt. Viktor, Student der Betriebswirtschaft im zweiten Semester, sonst aber sehr unterhaltsam und ein wahrer Hans Dampf in allen Gassen, bemühte sich redlich, seine Schwester bei den verschiedensten Gelegenheiten an den Mann zu bringen. Roberta staunte zwar über diesen plötzlichen Anfall von Familiensinn und praktizierter Geschwisterliebe, aber sie war nie eine Spielverderberin gewesen und folgte ihm willig.

Daß sie beim schärfsten Pop-Konzert im Stadtpark nicht in hysterischer Begeisterung an der breiten Brust eines der zahlreichen attraktiven Jungs in Ohnmacht fiel, sondern einfach einschlief, mochte ja daran liegen, daß sie mal wieder die halbe Nacht gelesen hatte. Daß sie Viktors Kommilitonen Johannes für einen totalen Langweiler hielt, wunderte ihren Bruder zwar. Aber irgendwie beruhigte es ihn auch, daß seine Schwester nicht auf einen abfuhr, der seine Wandertouren durchs Fichtelgebirge finanzierte, indem er die kryptischen Statistik-Hausarbeiten für das halbe Semester mal so eben mit links absonderte.

Daß allerdings das mühsam arrangierte Date mit Carlos, immerhin als Bassist und Rapper die Lokalgröße der Saison und der knackigste Mann in Viktors weitläufigem Bekanntenkreis, damit endete, daß Carlos seine Liebe zu Roberta und Mendelssohn Bartholdy entdeckte, Roberta ihn aber umgehend mit ihrer liebsten Freundin Sybille verkuppelte, das gab Viktor den Rest. Fortan weigerte er sich strikt, seine kostbare Zeit in dieses hoffnungslose Projekt zu investieren. Und überhaupt, fand er, war Roberta in Sachen Liebe ganz und gar begriffsstutzig. Offensichtlich war ihr nicht einmal aufgefallen, welche Mühe ihr Bruder sich gab, sie ihrem Glück und gesunder Normalität zuzuführen. Was ihn durchaus kränkte.

«Roberta», befand Viktor, «hat einfach kein Aggressionspotential. Das ist eine ganz schlechte Voraussetzung für die Liebe, von Sex gar nicht erst zu reden.»

«Trotzdem», sagte Rainer beim nächsten Kriegsrat am Küchentisch (Roberta war gerade im Fitneßclub, was allgemeinen Beifall fand, bis Tante Verena erklärte, daß sie dort an einem Kurs für Frauenselbstverteidigung teilnahm), «trotzdem bin ich davon überzeugt, daß Roberta irgendwie normal ist. Therapie kommt nicht in Frage.»

Daran hatte bisher außer ihm sowieso niemand gedacht.

«Wir damals», fuhr Rainer fort, und Viktor griff hektisch nach der nächsten Flasche, «waren halt anders. Wir waren auf dem Freiheitstrip, damals war eben die sexuelle Revolution angesagt ...»

«Sexuelle Revolution?» rief Uschi, und ihre Stimme klang bedenklich schrill. «Freiheitstrip?? Daß ich nicht lache. Har! Har! Wer's nicht mit euch tat, der war 'ne spießige Trutsche. Das war's. Freiheit? Doch wohl nur für euch Kerle. Wir Mädels waren einfach viel zu lange viel zu blöde, um das zu begreifen, wir...»

«So?!» Rainers Gesicht rötete sich bedenklich. «Du hast doch auch, und nicht nur mit mir, und du warst verdammt scharf drauf...»

«Das hast du geglaubt?!»

An diesem Punkt brach Uschi in Tränen aus, zugegeben: in ziemlich Prosecco-haltige Tränen, und wäre das Problem um Roberta nicht so brennend gewesen, wäre auch noch eine echte Ehekrise ausgebrochen. Aber hier mußten Prioritäten gesetzt werden, und die Ehekrise wurde (wie immer in den letzten 20 Jahren) vertagt.

Uschi sagte später noch, eigentlich finde sie, Roberta mache das ganz schlau, wenn sie sich möglichst lange aus dem Geschlechterkrieg fernhalte, aber das klang irgendwie halbherzig, und es hörte sowieso schon keiner mehr richtig zu, weil der Herd klingelte. Der Coq au Vin war fertig, und außerdem kam Roberta gerade nach Hause, und alle sprachen vom Wetter.

Jede Familienkrise hat ihren Höhepunkt, und diesmal fand er im Urlaub statt, was aber, wie jede ordentliche Familie weiß, nichts Besonderes ist.

Das familieneigene Ferienhaus in der Provence, eröffnete Tante Verena die Urlaubsdiskussion, komme diesmal nicht in Frage. «Genau», sagte Viktor, «kein Schwein da, nur ältliche Ehepaare und Weinbauern. Stinklangweilig und erotikmäßig absolut tote Hose.»

«Genau», sagte auch Uschi. Rainer machte schmale Lippen, verdrängte auf bewährte Art den Verdacht eines Familienkomplotts gegen seine Autorität und sagte dann heroisch: «St. Peter-Ording. Da gibt es doch diese vielen tollen Surfer.»

«Aber nur im Fernsehn», nuschelte Tante Verena, die sich gerade die Lippen karmesinrot anmalte, sie war schon ein bißchen spät dran für ihr Rendezvous mit..., nun, das tut nichts zur Sache. «Nur im Fernsehn», wiederholte sie und tupfte einen Hauch ‹Trussardi Donna› hinter die taubeneigroßen Ohrclips aus irgendwas Smaragdgrünem.

«Stimmt ab-so-lut», rief Viktor erleichtert. «Aber Hawaii! Da ist der Bär los. Jede Menge knackige Surfer. Ganz große Klasse. Auf die fahrn die Mädels total ab. Da kann man auch Kurse machen. Sogar Betti, äh, Roberta würde...»

«Du spinnst!» Rainers Fluchtimpulse schossen in ungeahnte Höhen, obwohl der Familienrat doch gerade erst begonnen hatte. «Oder hast du im Lotto gewonnen? Hawaii für vier Personen!?»

«Für fünf.» Tante Verena zupfte sich vor einem winzigen Handspiegel ein paar neuerdings mahagonifarbene Fransen in die Stirn. «Glaubt ihr, ich diskutiere mit euch wochenlang Robertas nicht vorhandenes Liebesleben und lasse mir den Höhepunkt entgehen? Außerdem bin ich sicher, daß ihr jede Unterstützung brauchen könnt.»

Daß sie dabei das «ihr» ein wenig zu deutlich betonte, war zwar unpassend, aber gegen ihre Begleitung gab es nichts einzuwenden. Sie hatte ja nicht ganz unrecht, und außerdem bezahlte sie stets selbst, da war sie eigen, was nach zwei äußerst lukrativen Scheidungen und einer nicht minder erfreulichen Verwitwung kein Problem für sie war.

«Italien», sagte Uschi nun. «Nur Italien kommt in Frage. Denkt an die Latin lovers. Die besten Verführer. Viel charmanter als die Franzosen. Knackige kleine Pos, schwarzglänzende Locken, diese melodische Sprache...»

Bevor nun eine Diskussion hochkochte, in der Rainer sich erkundigte, woher Uschi denn das wisse und ob sie Pavarotti etwa für einen knackigen Traumprinzen halte, warf Tante Verena sicherheitshalber ein gut gefülltes Weinglas um und rief: «Natürlich! Italien! Und denkt mal an Florenz, an den schnuckeligen David und so weiter. Kunst ist ja auch sehr anregend, erotikmäßig, meine ich.»

Wo Roberta an diesem Nachmittag war, wußte diesmal übrigens niemand.

Die Adria war wirklich wunderbar. Das Hotel auch. Genau richtig, sagte Rainer, nicht zu groß, nicht zu klein. Tatsächlich war es ziemlich luxuriös und teuer, aber Uschi hatte gefunden, wenn schon, denn schon. «Oder willst du, daß deine Tochter sich in den Sohn irgendwelcher Habenichtse verliebt?» Im Prinzip fand Rainer das sehr reaktionär und menschlich gesehen eine ziemlich häßliche Bemerkung, aber im Prinzip, das gab er zu, hatte Uschi ja recht.

Eigentlich fand er das ganze Theater um Robertas Jungfräulichkeit inzwischen nicht nur lästig, sondern auch zunehmend unheimlich. Er besah sich sein schönes Kind – von Zeit zu Zeit – und gestand sich ein, daß er die Vorstellung von seiner Betti in den Armen irgendeines milchbärtigen Schnösels sehr beunruhigend fand. Ekelerregend geradezu. Und womöglich wurde sie auch gleich schwanger, diese jungen Leute paßten doch nie auf. Zwar hatten er und Uschi einige Tage vor der Abfahrt ein ganzes Abendessen lang und total unauffällig über die Gefahr und Verhinderung von Geschlechtskrankheiten, Aids nicht zu vergessen, gesprochen, was allen außer Roberta den Appetit genommen hatte. Aber er war nicht sicher, ob sie überhaupt zugehört hatte. Er argwöhnte schon lange, daß sie diese unangenehme Eigenschaft vieler Teenager, scheinbar aufmerksam zuzuhören, tatsächlich aber kein Wort aufzunehmen, längst perfektioniert hatte.

Vielleicht, so hatte er am Abend vor der Abreise zu bedenken gegeben, als Uschi gerade ein Päckchen Kondome (mit illustrierter Gebrauchsanweisung) in Robertas Koffer schmuggelte, sei ein etwas reiferer Mann doch passender. Aber da hatte er bei Uschi auf Granit gebissen. Mit solchen müsse das Kind sich später noch genug herumärgern. Das werde sie als verantwortungsbewußte Mutter so lange als möglich zu verhindern wissen.

Diese ganze Angelegenheit wurde allmählich zu einer ernsten Bedrohung für das sensible Gleichgewicht des Ehe- und Familienfriedens.

Italien also. Die Adria. Der blaue Himmel. Pasta und Rotwein. Frutti di mare. O sole mio. Alle waren sehr gut gelaunt. Uschi konnte endlich hemmungslos ausschlafen (Frühstück macht sowieso dick), Rainer konnte so viel und so lange Zeitung lesen und rascheln, wie er wollte. Viktor graste Strand und Wasser, Discos und Tavernen nach frisch gebräunten Mädels ab (mit beachtlichem Erfolg). Tante Verena sah man selten. Sie pendelte zwischen Beautysalon, einer bequemen Liege im Halbschatten am Pool und einem Hocker an einer exquisiten Standbar. Genaueres wollte niemand wissen. Robertas Jungfräulichkeit war eine Sache, aber Verenas Unternehmungslust – in ihrem Alter – doch eine ganz andere.

Und Roberta? Sie war sehr brav und verhielt sich wie ein ganz normaler, allerdings sehr freundlicher Teenager. Abends drängelte sie sich mit zahllosen anderen zu ohrenbetäubendem Lärm in den Discos, tagsüber ließ sie kein Strandspiel aus, vergnügt sprang sie auf jeden erreichbaren

Katamaran, und anstatt wie alle anderen blonden Mädels Sonnenbrand zu bekommen, bräunte sie einfach zart und bildschön vor sich hin. Einmal sang sie sogar in einer Karaoke-Bar, was wirklich zu den besten Hoffnungen Anlaß gab.

Alle waren sehr zuversichtlich. Nur einmal, als sich Roberta an einem kochendheißen Tag mit einer Gruppe dänischer Bibliothekarinnen in einen winzigen Bus (ohne Klimaanlage) zwängte, um ein halbverfallenes Kloster irgendwo in den Bergen zu besichtigen, eilte der Familienrat wieder zusammen.

«Womöglich will sie Nonne werden», eröffnete Uschi die Debatte. Alle lachten herzlich.

«Ach», sagte Tante Verena dann und erinnerte sich an die düstereren Tage ihrer drei Ehen und diversen Liebschaften, «so ein Klosterleben kann doch recht beschaulich sein. Jede Menge Bücher, keine Sorge um die Rente, immer unter Gleichgesinnten. Und eine gewisse Leidenschaft für Jesus ist doch auch nicht ohne. Roberta würde sicher schnell Äbtissin. Bei ihren Geistesgaben.»

«Tante Verena!» Uschi war tief getroffen. Das war Sabotage aller Hoffnungen und Anstrengungen. «Wir sind doch nicht mal katholisch.»

«Das kann man ändern. Die werden nicht wählerisch sein. Bei dem Nachwuchsmangel in den Klöstern.»

Während der nächsten beiden Tage sprach Uschi kein Wort mehr mit ihrer Tante.

Im Prinzip war es wirklich ein gelungener Urlaub. Roberta ließ sich zwar Nacht für Nacht unverändert heitervergnügt in ihr eigenes Bett fallen, aber das, fand Uschi schlau, habe ja nicht viel zu sagen.

Dann kam der letzte Abend, zugleich der Abend von Robertas 18. Geburtstag. Es gab eine schöne, wenn auch unangemessen teure Feier auf der Hotelterrasse mit Büfett,

Sonnenuntergang, Sternen und Vollmond. Tante Verena hatte als Überraschung ein Trio engagiert. Geige, Cello und Piano, was nicht immer gut zusammenklang, aber doch sehr viele Möglichkeiten sowohl flotter als auch romantischer Tanzmusik eröffnete. Vor allem, wenn der Mann am Cello sein Instrument verschonte und mit Tante Verena tanzte, was er, obwohl er doch sozusagen ihr Angestellter war, hemmungslos tat. Tante Verena hatte offensichtlich nichts dagegen, aber Uschi glaubte nicht, daß sie ihn auch dafür bezahlt hatte. Immerhin hieß es, er sei ein verarmter Graf aus dem Piemont.

An diesem Abend schlug endlich die Liebe zu. Erbarmungslos. Leider nicht bei Roberta.

Vielleicht diskutierte Rainer wirklich etwas zu viel mit der Anwältin (garantiert geliftet, behauptete Uschi vom ersten Tag an), die in Suite No. 36 auf der Parkseite wohnte. Aber wer sonst interessierte sich so brennend für die neuen Verordnungen zur umweltfreundlichen Sanierung der Kanalisation, die Rainer in seinem Amt, wenn er erst diesen Versager von Baudezernenten abgelöst hatte, sofort durchsetzen wollte. Er hatte wohl bemerkt, daß Uschi an diesem Abend meistens mit dem graumelierten Möbelhausbesitzer (der Bauchansatz, spottete Rainer vom ersten Tag an) von No. 14 tanzte. Der schwamm immer schon vor dem Frühstück, und zwar nicht im Pool, sondern im Meer, und war frisch geschieden. Obwohl er mit seiner Ex-Gattin, man sei ja erwachsen, weiterhin gemeinsam die Firma leite, sie treibe sich allerdings gerade auf einem Kongreß für tropenholzfreies Möbeldesign in Alaska herum. Rainer fand das sehr liberal. Geradezu vorbildlich für moderne vernünftige Menschen. Sie hatten sich gleich mit ihm angefreundet, schon weil er in Gesellschaft seines Sohnes reiste, einem wirklich attraktiven Tenniscrack mit einem eigenen roten BMW. Der sprang zwar auch mit Viktor und

Roberta auf die Katamarane (was wieder alle hoffen ließ), aber er tat das vor allem wegen Viktor, der daran jedoch kein Interesse hatte. Was seine Eltern sehr erleichterte, bei aller Liberalität. Nur Tante Verena hatte das «doch auch mal interessant» gefunden.

Jedenfalls, in dieser letzten Nacht bemerkte Rainer nicht, daß sowohl Uschi als auch der graumelierte Möbelhausbesitzer irgendwann mit dem vollen Mond hinter den Zypressen verschwunden waren. Später, als er sie doch noch vermißte (oder zumindest nirgends entdecken konnte), dachte er, sie sei schon schlafen gegangen. Natürlich dachte er das nicht tatsächlich, aber dachte sich, daß er das dachte, und damit war er sehr zufrieden. Denn auch die Anwältin tanzte exzellent, und in dieser Nacht lernte Rainer Tango tanzen, jedenfalls ein bißchen, aber auch nicht mehr.

Am nächsten Morgen war es mit den schrecklichen Sorgen um Robertas Jungfräulichkeit ein für allemal vorbei. Nein, nicht weil Roberta sich endlich bequemt hatte, den familiären Erwartungen zu entsprechen, sondern weil Uschi erst morgens um Viertel vor sechs das eheliche Urlaubsschlafzimmer betrat, barfuß, die Sandaletten in der Hand wie in einem altbackenen italienischen Film, aber putzmunter und nach einem äußerst delikaten Herrenparfum duftend. Obwohl sie an diesem Morgen schon im Meer geschwommen war.

Rainer hatte keine Chance. Nichts wäre ihm lieber gewesen, als mit angemessenem Grimm zu schmollen, sich gar ein wenig aufzuplustern, weil seine Frau mit einem Mann, den sie keine drei Wochen kannte, eine Nacht lang, nun ja, sagen wir mal: den Mond betrachtet hatte.

Nein, die (seit 20 Jahren immer wieder aufgeschobene) Ehekrise war da.

Uschi hatte einen äußerst unpassenden Anfall von Offenheit. Sie habe eben nicht nur den Mond betrachtet, und schließlich habe er doch neulich erst an die Freuden der sexuellen Revolution und Freiheit erinnert, und überhaupt habe sie dieses Ehe-Einerlei schon lange satt. Vor allem im Bett. Höchstens einmal im Quartal, allerhöchstens! Sie sei schließlich noch nicht vergreist, auch wenn er das offensichtlich...

Das Beste an den teuren Hotels sind deren dicke Wände. Aber es war trotzdem ein sehr unangenehmer Morgen.

Kurz darauf verließen alle an dieser Mondschau direkt oder indirekt Beteiligten das Hotel, ohne Frühstück und in neuer Zusammensetzung. Viktor fuhr seinen Vater (mit einer schon halb leeren Flasche Vecchia Romagna) und das Familienauto nach Hause, auf direktem Weg. Auch Uschi und der Möbelhausbesitzer fuhren nach Norden, allerdings mit einen Umweg über Mailand, wo Uschi schon lange hinwollte, aber Rainer war ja immer dagegen gewesen. Tante Verena nutzte, wie sie fröhlich verkündete, ihre letzte Chance als Groupie und begleitete das Terrassen-Trio, insbesondere den verarmten Grafen am Cello, auf seiner Tournee durch die Hotels Kalabriens.

Roberta durfte bei Viktor und Rainer mitfahren, obwohl das kein Vergnügen für sie war. Aus irgendeinem, für Roberta absolut rätselhaften Grund, waren alle böse auf sie. Sie selbst wußte es natürlich nicht, und niemand sprach es aus, aber alle waren sich einig: Schuld an dem Desaster war nur Roberta.

Uschi und Rainer haben sich dann doch nicht scheiden lassen. Im nächsten Sommer fuhren sie wieder zusammen in den Urlaub, sicherheitshalber nur zu zweit. Nach Kanada. Wegen der Landschaft. Viktor flog nach Hawaii zu einem Surfkurs, nur Tante Verena eilte wieder nach Italien, um ihre Liebe zum Cellospiel aufzufrischen.

Auch Roberta verreiste in den folgenden Sommerferien. Sie machte einen besonders schönen Trip kreuz und quer durch Irland, ein Geschenk ihrer Eltern zum Abitur (Notendurchschnitt 0,9). Sie reiste übrigens nicht allein. Er hieß Felix, studierte Geologie und Informatik (4. Semester), hatte nicht nur eine glühende Seele, sondern auch wunderbare schwarze Locken, und «einen beneidenswert knackigen Body» (fanden Tante Verena und Viktor), obwohl er aus Neustadt am Rübenberge stammte. Sie kannte ihn schon seit zwei Jahren. Er hatte sie übrigens von Anfang an und aufs zärtlichste Roberta genannt.

Drei Frauen Rosa
Jutta Raulwing

Mode und Bea

MARIE CLAIRE
Plötzlich sind sie wieder da, zierliche Autoreifen, schmal und verspielt, wie sie schon Liz Taylor in den Sechzigern trug.

BRIGITTE
Für das Ende meiner Unschuld trage ich den Häkellook, der jetzt wieder out ist.

PETRA
Die schönste Entdeckung vorweg, die Dreiviertelhose feierte gestern ihr Coming-out. Mit kräftigen Pastelltönen kann man dieses Jahr leicht punkten.

BRIGITTE
Ein grobes Lochmuster, bunte Ketten mit einem Hauch von Anarchie. Purismus ist modern, weil die Realität so verdammt irreal ist.

PETRA
Kokospalmen machen mich nicht mehr an. Ein Strohhut, unter dem man gerne transpiriert. Ansonsten heißt es *looking fifties*: dezente Farben und kleine Muster. Bleiben Sie wieder daheim, die neue Nostalgie, der Rock darf ruhig kürzer sein als Ihr Mann.

MARIE CLAIRE
Rückenfreie Blusen, Lichtjahre vom Mainstream, schließen den Geist, so kommt die Pippi Langstrumpf ins uns durch.

PETRA
Besonders einfältig ist Khaki. Hier eine Nylonhose, tonnenschwer, so schön kann schleppen sein.

MARIE CLAIRE
Dekolleté-betonter Po und die unsichere Eleganz eines verschreckten Teenagers. Dank der neuen Japan-Diät wiege ich jetzt endlich zwanzig Kilo wie der Kimono der Geisha.

Die neuen Peelings

BRIGITTE
Am besten ganz praktisch als Two-in-one-Produkt oder High-Tech-Kügelchen ...

MARIE CLAIRE
... und schon sind wir wieder Anfang der Achtziger. Der Carmen-Kult. Erinnern Sie sich an Sauras Film. Weg mit dem Kopf, die neue Sinnlichkeit, Entfesselung der Gefühle, Rausch, Ekstase, abgründige Leidenschaft. Tragik, Geheimnis, Geschlechterkampf.

PETRA
Da sollten Sie eventuell nicht so viel reines Vitamin C benutzen, bei mir sind zwei Hautschichten mehr als vorgesehen abgegangen. Ich bin sogar schon in den Siebzigern, meine Haut fühlt sich wie eine Opferrolle an. Alle Männer sind gewalttätige Schweine und ich das Lustobjekt. Ich erlebe meine weibliche Autonomie mit einem Diaphragma. Dabei muß ich doch die Powerfrau aus mir machen. Das finde ich eine Zumutung, wo ich doch durch und durch ahistorisch bin. Meinen Sie, mich interessieren diese lang-

haarigen, unsportlichen Schlabberjungen von damals noch?
Die Neunziger-Jahre-Haut der Hochglanzfrau braucht eine
extra Portion Zusatzrenten-Versicherungs-Fruchtsäurenextrakt.

MARIE CLAIRE
Spielen wir jetzt Stille Post?
    Zusatz-Häuschen-im-Grünen-reicher-Mann-ich-versorge-die-Kinder-ich-ordne-mich-wieder-gerne-unter-Porzellanerden-Peeling.

BRIGITTE
Meine Damen, Sie waren zu lange in überheizten Frauenformaten, heiße Luft hat Ihre Haut in drei Jahrzehnten reichlich belastet. Kleine Unebenheiten gleichen Sie bitte mit dem Wie-werde-ich-wieder-lässig-Seminar aus.

Reise-News

MARIE-CLAIRE
Eine Reise zu den Schwestern des Windes ist auch immer eine bewegende Love-Story.

BRIGITTE
Sein altes verrostetes Fahrrad steht noch da. Ebenso das verwunschene rosa Häuschen. Immer wieder fuhr er mit den Fingern durch seinen tintenschwarzen Haarschopf. Da ging ich weg, weil ich den sportlich coolen Bikini der Saison plötzlich gegen einen mit Glanz und Glamour umtauschen mußte. Als ich wiederkam, war er nicht mehr da.

PETRA
In Woody Allen's Film «Alle sagen: I love you» erschauert Julia Roberts vor Wonne, als Woody Allen ihr in Venedig zwischen die Schulterblätter pustet. Ich habe nur vergessen, was danach passiert, obwohl sie schon wie Butter in seiner Bratpfanne war.

Partytime-Reportage

BRIGITTE

Tatsächlich waren Marie Claire und Petra auch auf der Party. Dumm gelaufen, weil die ja auch wissen, wo und wie man guten Sex macht und wie man den richtigen Mann bekommt und sich dabei super fühlt. Ich meine, sich aufgeben und trotzdem kein Opfer sein und wie man sich treu bleibt, aber dabei die Kontrolle verliert.

– Können Sie bitte zur Sache kommen?

BRIGITTE

Als der zähfließende, samstägliche Fernsehabend seinem Namen Ehre machte und Spielshows sowie leidige Krimis der Öffentlich-Rechtlichen und immer länger andauernde Werbeblöcke zwischen frohgemuten amerikanischen Komödien der Privaten über den Äther sendete, ging ich ohne Hut und Mantel zu einem frischgebackenen Juristen – ich bedaure den Verlust des Fachausdrucks Assessor –, meinem neunundzwanzigjährigen Nachbarn, der ein Stockwerk tiefer, in der Beletage, sein Examen feiert und als gute Partie gilt. Sein Vater, ein vermögender Fabrikant mit Firmensitzen nicht nur in Dubai, ein aufgeräumter, schnauzbärtiger Endfünfziger ...

– Und stop!

BRIGITTE

Als ich vor seiner Haustür stehe, bekomme ich kalte Füße, weil ich nur den Nachbarn kenne, den man eben so kennt, wie man Nachbarn in Berlin kennt, mit Guten-Tag-Sagen auf dem Flur und mal ein Ei leihen und ein Paket annehmen. Der Nachbar ist ein netter junger Mann, warum sollte ich also nicht klingeln, vielleicht würde ich dann eine erotische Überraschung erleben. Nein, so einfach geht das nicht, und außerdem braucht das Thema ja nicht in jedem Satz vorkommen.

MARIE CLAIRE
Lüge, alles Lüge. Natürlich kannte die Brigitte Leute auf der Party, zumindest die Mutter, die die wichtigste Person war. Außerdem kennen Mütter immer die Brigitte, und ich kenne sie auch. Früher gab es so eine spezielle Seite an der Brigitte, die ich sehr gemocht habe. Sie stellte einem knifflige Rätsel und hat mir auch manches Wissenswerte erklärt, was heute die Kinder wahrscheinlich in der Sesamstraße lernen.

Die Brigitte ist so ein Anhängsel von früher, ein braves Mädchen, die einen durch das ganze Leben begleitet, die man einfach nicht los wird, weil sie einfach auf jeder Party zu finden ist. Mir war von Anfang an klar, daß der Gastgeber die nicht nimmt. Die patente Brigitte paßt besser zu einem Abteilungsleiter, meinetwegen Landarzt, einem praktischen Typen, aber nicht zur Upper class wie der Gastgeber. Wenn ich allein schon ihre Kombi-Mode sehe, zweckmäßig, ohne Stil. Und nicht mal auf Hochglanz poliert wie ich.

Und die Proleten-Petra? Die kann nicht mal einen Barolo von einem Biolek unterscheiden.

BRIGITTE
Ich kann auch nichts dafür. Jedesmal, wenn ich in eine Wohnung komme, muß ich gleich eine Reportage schreiben.

Die klassische Berliner Altbauwohnung: weißgetünchte Wände, abgezogene Holzdielen. Der einzige Unterschied besteht in geölten oder gelackten Böden. In manchen Berliner Kreisen ein abendfüllendes Thema, welchen man bevorzugt. Man kann auch sagen, es gibt die geölten und die gelackten Typen. Ich bin mehr die Frau für den Gelackten, bei den Geölten muß man die hochhackigen Schuhe ausziehen, sie versauen angeblich den Boden, den man nur alle drei Jahre wischen darf, mit einem speziellen Mittel, über das die Geister sich ebenfalls streiten. Das erste sexy Gefühl fällt schon mal weg, denn die Frau von heute trägt wieder hochhackige Schuhe und keine Gesundheitslatschen, uns tun die Füße gerne weh, weil wir selbst entscheiden, wann und wie uns was weh tut. Also steht man da mit seinen häßlichen Füßen. Wie ich die sich intensiv gelb verfärbende Hornhaut entferne, verrate ich Ihnen erst nächste Woche.

PETRA
Frech kommt weiter. Meinen Sie, ich hätte meine Schuhe ausgezogen? Man darf in der Startphase als Frau nicht zuviel überlegen. Der Gastgeber war der Rehtyp, und der will keine Frau, die ihm ähnelt. Wie sollen zwei Rehe überleben? Die Brigitte hat natürlich gedacht, ziehe ich meine Schuhe aus, wenn er es will, alles andere wäre Siebziger-Jahre-Gequatsche, diese Selbstfindungs-Selbstbehauptungs-Ich-mach-was-ich-will-Geschichten. Tja, eben wieder nicht on the top.

Bei der Mutter habe ich gleich gemerkt, daß ich bei der nicht landen kann.

Briefe an die Redaktion

Liebe Brigitte!
Für gewöhnlich habe ich große Freude an Ihren Reportagen. Der manchmal etwas zu individuelle Ansatz stimmt nicht immer mit meinem Geschmack überein, aber das ist nun einmal so, wenn es um Stil geht. Die Partytime-Story allerdings ist richtig ärgerlich. Ich bin in Sachen Feiern eine Fachfrau, Teilzeitgeschichten – Superfrau hin oder her – bleiben in der Partybranche eine Utopie und lassen sich mit Beruf und Familie nicht verbinden.

Liebe Leserin!
 Haben Sie herzlichen Dank für die konstruktive Kritik, wir hatten uns wohl zu kräftig die Nase gepudert.
 Unser Titelmädchen Petra, das von Marie Claire fotografiert wurde, stellt die Situation exklusiv für Sie klar.

Kolumne

BRIGITTE
Also, zugegeben, für unsere Mütter war alles noch ganz anders. Party hieß nicht Party, sondern Ball der Debütantinnen und war mehr als ein Fulltime-Job. Wochenlang bereiteten sie sich darauf vor, nur für den Angebeteten, wie schwächte sie der Duft der Lindenblüten im Juni. Ach, mein Gott, die konnten noch Likörchen nehmen, wenn sie das Linnen mit ihren Monogrammen bestickten. Und heute? Der Prinz hat uns wachgeküßt. Unseren Weg machen wir allein. Wollen Sie wissen, wie das geht? Dann suchen Sie sich den Lieblingsplatz in Ihrer Wohnung und achten darauf, daß Sie ungestört bleiben. Wenn Sie mögen, stellen Sie einen Spiegel in der gegenüberliegenden Ecke auf. Falls Sie keinen großen Spiegel haben, tut es der aus der Kosmetiktasche auch. Ziehen Sie nur Sachen an, die Ihnen wirklich gefallen. Während Sie das hier lesen, streicheln Sie die Innenseiten der Außenschenkel. Vielleicht stehen Sie noch einmal kurz auf, um den Spiegel zurechtzurücken. Bei manchen Frauen muß er leicht abschüssig stehen.
 So, jetzt haben wir es aber.
 Entschuldigung, kann dieser Starfotograf von Marie Claire nicht mal mit dem blöden Gewäsch aufhören, daß Frauen über 30 die interessanteren Gesichter haben, wenn er doch nur die jüngeren knipst?

Mein Roter O.B.-Control-Faden kann sprechen

Ja, Herr im Himmel, werden Sie, verehrte Leserin, fragen, worum geht es denn nun wirklich in dieser Partytimereportage? Ich werde es Ihnen erzählen, schließlich saß ich als unentbehrliches Accessoire in der ersten Reihe. Drei Frauen, die sich wegen einer Identitätsstörung Brigitte, Marie Claire und Petra nennen, in Wirklichkeit aber Brigitte, Marie Claire und Petra heißen, gingen auf die Party eines angehenden Anwalts, mit dem sie die Nacht der Nächte verbringen wollten. Dort trafen sie auf andere Frauen, die zwar nicht Brigitte, Marie Claire und Petra hießen, aber ganz danach aussahen. Die Party hatte das Motto Erotische Initiation.

1. Teil des Abends: Rituelle Loslösung vom alten Status:

In Charlottenburg, einem Stadtteil im Westen Berlins, führen die Mütter von Brigitte, Marie Claire und Petra diese mit verbundenen Augen in einen länglichen U-Bahn-Schacht. Sobald eine von ihnen in der Tiefe verschwindet, hört man kurze Zeit später ein dumpfes, schabendes Geräusch, wie von einem Rasiermesser im Bikinibereich. Ein furchtbarer Schrei ertönt, kochendheißes Wachs wird von den Beinen abgerissen. Beim Anblick der auf dem Boden liegenden Haare weinen und jammern die Mütter. Die Überreste sind ein Zeichen dafür, daß der Teufel ihre Tochter ermordet hat. Während der Zeit in dem U-Bahn-Schacht schwören die Freundinnen bei ihrem Leben, niemals zu verraten, was dort vorgefallen ist.

2. Teil des Abends: Rituelle Wandlung:

Inzwischen sind die Mütter gegangen, um noch mehr zu weinen und zu jammern. Brigitte, Marie Claire und Petra werden auf die Party des angehenden Anwalts gebracht. Dort sollen sie alles, was sie jemals als Kind und Twen über sich gelernt haben, vergessen.

3. Teil des Abends: Rituelle Einführung in den neuen Status:

Brigitte und Marie Claire sind nicht in die Gesellschaft aufgenommen. Brigitte hat die Bedienung der Kaffeemaschine unterschätzt, Petra nicht. Manche Gäste sahen müde aus, Brigitte übersah, daß es zu den Pflichten einer Frau im ausgehenden Jahrtausend gehört, einfach mal so Kaffee zu kochen, ohne gleich ihr Gesicht zu verlieren. Marie Claire empfand die Kaffee-Initiative von Petra als einen Affront und verließ eifersüchtig das Fest. Petra, die von der Mutter des Gastgebers nicht sehr geschätzt wurde, da sie den Dativ manchmal mit dem Akkusativ verwechselte, verabschiedete sich um 22 Uhr das erste Mal von der Mutter, das dritte Mal um eins, was sich im Nachhinein als geschickter Schachzug erwies.

Petra verbrachte die restlichen Stunden im Bett mit dem Gastgeber. Im Schlafzimmer lagen auch die Mäntel der Gäste, so daß diese nicht gehen konnten.

Ob Petra zu höheren Weihen aufgestiegen ist, kann ich, liebe Leserin, leider nicht mitteilen, da selbst der zuverlässigste Tampon nach acht Stunden gewechselt werden muß.

Dr. Love

MARIE CLAIRE

Mein Lippenstift ist purer Nektar, reine Sinnlichkeit, er haftet lange, ist farbintensiv und cremig. Männer bevorzugen ein rotes Ferrari-Styling. Aber dann fällt mir wieder ein, daß Männer Frauen nicht gerne küssen, die geschminkt sind. Was kann ich tun?

PETRA
Ich kann nur mit meiner männlichen Altblockflöte zum Höhepunkt kommen. Seit kurzem aber schläft das Objekt meiner Lust nach dem Verkehr immer ein, obwohl ich so sehr nach Zärtlichkeit hungere.
Wie kann ich ihm den postkoitalen Sofortschlaf austreiben?

Orgasmustalk ohne Vortäuschen

PETRA
total geil, absolute Spitze, einfach unbeschreiblich
BRIGITTE
wie denn nun?
MARIE CLAIRE
der richtige Kick, Ekstase, peng
BRIGITTE
und wie denn nun?
PETRA
von der Matratze abheben, Stromstöße, Superflash
BRIGITTE
Habt ihr auch eine Internetadresse, dann könnte ich mir das da vielleicht abschreiben?

Das erste Mal mit Schwips

BRIGITTE
der kriegte die Hatzlose nich auf
MARIE CLAIRE
isses schon vorbei?
PETRA
ich hatte einen kleinen süßen Foxterrier, der hatte ein rotes

Halsband und hieß Flocki. Entschuldigung, lall. Darum geht es ja hier nicht. Dürfte ich noch sagen, auch wenn es, ich meine, na ja, das paßt jetzt irgendwie nicht so gar nicht zum Thema, oder doch ein bißchen, aber wie gesagt, nein, ich habe ja noch gar nichts gesagt, na ja, so hieß einer in meinem Schullesebuch.
MARIE CLAIRE
wer hieß wie?
PETRA
mein erster Hund!
BRIGITTE
über Pferde will ich nicht reden.
MARIE CLAIRE
Können wir uns nicht mal unterärmeln und was singen?
Und mein Papa, der hat Hände
Die legt er an meine Brust
Und mein Papa, der hat ein Messer
Doch das Messer sieht man nicht.
BRIGITTE
Die Themsierung des Inzestthematisierung vom Inzest, gerade von Vater und Vater, is szuu alt, is out. Mindestens sszhen Jahre. Man trägt jetzt wieder Pony. Un denn is was mitten Reim falsch
PETRA
Meiner war so süß, unglaublich süß, und so zärtlich, aber auch süß, und dann noch eben so wahnsinnig zärtlich.
MARIE CLAIRE
Die Romanze in f-Moll von Anton Dvořák, gespielt von Isaak Stern, war zu Ende. Die Stuttgarter Sexualwissenschaftlerin Dr. Edelgard Maus-Bienzle tropfte auf den Kokosteppichboden. Die Kerze drehte sich um, sie fühlte sich kraftlos und einsam.

Jahreshoroskop

In der Zeit vom 1. bis zum 13.
  Freunde und Kollegen
  Im Moment plagen Sie
  Saturn im Juni
  Hoffentlich
  Die Sterne verheißen
  Mit der Kraft und Kreativität
  Ab Herbst schwingt der
  Manchmal neigen Sie zu
  Höhepunkt im

Rätselauflösung aus Heft 13

Durch bestimmte Bräuche geregelte Aufnahme eines Neulings in eine Standes- oder Altersgemeinschaft, besonders die Einführung der Mädchen in den Kreis der Frauen bei Naturvölkern.
  Gewonnen hat Frau Brigitte Petra aus Marie Claire.

Die letzte Seite

Noch ein Kuß, dann ist Schluß, weil die Braut nach Hause muß.

Die Seiltänzer
Asta Scheib

Sie saß vorn, in der rotgoldenen Loge. Das Gold war abgeblättert, das Rot auch so ziemlich, aber Agnes, die nicht wußte, was Glück war, und jeden Tag hinter sich brachte, so gut es eben ging – Agnes war heute gespannt, voller Verlangen nach etwas Starkem, Zauberhaftem, Süßem, was sie nicht kannte, was sich aber in diesem Zelt abspielte, das ihr riesig und prächtig erschien und voller Versprechen. Die Luft um sie herum war warm, es roch nach Tieren und Sägemehl, die Akrobaten kamen und die Jongleure, die elenden Pferdchen und der alte Panther, der durch den Papierreifen sprang. Doch Agnes und neben ihr Henri warteten nur auf die Seiltänzer. Henri hatte seine schweißnasse Hand in die von Agnes geschoben, was Agnes nur in diesem Zelt und nur während der Vorstellung, in der Dunkelheit, duldete. Sie teilte mit Henri nichts als die Sehnsucht nach den Seiltänzern, beide hockten sie jeden Tag in der Vorstellung, starrten auf das Seil, das für die Darbietungen unter einem Trommelwirbel der Kapelle herabgelassen wurde, wenn die Seiltänzer in ihren weißen Trikots in die Manege hineinflogen. Der Zirkusdirektor hielt die Strickleiter, und schon waren sie oben auf dem Seil, der Junge und das Mädchen, sie führten ihre Stoffschuhe prüfend hin und her, und Agnes wollte nichts sehnlicher, als die Brust, den sehnigen Hals, die nackten Arme und muskulösen Beine des Seiltänzers streicheln. Sie spürte, wie Henri neben ihr lautlos keuchte, und sie wußte, er wollte das gleiche mit dem Mädchen tun. «Es ist heiß», sagte Henri, und Agnes flüsterte tonlos: «Und ob.»

Die Hitze tief drinnen, die fiebrige Sehnsucht nach den Seiltänzern, die ängstlichen Zärtlichkeiten für Henri, deren sie sich im Hellen schämte, die nie gestellten und unbeantworteten Fragen gehörten zu dem Dunklen, Rätselhaften, das in Agnes' elfjährigem Leben immer stärker Gestalt annahm, nicht mehr nur die Träume, sondern auch den Alltag prägte. Schon alleine Henri – wo alle Hans-Jürgen hießen und Karl-Friedrich. So was wie Henri war verboten. Alles, was Mädchen mit Jungen tun konnten, war das Dunkle, Böse, Schmutzige. Schon allein die Gedanken. Sie waren noch sündiger als die Worte und Werke, und man mußte sie bekennen. Sonst war der Weg in die ewige Seligkeit versperrt. Die war denen vorbehalten, deren Leben silberhell verlief wie der klare Wiesenquell. So beschrieb es der Lehrer. Hell war Fleiß in der Schule, Andacht in der Kirche, Gehorsam in der Familie. Agnes war guten Willens, schon, weil es ihr praktischer schien, ein braves Mädchen zu sein. Doch ihr Blut wollte es anders – sie hat das leichtsinnige Blut ihres Vaters in sich, sagte einmal eine Tante zu einer anderen, doch Agnes hatte es gehört. Sie war stolz darauf gewesen, denn sie hatte nichts von ihrem Vater gesehen oder doch nur wenige Bilder, kurze Sequenzen, in denen er an ihrem Bett aufgetaucht war oder mit der Mutter gestritten hatte. Vielmehr die Mutter mit ihm. So schien es Agnes.

Aber nun, wo sie sein Blut in sich spürte, das Blut, das sie trieb, mit den anderen in die Wälder zu gehen, im Heidelbeerkraut scheinheilig nach Beeren zu suchen, wo sie doch in Wahrheit einander suchten, die Öffnungen, die verboten waren, bei Höllenstrafe verboten, dabei waren sie süß, süßer, am süßesten, auch wenn man nachher heimschlich, ohne die anderen anzusehen, rasch, jeder auf anderem Weg, und trotzdem hatten sie ihnen aufgelauert, die Alten, die den Tag sinnlos durchdösten, aber immer noch das Recht hatten, die verdorbene Brut auf die nackten Hintern zu schlagen. Doch um so röter leuchtete Agnes die Glut des Erlebten, sie hatte alleine für sich die Nächte im Feuer, und sie gelobte trotz einer gewissen Angst den Alten süßesten Ungehorsam.

Fast in jedem Sommer mieteten die Eltern ein ungemütliches, aber großes Haus in den Dolomiten, und Agnes verbrachte in diesem Jahr zu ihrem Verdruß die heißen Sonnentage der Ferien dort allein mit der Mutter und dem Stiefvater. Sie war vierzehn, Freundinnen durften ins Ferienlager und erwarteten dort herrliche Abenteuer, nur Agnes war angepfählt an die ewig kränkelnde Mutter und den Stiefvater, der Agnes mit seinen pädagogischen Vorhaltungen fast noch mehr auf die Nerven ging als mit seinen Liebesbezeugungen. Wie ekelhaft es doch ist, die Jüngste in der Familie zu sein, dachte Agnes. Ihr acht Jahre älterer Bruder studierte in den USA, ihre Schwester, nach zwei Semestern Theaterwissenschaft, arbeitete im Ensemble von T. mit, einem bekannten Theaterregisseur, der sie eigentlich nur für einen Ferienjob eingestellt und dann als Assistentin behalten hatte. Die gesamte Truppe wurde heute zum Abendessen erwartet, das Haus war groß genug, alle zu beherbergen, und Agnes war erleichtert, der dumpfen Luft des leeren Hauses nicht mehr alleine ausgeliefert zu sein. Die Mutter hielt sich bei geschlossenen Jalousien meist in ihrem Zimmer auf. Agnes war vom Nichtstun müde, gelangweilt, schlich in der lastenden Sonne herum, immer auf der Hut vor dem Stiefvater, der sie ständig an sich ziehen, ihr seinen rauhen Dreitagebart an die Wangen drücken und sie so eng halten wollte, daß sie die Knöpfe seines Leinenanzugs durch ihr Kleid hindurch spürte. «Du bist doch unsere süße Kleine», sagte er, wenn Agnes sich heftig losmachte. Ein Glück, daß gestern ein Telegramm von ihrer Schwester gekommen war. T. hatte sich entschlossen, mit dem gesamten Ensemble für eine Woche Urlaub in den Dolomiten zu machen. Agnes sehnte die Truppe mit derselben Ungeduld herbei, mit der sie früher auf die Seiltänzer gewartet hatte. Wieso eigentlich, das hätte sie nicht zu sagen gewußt.

Ihre Schwester konnte den Regisseur sehr gut imitieren, seinen näselnden Ton, seine Attitüden. Daher wußte Agnes sofort, daß es T. sein mußte, als ein schmaler, mittelgroßer Mann in T-Shirt und Borsalino sich am Tisch niederließ, wo er von allen umhegt und bedient wurde. Nur nicht von seiner Frau, einer mürrischen, schweigsamen Person, die Agnes gut gefiel, weil sie sich offenbar in den Dolomiten ebenso langweilte wie sie selbst. Doch in der Nacht träumte Agnes von T. Er kam auf sie zu, sagte, daß sie das schönste Mädchen sei, das er je gesehen habe, und er müsse sie lieben. Lieben. Das wollte Agnes auch, sie war erfüllt von Sehnsucht nach T., so wie man das nur im Traum sein kann. T. fuhr ein Auto wie der Gärtner, der ab und zu aus dem Ort kam, die Bäume und Büsche zu schneiden. Die abgeschnittenen Äste lud er dann auf sein uraltes Vehikel, das nur Platz für den Fahrer und hinten eine Ladefläche hatte. In so einem Auto saß im Traum auch T., und Agnes hockte auf dem heißen, schmutzigen Blechboden, hielt sich mühsam, aber jubelnd fest, denn T. raste im wilden Tempo mit ihr zu seinem Haus, das im Zentrum des Ortes stand. T. bedeutete Agnes während der Fahrt, sich schon einmal zu entkleiden, und Agnes begann, ihr dünnes Baumwollkleid auszuziehen, das Hemd, den Slip. Mittlerweile näherten sie sich dem Ort, und weil T. sich immerzu nach Agnes umwandte, fuhr er auf ein anderes Auto auf und mußte aussteigen. Er bat Agnes, sich nur ja nicht wieder anzuziehen, und Agnes dachte gar nicht daran. Alle sollten sie nackt sehen. Später lagen sie in T.s Garten, und auch T. war nackt, und durch die Hecken des Gartens schauten die Dorfleute neugierig auf die beiden.

Die Sonne drang durch die Jalousien ins Zimmer, von der Terrasse hörte Agnes die Stimme ihrer Schwester und die von T., und das Süße, Verstrickende des Traums verflog. T. war wieder der schmale blasse Mann mit dem näselnden Tonfall und den Attitüden, und er war Agnes so fremd, wie es Henri gewesen war, wenn sie nach der Vorstellung der Seiltänzer gemeinsam aus dem leuchtenden Dunkel ins Freie traten. Nicht eine Sekunde länger hätte Agnes die heißen feuchten Hände Henris geduldet, und als T. sich ihr beim Frühstück zuwandte, blieb ihr fast die Stimme im Hals stecken, so unmöglich fand sie ihn.

Lieber ging Agnes in den Ort. Sie kannte dort einige Kinder und Jugendliche, hatte sich mit ihnen angefreundet, besonders mit Roberto. Er war gleichaltrig mit Agnes, und gemeinsam mit ihm beobachtete sie die Älteren, wenn sie in den Wäldern miteinander balgten und schmusten. Roberto wollte das auch, doch Agnes war vorsichtig. Als sie elf gewesen war und Roberto noch nicht in Frage kam, hatte sein älterer Bruder Nereo, der jetzt schon studierte, Agnes immer Lire geschenkt, wenn sie ihm erlaubt hatte, sie auszuziehen, sie zu küssen und zu streicheln. Das hatte Agnes ausnehmend gut gefallen, vor allem deshalb, weil Nereo sie beschwor, niemandem davon etwas zu erzählen.

Endlich hatte auch sie ein nennenswertes Geheimnis, so wie ihre Schwester welche hatte. In ihrem Zimmer lagen Packungen mit dicken Binden, Mutter und Schwester tuschelten, weihten Agnes nicht ein in ihre Frauengeschichten, taten ungeheuer geheimnisvoll. Doch Agnes wußte schon, wozu man diese Binden brauchte, Henri hatte es ihr erzählt, dessen Schwester nicht so affig war wie die von Agnes. Sie traf sich in der Eisdiele mit Jungen, wurde zu Eisbechern eingeladen, obwohl die Mutter schimpfte, von Herumtreiben sprach, davon, daß Mädchen sich nicht einladen lassen dürften. Die Jungen wollten als Gegenleistung knutschen und sonst noch was, und das war anständigen Mädchen verboten. Besonders das Sonstnochwas. Darüber wußte Agnes nichts Näheres, aber es mußte damit zusammenhängen, was Agnes schon immer so schön beunruhigt hatte. Blicke, Lächeln, Hände wie Feuerstöße. Die seltsam süßen Spiele mit Nereo, sanft, scheinbar ohne jede Absicht, niemand sprach, vielleicht war Agnes leise verwirrt, aber sie genoß es, und Nereo bebte, bebte. Niemand kam dahinter, Agnes registrierte es triumphierend, und Nereo schenkte ihr sogar Geld.

Für die Lire hatte Agnes sich immer wundervolle bunte Bonbons gekauft. Die wollte sie nicht essen, nur sammeln, daran schnuppern, denn sie rochen wie Blüten im Wind. Eines Tages fand ihre Mutter die Bonbonsammlung, stellte Fragen, verbot Nereo. Ehe er von Roberto abgelöst wurde, hielten Agnes und er jedoch fest an ihren Spielen, und Agnes lernte, daß sie den viel älteren Nereo manipulieren konnte, daß er todtraurig war, zitterte, wenn sie sagte, daß sie müde sei, keine Lust habe aufs Entkleiden, aufs Küssen, aufs Streicheln. Nicht einmal die Lire konnten sie dann umstimmen, denn es war auf häßliche Weise schön, Nereo zittern zu sehen.

Jahre später, mit Roberto, hatte sie es nicht so leicht. Einmal griff er rauh nach ihrem Arm, sein Mund lag hart auf ihrem, und dann bohrte er seine Zunge hinein, und als Agnes zurückwich, umschlossen seine Arme sie so fest, daß sie vor Hilflosigkeit wütend wurde, nach ihm schlug und trat.

Das war zu Ferienende, und als Agnes wieder daheim war, dachte sie immer noch voller Wut an Roberto. Darauf folgte eine Zeit, in der sie sich nicht mehr für Jungen interessierte. Sie wollte zu den feinen Mädchen gehören, zu den unnahbaren, von denen die Jungen wegwerfend sprachen, die sie aber in Wahrheit anhimmelten. Mit den schlechten Mädchen taten sie es in den Gehölzen der Kamerbicke, die feinen luden sie ein ins Schülerkonzert. Agnes gehörte zu denen im Konzert. Und nicht nur das. Sie wurde religiös. Nackt kniete sie in ihrem Zimmer und fühlte sich erhaben gegenüber allen, die mit Jungen herumpoussierten und sich wegwarfen. Das kam für Agnes nicht mehr in Frage. Schließlich hatte sie wieder ein Geheimnis. Anders als das, was sie mit Nereo verbunden hatte, ganz anders. Niemals würde sie zu den Knutschparties gehen, die jetzt überall in Mode kamen, auch in dem Gymnasium, das Agnes besuchte. Sie wäre sich entweiht vorgekommen. Schließlich hatte der neue Pfarrer sie geküßt. Es war am Sonntag nach den Ferien gewesen, Agnes war schon fast wieder vom Kirchgang daheim, als ihr einfiel, daß sie vergessen hatte, für ihre Mutter ein Buch aus der Pfarrbibliothek auszuleihen. Rasch rannte Agnes zurück, kam gerade noch rechtzeitig, ehe der Pfarrer die Bibliothek abschloß. Die Mitarbeiterin war schon gegangen. In der Bibliothek war es dämmrig, da der Pfarrer die Jalousien gegen die grelle Morgensonne halb heruntergelassen hatte. Agnes, außer Atem, entschuldigte sich, erklärte ihr Versäumnis, und der

Pfarrer suchte das verlangte Buch, sagte liebenswürdig zu Agnes, daß sie immer kommen dürfe, auch außerhalb der Ausleihezeiten. Wenn man ein Buch wolle, müsse man es auch haben, Bücher seien äußerst wichtig, ja unverzichtbar für die geistige Entwicklung eines Menschen, ob Agnes denn auch lese und welche Dichter sie am liebsten habe. Verlegen sagte Agnes, daß sie schon lese, einen Lieblingsautor aber nicht nennen könne. Der Pfarrer gab Agnes den Roman für ihre Mutter, Theodor Fontanes *Wanderungen durch die Mark Brandenburg,* und als Agnes ihm dankte und sich zur Tür wandte, hielt er sie sanft fest. Agnes sah, daß der Pfarrer bebte wie früher Nereo, er bebte ihr entgegen wie ein Baum im Wind, der schon Angst hat vor dem unausweichlichen Sturm, ja, Agnes sah, daß er voller Angst war, und wieder genoß sie es und hielt still, als er sie sanft auf den Mund küßte. Zum erstenmal fiel ihr auf, daß der Pfarrer noch nicht alt war, daß er weiche, volle Lippen hatte, sie fühlten sich kühl an und hatten wie Rosenblätter auf ihrem Mund gelegen. Verwirrt fragte sich Agnes, ob der Pfarrer wisse, daß sie täglich nackt betete. Vielleicht hatte es die Mutter mitbekommen und sie verraten, oder die Großmutter, die sich beide eng zur Kirche hielten und mit Agnes unzufrieden waren, weil sie nur selten mitkam zum Gottesdienst.

Nachdem Agnes erfahren hatte, daß Pfarrer imstande waren, Schülerinnen entgegenzubeben und Rosenblätterküsse auszuteilen, erschien ihr die Religiosität fragwürdig. Künftig mied sie das Pfarrhaus samt der Bibliothek, und in der Kirche blieb sie in den hintersten Reihen. Wenn sie überhaupt hinging. Denn sie hatte kaum mehr Zeit für die Kirche. Es gab nämlich Konstantin. Er kaufte im Tortenparadies neben der Schule einen Windbeutel und sah zu spät, daß er kein Geld dabei hatte. Agnes lieh es ihm, und er brachte ihr am nächsten Tag das Geld zurück und dazu eine Platte von Elvis Presley: «Love me tender, love me true», die Agnes sich schon lang wünschte. Wieso konnte Konstantin das wissen? Danach redeten sie stundenlang, denn Elvis war für Agnes der Ausdruck ihrer Sehnsucht, er trug sie fort, weit, ließ den feindlichen Alltag vergessen, sein Herzschlag war ihrer, und das verstand Konstantin, er hatte es geahnt, weil er ebenso verrückt war nach Elvis. Da wußte Agnes, daß Konstantin sie liebte, und sie liebte ihn.

Statt ins Gymnasium gingen sie in die Wiesen vor der Kamerbicke, legten sich ins Gras und betrachteten einander. Konstantin war auf Hände fixiert. Agnes mußte ihre Hände neben seine ins Gras legen, und Konstantin rief verzweifelt aus, daß sie beide schon uralte Hände hätten, «schau nur, Agnes, uralt!» Das hatte Agnes noch nie so gesehen, alle Welt lobte ihre wirklich sehr schmalen, schön geformten Hände, sogar ein Taxifahrer hatte letzte Woche gesagt, daß Agnes die schönsten Hände hätte, die er bislang gesehen habe. Und nun fand Konstantin, daß ihrer beider Hände ... Agnes schaute besorgt hin, und schließlich erkannte sie auch, daß sie mit ihren siebzehn Jahren schon uralte Hände hätten. Es betrübte sie, und fast hätte sie mit Konstantin weinen mögen, aber das ließen sie, denn Konstantin hatte die vielen Knöpfe zu öffnen, die sich an der Bluse befanden, die Agnes heute morgen angezogen hatte, als sie noch nicht wußte, daß sie statt in Mathe, in Bio, im Griechischen und im Deutschen über das Alter ihrer Hände unterwiesen würde.

Natürlich mußten die Eltern zum Direktor kommen. Konstantins Mutter machte Agnes dafür verantwortlich, daß ihr Sohn so schlecht in der Schule sei, die Familie von

Agnes sah es genau umgekehrt. Als alles nichts half, schafften sie Konstantin nach Griechenland, zu Verwandten. Agnes vermißte ihn gebührend lange. Schon um den Stiefvater zu ärgern, weinte sie tagelang, schrie ins Telefon, wenn es Konstantin gelang, sie zu erreichen. Agnes fühlte sich wohl als Teil eines grausam auseinandergerissenen Paares. Durch Konstantins suchende Hände auf ihrem Körper spürte sie fast andauernd die Spannung, die zum erstenmal der Seiltänzer in ihr wachgerufen hatte, dann Nereo, Roberto, der Pfarrer, am meisten aber Konstantin, der zusätzlich ein Klima in Agnes erzeugt hatte, das sie süchtig machte auf neue Eroberungen.

Für den Tanzkurs war sie fast zu spät dran, immerhin war sie bereits siebzehn, aber ihre Freundinnen gingen alle hin, und so machte Agnes mit. Schon um daheim wegzukommen, wo der Stiefvater neuerdings die Angewohnheit hatte, überraschend im Bad zu erscheinen, wenn Agnes drinnen war. Leider konnte sie das Bad nicht so einfach abschließen. Das hätte Agnes ihrer Mutter erklären müssen, und das mochte sie nicht. Ihre Mutter war mit dem Stiefvater ohnehin unglücklich genug. Manchmal hatte Agnes den Eindruck, daß der Mann nur bei ihrer Mutter blieb, um Agnes nachstellen zu können. Aber Agnes war nicht Lolita, der Alte widerte sie an. Wenn sie sich vorstellte, er könne sie noch ein einziges Mal in die Arme nehmen, wie er es noch vor wenigen Jahren getan hatte, als Agnes ein Kind und hilflos war, bekam sie Mordgedanken. Da half auch das Mitleid mit der Mutter nicht. Schließlich war sie es gewesen, die Agnes ihren leiblichen Vater weggenommen hatte. Ihren bildschönen, klugen, liebenswürdigen Vater hatte die Mutter verjagt, weil sie sich einbildete, was sie heute noch behauptete – der Vater wäre fremdgegangen. Agnes glaubte ihrer Mutter kein Wort davon. Zwar

war sie bei der Scheidung erst acht Jahre alt gewesen, aber sie hatte ihren Vater tief geliebt und gar nicht begriffen, warum er plötzlich in New York lebte und sie ihn lange Zeit überhaupt nicht sehen konnte. Später durfte sie dann mehrmals im Jahr zu ihm fliegen. Und zu Francis, seiner Frau, die Agnes taktvoll mit dem Vater allein ließ, bis Agnes sich selber wünschte, daß Francis dabeisein solle, wenn sie zu Besuch war. Erst vor einem Jahr hatte Francis Agnes wieder ein Ticket geschickt, Agnes war zu ihr nach Boston geflogen, wo Francis nach dem Unfall lebte, bei dem Agnes' Vater ums Leben gekommen war. Francis sagte Agnes, daß sie sehr glücklich gewesen sei mit dem Vater, daß er nie Affären gehabt habe, aber immer sehr viel Sehnsucht nach Agnes.

Seitdem hatte Agnes die Mutter in Verdacht, daß sie Agnes immer noch belog. Daß sie sich von ihrem ersten Mann getrennt hatte, weil sie den anderen wollte, den, den Agnes jetzt als Stiefvater ertragen mußte.

«Du bist schön, Agnes», hatte der Vater beim letzten Zusammensein gesagt. Agnes war verlegen geworden, wie immer. Sie wußte, daß sie als eines der hübschesten Mädchen in der Stadt galt, doch zum einen glaubte sie es nicht, und außerdem fand sie eher Disteln an ihrem Weg, sie schien Blicke und Pfiffe auszulösen, Neid und Tratsch machten ihr das Atmen schwer, warfen Schatten auf ihre Freude. Unbehagen. Wer hat behauptet, daß es herrlich sei, jung zu sein? Daß die Jugend die schönste Zeit des Lebens sei? Von wegen. Alles wird einem zerstört. Der Vater, endlich gefunden, stirbt. Die Liebe wird vernichtet (Konstantin schrieb nicht mehr, Agnes schrie nicht mehr ins Telefon). Wie soll man erwachsen werden? Was ist das überhaupt, Erwachsensein?

Agnes lernte es durch einen Autounfall, den sie, wie es hieß, nur durch ein Wunder schwerverletzt überlebte. Ja, der Tod hatte sie schon am Wickel, Agnes konnte auf Wunsch immer wieder berichten, wie es war, klinisch tot zu sein. Sie spürte, wie sie fiel und fiel, und im Fallen überlegte sie, wem ihr letzter Gedanke gelten sollte, nun, wo sie in bunte, ja ziemlich grellbunte Schleier fiel, hinter denen sie den Tod mutmaßte. Irgendwoher hatte sie gewußt, daß sie nur aufhören würde zu fallen, wenn ihr jemand einfiele, dem ihr letzter Gedanke gelten sollte, der sie festhalten würde, im Leben halten. Die Mutter glitt vorbei – Konstantin, ja Konstantin, an ihn könnte sie denken, seinetwegen würde sie nicht umsonst verrecken – da spürte Agnes leichte Schläge an ihren Wangen, sie hörte jemanden ihren Namen rufen, dann wieder die Schläge, der Name, «kommen Sie, Agnes, wachen Sie auf!»

«Sie haben uns vielleicht Sorgen gemacht», hieß es, als sie dem Tod entronnen war. Einer der Ärzte, die es nicht zugelassen hatten, daß Agnes umkam, beschrieb ihr die Hektik, die Agnes ausgelöst hatte, als sie plötzlich weggesunken war, wohl schon vor dem Tor des Todes gestanden hatte. Er gestand ihr auch, daß er gebetet habe: Herrgott, laß sie nicht sterben. Er wollte Agnes im Leben halten – für sich.

Anders wäre es nicht möglich gewesen, daß Agnes einen Mann bekam und sich selber verlor. Ein Pfarrer sprach den Segen, und Agnes hätte gerne gesagt, sie wolle nicht mit ihrem Mann begraben sein. Statt dessen lächelte sie und lachte, und am Abend tanzte sie mit einem Neffen ihres Mannes Rock 'n' Roll, aber was für einen fetzigen, und die Liebe höret immer auf, aber der Rock 'n' Roll nie, und beim Tanzen und völlig außer Atem dachte sie, daß sie ebensogut den Neffen hätte heiraten können, wieso hatte sie nie gesehen, wie hübsch der war und nur wenige Tage jünger als sie selber, was war das für ein schönes, zielloses Gefühl, mit diesem Jungen zu tanzen, und sie hätten nie aufgehört, wenn ein Wort ihres Mannes nicht die Musik verschlungen hätte, wenn nicht die anderen sie so seltsam angesehen hätten, sie und den hübschen Neffen, der fast schön war und nur wenige Tage jünger ...

Es wurde Abend über der Stadt, die Verwandtschaft verlor sich, mahnende Blicke trafen Agnes. Soeben noch vom Tanz erhitzt, fand sie sich bald im Hochzeitsbett, allein, kalt bis zu den Knien, in der grenzenlosen Nacht. Doch sie wußte, der Rock 'n' Roll schlief nur in ihren Beinen, dies war nur eine Art schöpferischer Pause, ihr Hochzeitstag war auch ihr Geburtstag, die schweren Düfte des Juli drangen durchs Fenster herein, die Rosen hingen voll am Strauch, Grillen lärmten, und Agnes spürte, es war doch ein Festtag gewesen, und nun kam die Nacht mit ihrem süßen Rauschen. Ich werde sie alle haben, dachte Agnes, den Seiltänzer, Henri, Nereo, Roberto und Konstantin, sie und noch viele mehr, sie werden mein Fleisch sein und mein Blut, mein Atem und meine Freude, und nie mehr werde ich alleine sein. Das Exil der Jugend ist vorbei.

Für alles gibt es ein erstes Mal Annemarie Schoenle

Interviewst du auch die anderen? Bloß mich? Da fühle ich mich aber geehrt. Ja, was soll ich dir sagen? Für alles gibt es ein erstes Mal. Muß aber nicht das erste Mal sein, daß du es als erstes Mal empfindest. Ich seh schon, das kapierst du jetzt nicht. Stell dir vor: Du ißt eine seltene Frucht, von der du oft gehört, die du aber nie zuvor gekostet hast. Du hältst sie in Händen. Vorsichtig, behutsam. Aber – es ist ein grauenhafter Tag, und dir scheint, als habe man dir den Mund mit Essig ausgewaschen. Also schmeckt dir die Frucht nicht, du empfindest sie als sauer, bitter, du legst sie weg und denkst nicht mehr daran. Dann, ein andermal, an einem Tag, durchsichtig blau, die Sonne scheint, um dich herum eine Wiese, leuchtende Blumen und Schmetterlinge, zart wie Träume. Voller Lust kostest du die Frucht, sie zergeht dir auf der Zunge, du bist erstaunt, wie süß sie schmeckt, du saugst ihren Duft ein und meinst, nie im Leben etwas Köstlicheres gegessen zu haben. Sieh mal – und jetzt kommt dir vor, als sei es das erste Mal, daß du diese Frucht genießt.

Ich bin in der Großstadt aufgewachsen. In einem Mietshaus. Im zweiten Stock wohnten meine Eltern, im vierten die Großeltern. Also wanderte ich hin und her. Vom zweiten in den vierten, vom vierten in den zweiten Stock. Es waren nicht nur die Stufen, die ich hinauf- und hinunterkletterte. Nein, die unterschiedlichsten Stimmungen, die hitzigsten Temperamente, die gegensätzlichsten Ansichten begleiteten mich. Und Menschen, die nicht zueinander paßten. Die einen ehrgeizig nach oben gerichtet, wie mein Großvater und meine Mutter, die anderen unberührt von den Dingen wie Vater oder voll romantischer Sehnsüchte wie Großmutter.

An sie denke ich oft. Eine kleine Person, hübsch, die Leute mochten sie gut leiden, aber sie war immer ein wenig traurig. Als junges Mädchen stellte ich mir vor, sie habe eine große Liebe verloren und komme nicht darüber hinweg. Später ahnte ich, daß sie lange Zeit auf die große Liebe gewartet, sie aber nie erfahren hatte. Vielleicht saß sie deswegen so oft, die Arme um die Knie geschlungen, auf dem Fensterbrett und sah nach unten auf die Straße, auf die Menschen, die vorübergingen. Kaum einer, der stehenblieb. Und keiner, der zu ihr heraufsah. Was ging im Herzen meiner Großmutter vor, wenn sie ins Leere starrte und alles um sich herum vergaß? Glaubte sie, die große Liebe würde plötzlich die Augen heben und zu ihr heraufschauen? Wie vom Blitz getroffen stehenbleiben? Wie in den Heftchenromanen, die sie las? Nun, da hätte sie sich schon weit aus dem Fenster lehnen müssen. Das Große kriegt man nicht ohne Risiko, laß dir das gesagt sein.

Meine Mutter würde mich jetzt auslachen. Sie hat ihre große Liebe geheiratet. Sie holte sich einen Stern vom Himmel und merkte zu spät, daß das ein Fehler war. Sterne sind gefährlich. Sie lassen sich bewundern, aber sie geben kein bißchen von ihrem Glitzer ab. Sie sind kalt und genügen sich selbst. Sie wollen auch nicht nur einem Menschen gehören, sie wollen alle Menschen bezaubern. Mein Vater war so ein Stern. Musiker. Er spielte in kleinen Kneipen, ein schöner Mann mit einem bezaubernden Lächeln. Die Frauen liebten ihn, auch die Männer. Er lebte nur nachts, den Tag haßte er. Der Tag zeigte das Leben, wie es wirklich war. Er aber mochte das Leben nur im gedämpften Licht der Kerzen und die Frauen ohne die Bürde des Alltags. Lachende Frauen, zärtliche Frauen, Frauen voller Witz und Phantasie. Darüber wurde meine Mutter bitter. Nörglerisch. Grau. Sie wurde wie die Erde, und der Stern hing hoch über ihr. Er blieb kühl und unverändert schön, er machte die Erde häßlich. Als ich meine Mutter einmal fragte, wie es gewesen sei mit ihr und Vater, das erste Mal, da zuckte sie die Achseln. Kurz sei es gewesen, weil man damals an die Frau nicht dachte. Und dann sei sie sofort schwanger geworden. Da habe man geheiratet. Die Erde den Stern, und der Kampf begann.

Großmutter wurde verkuppelt. Weil Großvater, noch ganz jung, mit einer zerschossenen Hüfte vom Krieg nach Hause kam und eine Frau brauchte. Da haben sie meine Großmutter mit siebzehn Jahren vom Land in die Stadt geholt, in sechs Wochen war sie verheiratet. Sie hat Großvater den Haushalt geführt, hat das Geld zusammengehalten und gewartet, daß das Glück zu ihr käme. Nachts löschte Großvater das Licht, Großmutter setzte sich auf seine zerschossene Hüfte, schloß die Augen und dachte daran, daß sich die Bügelwäsche im Korb türmte, daß das Waschbekken, das alle Mieter des Stockwerks benutzten, verstopft war und wie es wohl sei, in seidenen Laken zu liegen, umschlungen von den starken Armen eines göttlichen Helden. Zwei Kinder bekam sie. Conrad und Wolfgang. Und blieb doch immer das sehnsüchtige Mädchen, das auf dem Fensterbrett kauerte und auf seinen Traumprinzen wartete. Das zusammenzuckte, wenn Großvater von seinen Kneipentouren nach Hause kam und in die Kochtöpfe guckte. Ja. Denn so ist das mit den Träumen. Sie sind wie eine Schaukel, auf der du sitzt und die dich in den Himmel trägt. Die Erde dreht sich, und ein unbeschreibliches Gefühl überkommt dich. Als würdest du in kühler Nacht, nackt und grenzenlos frei, zu den Sternen fliegen. Aber dann reißt der Strick deiner Schaukel, du saust durchs Nichts und knallst auf den Boden.

Ich habe geträumt und beobachtet zugleich. Du weißt ja – es gibt die Träumer, die Beobachter und die Drängler. Die Drängler, die leben anscheinend wirklich. Die scheren sich den Teufel darum, warum sie etwas machen oder warum's die anderen tun. Die leben einfach, und manchmal fallen sie auf die Schnauze, und manchmal können sie eine ganze Weile schnurgerade dahingehen, ohne zu stolpern. Die Beobachter stellen sich außerhalb des Kreises. Sie denken, daß das Leben ihnen nichts anhaben kann, wenn sie es aus der Distanz betrachten. Sie sind wie diese Fernsehkameras, die eine Tiefgarage bewachen. Alles schwarzweiß, alles aus einem Blickwinkel, und nichts verursacht das kleinste Flimmern auf dem Bildschirm. Nicht einmal ein Mord. Die Träumer aber ... Die setzen sich auf ihre Träumeschaukel und fliegen höher und höher, bis die Realität ganz klein wird und der Traum ganz groß. Laß dir gesagt sein: viele Beobachter werden zu Träumern. Sonst wär's nicht auszuhalten!

Ich wollte nicht verkuppelt werden, und ich wollte auch keinen Mann, der wie ein kalter Stern am Himmel hängt und mein Herz gefrieren läßt. Also verliebte ich mich in einen blonden Studenten. Sascha. Er lebte an der Ostsee, er wollte Schiffsbauingenieur werden. Hochseeschiffe und die rauhen Winde um die Nase. Er spielte Gitarre. Sein blondes Haar hing ihm in die Augen, er sang Lieder von der Freiheit und der Liebe. Ein Idealist, kämpfend an tausend Fronten. Er kämpfte gegen Faschisten, gegen Walfänger, gegen Witwenverbrennung und gegen die Hundesteuer. Jeden Tag ein neues Ideal. Ich flunkerte ihm vor, ich sei schon siebzehn, dabei war ich noch nicht mal sechzehn, ein hübsches Mädchen mit schönen Brüsten und grünen Augen. Da er in einer anderen Stadt lebte, schrieben wir uns lange Briefe. Bei dieser Gelegenheit reifte in Sascha der Entschluß, Schriftsteller zu werden. Das Schreiben befreite ihn, und er sandte mir von da an Gedichte, eines davon wurde in einer Zeitung abgedruckt. Als wir das erste Mal eine Nacht allein waren, las er mir eine selbstverfaßte Ballade vor, in der viel von Liebe und Begehren die Rede war, und irgendwann schlief ich ein. Er weckte mich, nannte mich seine Muse, er küßte meine Fingerspitzen, streichelte mein Gesicht, meinen Hals, doch als ich mich an ihn drängte, meinte er, er wolle diesen Augenblick nicht entweihen, der rechte Moment sei noch nicht gekommen. Er kam aber nie. Eines Tages war mir klar, daß seine Liebesgedichte nicht mir galten. Er liebte Männer, er war schwul. Als ich es merkte, setzte ich mich auf einen Randstein an einer breiten Straße und sah die Autoreifen an mir vorüberrollen. Sie rollten direkt über mein Herz. Kein eisiges Herz wie das Herz meines Vaters. Nein. Das meine zuckte und tat weh und zerbrach. Ich spürte es. Ein langer ziehender Schmerz, der nicht enden wollte. Ich stand auf, ging in eine Kneipe und betrank mich. Das Seil meiner Schaukel riß, und ich suchte nach einem Stückchen Erde, auf dem ich Halt fand.

Und so lernte ich Manfred kennen. Er war zehn Jahre älter als ich. Ein Drängler, aber kein Beobachter. Sollten doch die anderen ihn beobachten. Meine Großmutter sagte, überleg es dir, Kind, heirate nicht so früh. Aber ich war verrückt nach Manfred. Er war bestimmt kein Stern, wie mein Vater, dessen Freundinnen immer jünger wurden, er war auch nicht wie Großvater, der seine Frau verachtete und sich mit einer Witwe einließ, drall, mit dicken weißen Armen, und einem Schoß, reif wie eine Melone. Nein. Manfred war was Solides. Beamter mit guten Aussichten. Breitschultrig und gradlinig. Ein Planer. So und so wollen wir den Sonntag verbringen. So und so machen wir's mit den Abenden unter der Woche. So und so machen wir's, wenn wir das erste Mal miteinander schlafen. Ja, hast schon richtig gehört. Auch das hat er geplant. Er sei sich seiner Verantwortung bewußt, meinte er. Er hatte ja schon seine Erfahrungen. Geplante Erfahrungen. Anfangs mit einer älteren Frau, weil er gelesen hatte, daß dies der Liebestechnik zuträglich sei. Dann die Verfeinerung der Technik mit gleichaltrigen Frauen. Dann wollte er heiraten und hielt Ausschau. Und sah mich. Mein zerbrochenes Herz hatte mich reifer gemacht, ich hatte so was Wehmütiges, sagte Manfred, das habe ihm gleich gefallen. Meine schönen Brüste allerdings auch.

An meinem achtzehnten Geburtstag brachte er mich in ein Dreisternehotel. Zu ihm nach Hause konnten wir nicht, er lebte bei seiner Mutter, und die war bigott. Bei mir ging's auch nicht, da war immer jemand, der in mein Zimmer rannte. Also das Hotel. Ein Doppelbett, ein runder Tisch mit Brandflecken, ein Polsterstuhl, der Fernsehapparat, die Fernbedienung, ein kleines Badezimmer mit grünen Fliesen und Seife in einer Flasche mit Spender. Fliegendreck auf dem Spiegel. Manfred legte ein Handtuch aufs Bett und holte eine Flasche Sekt aus der Aktentasche. Minibar gab's hier keine, außerdem wäre ihm die zu teuer gewesen. Er verhielt sich so feierlich wie ein Kaplan vor der Messe, und mich überfiel ein nervöses Zittern. Als er sich auszog, legte er seine Kleidung ordentlich über einen Stuhl. Ich stand da und sah ihm zu. Er lächelte mich an. Zieh dich aus, Liebes, sagte er. Also zog ich mich aus. Das Shirt, den kurzen Rock. BH trug ich keinen, den weißen Schlüpfer mit der groben Spitze behielt ich an. Ich hatte ihn mir extra gekauft, von meinem letzten Taschengeld. Ich war noch Schülerin, und die Unterwäsche, die mir meine Mutter besorgte, war sogar für ein Dreisternehotel zu solide. Ich stand da und betrachtete mich im Schrankspiegel, während Manfred seine Socken über seine polierten Schuhe legte. Ich sah aus wie ein erschrockenes Kind mit großen Brüsten. Im Grübchen über meinem Schlüsselbein lag ein zartes Goldkreuz, das ich immer um den Hals trug. Großmutter hatte es mir am Kommunionstag geschenkt.

Meine Freundin Ulla sagte, ich solle aufpassen, ob Manfred einen großen oder einen kleinen Penis habe – sie sagte ‹Pimmel›, nicht ‹Penis› –, aber wie sollte ich das beurteilen? Ich hatte noch keinen nackten Mann gesehen – es sei denn, auf Bildern in Zeitschriften. Künstlerisch wertvoll – das Prachtstück verbarg sich hinter fotografischen Schatten. In der Schule gab's keine Gemeinschaftsdusche, in die gemischte Sauna ging ich nicht, und mein blonder Sascha mit dem Kopf in den Wolken und dem Herzen bei anderen Studenten hatte nur einmal seine Jeans ausgezogen, als wir naßgeregnet waren. Er trug Boxershorts und wickelte sich sofort in eine Decke. Er fror sehr leicht.

Manfred zog die Vorhänge zu, knipste ein Tischlämpchen an, trank noch einmal von seinem Sekt, nahm mich bei der Hand und führte mich zum Bett. Mir wäre es lieber gewesen, wir hätten herumgealbert und über uns gelacht. Und dann den Fernsehapparat eingeschaltet und miteinander geschlafen, während kamerageile Hausfrauen ihr Leben vor einem aalglatten Moderator ausbreiteten. So aber setzte ich mich linkisch auf die harte Bettkante und wußte nicht, was ich tun sollte. Manfred umfaßte meine Schultern, drückte mich aufs Bett und schob ein Kissen unter mein Kreuz. Das hatte mit seinen Erfahrungen zu tun, er wollte, daß mir die Sache Spaß machte, und so mache sie mehr Spaß, behauptete er. Der Rest von mir lag auf dem kratzigen Handtuch, mein Kopf hing über den Bettrand. Wenn ich ihn zur Seite drehte, sah ich den braunen Teppich, mit dem das Zimmer ausgelegt war. Er roch nach Desinfektionsmittel.

Alles funktionierte reibungslos. Als würde Manfred auf einem Blatt Papier notiert haben, was zu tun war, und Hakchen hinter dem Erledigten machen. Ein bißchen Alkohol, um die Kleine zu entspannen. Häkchen. Vorhänge schließen. Häkchen. Auskleiden. Häkchen. Aufs Bett legen. Häkchen. Entjungfern. Häkchen. Ich war nicht erschrokken, als er in mich eindrang, eher erstaunt. Ich empfand gar nichts. Und danach sehnte sich meine Großmutter? Manfred schwitzte ein bißchen, seine Nasenflügel wurden feucht, ich sah die großen Poren auf seinen Wangen. Zuerst war er vorsichtig, dann nicht mehr so sehr. Einen Moment lang tat es weh und brannte. Manfred stützte sich auf seine Arme, drehte den Kopf zur Seite, schloß die Augen, der Ausdruck seines Gesichts wurde so konzentriert, als sei ich ein schwer zu lösendes Rechenexempel. Ich bekam ein schlechtes Gewissen. Ich wollte gern, daß er meine Brüste berührte, aber sie lagen unter ihm, als würden sie nicht zu mir gehören. Er kniete zwischen meinen Beinen und bewegte sich vor und zurück – die aufgestützten Arme wurden an den Ellbogen weiß vor Anstrengung. Beim Atmen zogen sich seine feuchten Nasenflügel nach innen, für einen Moment sah er mitleiderregend krank aus. Sein Atmen wurde rascher, er öffnete den Mund, stöhnte, sein Kopf sank auf meine nackte Brust, jetzt endlich. Das goldene Kreuz wurde naß von seinem Schweiß, und ich dachte an meine Kommunion, an das weiße Kleidchen, die weißen Söckchen und an meinen Cousin, der mir meine Kerze klaute, um sich ein Degengefecht mit seinem Freund zu liefern. Der Freund hatte schwarze Locken und samtschwarze Augen, ein italienisches Gastarbeiterkind. Von ihm bekam ich meinen ersten Kuß. Wir hatten Schokoladeneis gegessen, der Kuß schmeckte süß und kühl. Luigi. Als ich jetzt an ihn dachte, spürte ich ein Ziehen dort unten, wo es brannte. Ich wünschte mir, Manfred würde noch einmal von vorn beginnen. Ich könnte dann die Augen schließen und mir vorstellen, Luigi läge bei mir.

Im Zimmer nebenan war der Fernseher an. Eine Werbesendung. Hundefutter, Körperspray, ein Reinigungsmittel. Manfred rollte sich neben mich, angelte nach der Sektflasche und schenkte ein Glas voll. Das Preisschild war noch auf der Flasche. Nicht billig und nicht teuer. Wie Manfred. Mit der Zeit wird es dir Spaß machen, sagte er gönnerhaft, und ich ärgerte mich. Er lächelte und legte seine Hand in meinen Schoß. Ich wollte, daß er sie dortließ, aber er nahm sie fort, schob mit betretenem Gesicht das blutbefleckte Handtuch zur Seite und trank von seinem Sekt.

Ich sprach mit meiner Mutter darüber, aber sie sagte nur, Annie, das Ganze ist kein Spaß, sondern ein einziger Betrug. Und Oma schickte mich zum Frauenarzt. Der hatte schon meinen Vater zur Welt gebracht. Der Arzt trug unter seinem weißen Kittel lediglich ein Unterhemd. Graue Haarbüschel wuchsen aus der Knopfleiste des Kittels. Eigentlich hatte ich ihn fragen wollen, wann es mir nun endlich Spaß machen würde, aber als ich sein müdes Gesicht und die toten Augen sah, fing ich an zu stottern und murmelte etwas von einem Rezept für die Pille. Jetzt lächelte er, denn ich sagte genau das, was er erwartet hatte und was richtig war. Ein junges aufgeklärtes Mädchen, das nach der Pille verlangte. Er stellte ein Rezept aus, begleitete mich zur Tür und erkundigte sich nach meinem Vater. Es geht ihm gut, sagte ich. Dann blickte ich auf das Rezept. Ich fand es seltsam, daß dieser Mann mit seinen grauen Brustbüscheln mir etwas verschrieb, das verhinderte, daß ich von einem anderen Mann ein Kind bekam. Ohne mich zu kennen. Wut stieg in mir auf. Mein Vater hat übrigens eine neue Freundin, sagte ich. Der Arzt sah mich erschrokken an. Ich solle die Familie schön grüßen, murmelte er und schob mich auf den Flur hinaus. Als ich im dämmerigen Treppenhaus meinen Weg nach unten suchte, bemerkte ich ein Pärchen, das neben der Kellertür stand. Der Junge hielt den Körper des Mädchens eng an sich gepreßt, und das Mädchen bewegte sich, wie Manfred wollte, daß ich mich bewegte. Ich setzte mich auf eine Stufe und lehnte den Kopf an die Wand. Plötzlich schrie das Mädchen auf, ein kleiner, spitzer Schrei, der Junge ebenfalls, ihre Stimmen glichen sich. Ich erhob mich, ging an ihnen vorbei und sagte: War's schön? Das Mädchen lachte, der Junge war verlegen.

Manfred und ich heirateten ein halbes Jahr später. Wir wohnten in einer Wohnung am Fluß. Ich brach die Schule ab und jobbte halbtags in einer großen Boutique. Meine Kolleginnen waren nett. Sie hatten viel Erfahrung. Kannten mal diesen, mal jenen Typen, manchmal zwei gleichzeitig. Abends gingen sie zusammen in die Disco. Dann erschienen sie am nächsten Morgen mit dunklen Augenrändern und verschmiertem Lippenstift und erzählten, daß sie die Nacht nicht zu Hause gewesen seien. Ich beneidete sie; denn ich mußte über jede Minute Rechenschaft ablegen. Wenn Manfred vom Amt kam – er arbeitete im Umweltschutzministerium, das wir immer Umweltschmutzministerium nannten –, wünschte er ein warmes Abendessen. Ich konnte nicht richtig kochen, also besuchte ich einen Kochkurs. Nach dem Essen gingen wir noch eine Runde spazieren oder besuchten Manfreds Schwester, die ein Stück älter war als er. Sie war mit einem verheirateten Mann befreundet und wartete darauf, daß er sich scheiden ließ. Ich weiß, daß er's nicht tut, sagte sie jedesmal, aber ich warte trotzdem. Manchmal gingen wir auch ins Kino oder ins Schwimmbad. Manfred sagte mir schon am Montag, was wir am Wochenende unternehmen würden. Alles geplant. Er schlief auch nur sonntags mit mir, und immer lief das gleiche Ritual ab. Handtuch aufs Bettlaken, Vorhänge zu, Lämpchen an, aufgestützte Arme, feuchte Nasenflügel. Vor und zurück. Häkchen.

Trotz der wöchentlichen Häkchen wurde ich nicht schwanger. Da meinte Manfred, es sei vielleicht am besten, wenn ich ganztags arbeiten ginge. Ich bekam einen Job in einem Kaufhaus. Ich saß im ersten Stock an einem Computer und gab Bestellungen ein. Die Tür meines Büros stand immer offen, und ich beobachtete einen Dekorateur, der die kleinen Inseln im Kaufhaus mit seinen bunten Träumen schmückte. Badeinseln mit lächelnden Schaufensterpuppen, die knappen Bikinihöschen auf spitzen, vorgeschobenen Hüftknochen tragend. Haushaltsinseln mit geschirrüberladenen Küchentischen und Plastikblumen in bauchigen Keramikkrügen. Geschenkinseln mit Nippes, Holzaschenbechern und aufklappbaren Weltkugeln, in denen Cognacflaschen standen. Am meisten liebte ich die japanische Insel: eine als Geisha gekleidete Schaufensterpuppe, hauchzarte Teetassen auf einem schwarzlackierten

Tablett, Eßstäbchen und an langen Schnüren hängende Glöckchen, die sich im Luftzug der Klimaanlage hin und her bewegten. Ich schloß die Augen, hörte ihr zartes Klingen und stellte mir einen Garten vor mit hohen, seidigen Gräsern, durch die der Wind strich.

Der Dekorateur war in Manfreds Alter, er trug Jeans und grobe Leinenhemden, deren Ärmel er aufkrempelte. Er hatte ernste Augen und einen Mund, der immer zu lächeln schien. Ich sagte ihm, daß ich gerne nach Japan fahren würde. Ich war dort, sagte er. Eine andere Welt. Nach einiger Zeit erfuhr ich, daß er Jonas hieß und daß seine Freundin bei einem Motorradunfall ums Leben gekommen war. Er gewöhnte sich an, in seinen kurzen Pausen mit mir zu sprechen, ein paarmal benutzte er mein Telefon, weil er in seinem Urlaub nach Griechenland wollte und Reiseprospekte anforderte. Ich machte ihn darauf aufmerksam, daß das Kaufhaus auch eine Reiseabteilung habe, aber er schüttelte den Kopf. Die Art von Reisen, die er plane, gäbe es bei uns nicht. Wir würden ihn an überfüllte Strände, in laute Discos und riesengroße Hotels verfrachten. Sei ja auch in Ordnung – für die anderen. Weil die meisten Leute genau das wollten, sagte er. Deutschland auf Mallorca. In der Sonne braten, besoffen sein, herumhuren. Ihm sei das zu öde. Er wolle mit dem Land eins werden. Es erspüren. Riechen. Schmecken. Die Einheimischen kennenlernen.

Seine Worte beunruhigten mich. Auch sein Aussehen. Er hatte etwas Entschlossenes an sich. Seine Hände waren die eines Künstlers. Sensibel. Kräftig. Er war nicht im eigentlichen Sinn schön, aber auffallend. Ja, er fiel auf, alle merkten es. Sie blieben bei seinen Trauminseln stehen, redeten und lachten mit ihm und fanden ihn sympathisch. Mich beunruhigten meine Gefühle um so mehr, als meine häusliche Situation immer trister wurde. Manfred entwickelte sich zum Tyrannen. Er überwachte mich, als sei ich sein Eigentum. Nie konnte ich mit einer Freundin nach Büroschluß ein Eis essen gehen, da er zu Hause schon ungeduldig auf mich wartete. Er wollte mit mir zusammen kochen, zusammen fernsehen, zusammen Musik hören, zusammen lesen und zusammen das Badezimmer benutzen. Nur auf die Toilette durfte ich alleine gehen. Aber wer weiß, wie lange noch, dachte ich manchmal zynisch. Immer alles zusammen und immer alles nach Plan. Er fraß mich auf. Ich spürte manchmal richtig, wie ich in ihm verschwand. Schwupps, jetzt war ich drin in seinem Bauch und kam nicht mehr heraus. Samstags gingen wir zusammen einkaufen, am Sonntag waren wir bei seiner Mutter. Da gab es paniertes Schnitzel, Backofenfritten und grünen Salat. Ich saß da, stocherte in meinem Essen und erinnerte mich daran, wie ich einmal gewesen war. Voller Hoffnung. Neugierig auf den nächsten Tag. Und jetzt? Jetzt war mein Kopf in den Wolken, ich war schon fast wie Großmutter, die am Fenster saß und auf ein Wunder wartete. Mein Leben erschien mir wie eine Einbahnstraße in die Wüste. Arbeiten, essen, trinken, und jeden Sonntag paniertes Schnitzel und ein schweißtreibendes Häkchen, weil feste Gewohnheiten alles zusammenhielten. Als ich Manfred sagte, feste Gewohnheiten seien wie fettes Essen, das schwer im Magen liegt, lachte er nur. Ich war eben immer noch ein Kind, aber mit den Jahren würde er mich schon zu einer richtigen Frau machen.

Zu dieser Zeit ging ich mit Jonas ab und zu mittags in die Kantine. Wir tranken Kaffee und unterhielten uns über seine Reisen, über seine Freundin, eine Amerikanerin, die nach ihrem schweren Unfall noch drei Tage lang gelebt hatte. Angeschlossen an eine Beatmungsmaschine. Dieses unablässige Pumpen ... Ich habe es heute noch im Ohr, sagte Jonas. Er hatte Mary in den Slums von Los Angeles kennengelernt, wo sie als Schwester eines Privatordens arbeitete und sich um die Kinder von Prostituierten kümmerte. Als sie eines Nachts in einer dunklen Straße überfallen und fast getötet wurde, trat sie aus dem Orden aus und fuhr nach Europa. Hier lernte sie Jonas kennen. Die beiden hatten vor, in Griechenland zu leben, aber Gott hat es nicht gewollt, sagte Jonas. Gott sei ihm damals grausam erschienen, doch inzwischen habe er sich mit östlichen Religionen befaßt und sähe alles im Leben aus einer anderen Warte. Er fragte mich auch nach meinen Plänen. Ich sah ihn verwundert an. Pläne? Ich befand mich auf dem Weg in die Wüste und konnte höchstens auf eine Oase hoffen. Oder eine Fata Morgana – für einen kurzen, glücklichen Moment. Noch am Abend, als ich im Bett lag und Manfreds schwere Atemzüge neben mir hörte, dachte ich über Jonas' Frage nach. Da gab es vieles, was ich wollte. Fremde Länder sehen. Einen anderen Beruf haben. Aufregende Menschen kennenlernen. Fliegen ... Ja, ich wollte fliegen. Ich dachte an Jonas' Freundin, ich stellte mir die dunkle Straße in Los Angeles vor, Abfall neben den Tonnen, und ein Kerl zieht sie in eine Ecke und fällt über sie her. Ich erschrak. Vielleicht waren die dunklen Bedrohungen des Lebens der Grund, warum Manfred seine alltäglichen Rituale brauchte, die ganze verfluchte Ordnung, die mich so deprimierte. In dieser Nacht träumte ich, daß ich mit riesigen Schritten die Stadt überquerte. Ich fühlte mich frei, leicht, nichts konnte mich aufhalten. Als ich erwachte, legte ich meinen Kopf auf Manfreds nackte Brust und spürte sein Herz schlagen. Das machte mir angst. Ich stellte mir vor, seine Brust sei ein dunkles Schneckenhaus, in das ich kriechen müsse, um zu seinem Herzen vorzudringen. Aber in den vielen Windungen des Gehäuses blieb ich stecken und bekam keine Luft mehr. Erschrocken zog ich meinen Kopf zurück. Manfred murmelte im Schlaf, drehte sich um und wandte mir den Rücken zu. Ich dachte an Sascha und daß es schade war, daß er mich damals nicht hatte lieben können. Dann hätte ich vielleicht erfahren, was es hieß, mit einem Menschen eins zu werden. Lust zu empfinden. Überschäumende Freude. Glück.

Am nächsten Morgen weigerte ich mich, Frühstück zu machen. Und sagte Manfred, daß ich am Abend später nach Hause käme. Er starrte mich an wie eine Erscheinung. Ich erschrak. Mit Recht. Denn von diesem Moment an stand er jeden Abend vor dem Kaufhaus und holte mich ab. Und ständig belauerte und belauschte er mich. Wenn ich Briefe schrieb, wenn ich mit Oma telefonierte, wenn ich mit einem Nachbarn im Flur herumalberte. Als ich ihn darauf ansprach, wurde er zornig. Ich müsse schon sehr schuldbewußt sein, wenn ich mich beobachtet fühlen würde. Dabei blickte er mich an, bis das Erschrecken in mir konkret wurde und mich würgte und schüttelte. Mir war, als raubte mir sein forschender Blick auch noch meine Träume. Als baute er seine Gitter sogar vor das Fenster, auf dessen Sims Großmutter und ich saßen und sehnsüchtig auf die Straße blickten.

Das Kaufhaus feierte ein großes Jubiläum. Busse wurden gemietet, ein Ausflugslokal reserviert und eine Musikband verpflichtet. Erst nachts sollten wir wieder in die Stadt zurückkehren. Manfred bat mich, den Ausflug abzusagen, aber ich argumentierte, daß ich mich nicht immer ausschließen könne und daß mein Chef eine Ablehnung nicht hinnehmen würde. Wir stritten. Tagelang. Manfred meinte, Partner, die sich wirklich liebten, würden ihren

Vergnügungen nicht getrennt nachgehen. Ich lachte ihn aus. Aber ich hatte Herzklopfen, als ich lachte. Ich wußte, dieses Lachen würde mich noch teuer zu stehen kommen.

Im Bus war es heiß. Meine Kolleginnen hatten sich herausgeputzt und trugen Miniröcke, nabelfreie Tops und fuhren sich mit den Händen immer wieder durchs Haar, so wie sie es bei den Frauen ihrer Lieblingsserien im Fernsehen beobachtet hatten. Die Männer tranken Bier, Schlagermusik wurde gespielt und schlüpfrige Witze erzählt. Ich saß neben Jonas. Er deutete aus dem Busfenster und meinte, daß es hier in der Nähe einen großen Schloßpark und einen ‹Japanischen Garten› gäbe. Ich sah auf die biertrinkenden Männer und meine kichernden Kolleginnen, deren Röcke immer kürzen wurden, und sagte zu Jonas: Bringen Sie mich zu diesem Garten.

Er brachte mich in ein Paradies. Seerosenteiche. Libellen, die sich im Wasser spiegelten. Schwertlilien säumten die Ufer. Moosbewachsene Hügel, unwirklich, wie Bilder auf Kalenderblättern. Künstliche Bäche plätscherten über glatte Kieselsteine, zarte Wasserfontänen glitzerten in der Sonne. In einem Holzpavillon tranken wir Tee, kleine Glöckchen hingen an Schnüren und schaukelten sanft im Wind. Ihr zartes Klingen und Singen lag in der Luft wie ein Versprechen. Vergiß deine Sorgen, bleib bei uns, sangen sie. Wir setzten uns an einen Teich und sahen kleinen Enten zu, die durchs Schilf schwammen. Werktags. Wir waren allein im Park, in der Ferne harkte ein Mann ein Blumenbeet. Jonas erzählte mir von fernöstlichen Weisheiten und daß er fest daran glaube, daß alle Menschen einem Strom des Lebens angehörten, daß ihre Gesichter, ihre Geschichten, ihre Schicksale, ineinander übergingen und daß kein Mensch sein Schicksal beeinflussen könne –

es stünde von Geburt an fest. Schön sah er aus in diesem Moment, seine Augen leuchteten, und ich hatte großes Zutrauen zu ihm, als sei er der einzige Mensch, der mir helfen, raten und mir zeigen könne, was das Leben wirklich bedeute. Ich redete von meiner Ehe, wie sehr Manfred mich belauern und beobachten würde, wie unglücklich ich sei und daß ich glaubte, etwas Schreckliches werde geschehen. Da erzählte mir Jonas das chinesische Märchen von den zwei Vögeln, die mit langen seidenen Fäden an den Füßen aneinandergefesselt und dann in die Luft geworfen wurden, als würde man ihnen die Freiheit schenken. Sie jubilierten und stoben hoch, sie wähnten sich glücklich und befreit, doch die Schnüre hielten sie zusammen, sie zappelten und zerrten in verschiedene Richtungen, so lange, bis sie erschöpft und blutend wieder zur Erde sanken und starben. So sei es auch mit einer Ehe, die nicht glücklich ist, sagte Jonas.

Ja. Es verstand sich alles von selbst, verstehst du? Ich schlief mit ihm; aber nicht schweigend, mit geschlossenen Augen. Wir redeten miteinander. Wir sagten, was wir fühlten. Er dachte nicht an sich, er dachte an mich. Er machte, daß ich eine andere Frau wurde. Leidenschaftlich. Verführerisch. Ich verspürte Entzücken, Lust, ein Gebenwollen und Fordern, da war nichts Künstliches, nichts Automatisches, nur Freude. Und Zärtlichkeit. Das ist es also, dachte ich und nahm mir vor, es meiner Großmutter zu erzählen und meiner Mutter und allen Frauen, die nicht wußten, was es war. Niemals wollte ich es vergessen und niemals mehr zulassen, daß ich in anderer Weise mit einem Mann zusammenkam. Ich sagte Jonas, daß es für mich das erste Mal gewesen sei. Ja, du hast schon richtig gehört, meinte ich. Das erste Mal.

Spät nachts kam ich nach Hause. Ich betrat die Wohnung, ich war jung und stark und durchdrungen von dem Wunsch, absolut ehrlich zu sein. Ich verlasse dich, sagte ich zu Manfred. Ich liebe dich nicht. Nicht so, wie man sich lieben sollte, wenn man zusammenlebt. Ich weiß noch, daß ich ihn anlächelte. Daß ich meine Hand auf seinen Arm legte. Daß ich ihn bat, mir zu verzeihen.

Er starrte mich an. Dann sperrte er die Tür ab und zog mich ins Schlafzimmer. Die Vorhänge waren geschlossen, das Handtuch lag auf dem Laken, das Lämpchen brannte. Sonntag. Es war inzwischen Sonntag. In meiner Kehle stieg ein Lachen auf, wie kleine Blasen, in meinen Ohren rauschte laut das Blut. Manfred schubste mich aufs Bett, ich stand wieder auf, er schubste mich zurück ... *Ich wehre mich. Tu es nicht, sage ich, tu es nicht. Er kümmert sich nicht darum und drückt seine große Hand auf mein Gesicht, zerreißt mein Kleid, zerfetzt die Unterwäsche und zwängt sich mit Gewalt in mich hinein. Das gleiche Brennen wie beim ersten Mal. Aufgestützte Arme, zornige feuchte Nasenflügel. In meinem Kopf ein Dröhnen, ich wehre mich wieder. Ein Schlag auf meinen Hals, ich bekomme keine Luft mehr, ich halte still, ganz still, ganz still ... Als er keuchend über mir zusammensinkt, schiebe ich ihn zur Seite, stehe auf, gehe auf den Flur und suche, blind vor Entsetzen, den japanischen Brieföffner und die Glücksglöckchen, die mir Jonas zum Abschied unseres Ausflugs gekauft hat. Ich kehre zurück ins Schlafzimmer ...*

Er lag da mit geschlossenen Augen, ein fremder Mann mit breiten Schultern, einer breiten Stirn, einer breiten Brust, nackt, weil ich sein Hemd zerrissen hatte. Ein fremdes Gesicht, ein fremder Körper, der mich von einem Augenblick zum anderen zerstört hatte. Nie wieder würde ich empfinden können, wie ich mit Jonas empfunden hatte.

Ich stach zu. Ich kümmerte mich nicht darum, ob ich getroffen, verwundet oder getötet hatte. Ich stach nur einmal zu. Ein erstes Mal. Dann hängte ich die Glücksglöckchen ans offene Fenster und rief die Polizei an. Während ich wartete, lauschte ich den feinen Tönen, dem Singen und Klingen, ich saß neben den Schwertlilien am Teich und redete mit Jonas über den Strom des Lebens, in dem mein Gesicht in das seine überging und sein Gesicht in das Gesicht völlig Fremder.

Ja. So war das. Wie ich dir schon gesagt hatte. Für alles gibt es ein erstes Mal. Das Gericht billigte mir mildernde Umstände zu und verurteilte mich zu zwei Jahren Gefängnis. Manfred überlebte. Er ließ sich von mir scheiden. Mein Bild erschien in allen Zeitungen, und ich erhielt einen Brief von Sascha. Er sei seit Jahren HIV-positiv, schrieb er, das sei auch der Grund gewesen, warum er nicht mit mir geschlafen habe. Ob er mich besuchen solle? Aber nein, besser nicht. Große Gebäude machten ihm angst. Auch Bahnhöfe. So kalt, so schrecklich kalt. Er fror doch so leicht.

Jonas lebt in Griechenland. Vor ein paar Monaten sandte er mir ein Päckchen ins Gefängnis. Es enthielt japanische Glücksglöckchen. Sie hängen an meinem Bücherbord, still, unbeweglich. Manchmal berühre ich die feinen Fäden, an denen die Glöckchen befestigt sind. Dann bewegen sie sich. Und klingen und singen wie beim ersten Mal.

Bloß Mädchen im Gras
Melanie Rae Thon

Wir sitzen am Little-League-Spielfeld auf der Tribüne herum. Baseball spielt niemand, es tun nur ein paar Kinder mit Stock so, als ob. Wir haben ein eigenes Spiel für wenn's dunkel wird: Sagen oder wagen.

Sagen, meint Meg.

Also fragen wir: Hast du schon mal einen Jungen da hinfassen lassen? Lyla und ich legen Meg je eine Hand auf die Schenkel und lassen sie zu der Stelle hochwandern, die wir meinen. Die Frage geht uns jetzt oft durch den Kopf; in drei Monaten kommen wir auf die Highschool.

Ja, sagt Meg und schlägt kichernd unsere Hände weg.

Wen? fragt Lyla. Wie oft?

Meg beruft sich auf die Regeln: immer nur eine Frage auf einmal.

Lyla und ich gieren wie Welpen danach, daß Meg endlich wieder dran ist, aber diesmal wählt sie ‹Wagen›. Wir überlegen und überlegen. Eine Mutprobe muß es in sich haben. Schließlich verlangen wir, daß sie sich unter der Tribüne hochhangelt, sich kopfüber von einem der Strebebalken hängen läßt und uns den nackten Hintern entgegenstreckt. Sie mault nicht. Tut keine von uns. Sonst wäre das Spiel ja witzlos.

Meg leert ihre Taschen aus, und ich halte die Hände hin: drei verrostete Muttern, zwei Zehn-Cent-Münzen und eine Gewehrkugel. Wie ein Affe schwingt sie sich kreischend und schnatternd am Gerüst hinauf. Sie ist drahtig und flink. Vor nichts hat sie Angst. Sie schiebt die Kniekehlen über eine Strebe, läßt sich rückwärts ins Leere fallen und löst ihren Gürtel. Zwischen den finsteren Stangen hängt ihr dichtes, dunkles Haar verfilzt und struppig herab wie Bartflechten im Wald.

Es dauert einen Augenblick, bis sie sich aus den Jeans herausgewunden hat und wir was zu sehen kriegen. Aber dann hängt sie da, die Hose fast bis zu den Knien hochgeschoben. Flutlicht dringt durch die Tribünenbretter, und die blanken Backen sind schwarzweiß gestreift.

Wir üben hinter den hohen Kiefern in Megs Garten. Lyla, Meg und ich. Ich soll immer den Jungen spielen, weil ich am längsten bin und schlaksig.

Bei Mädchen müssen die Küsse trocken sein, erklärt uns Lyla. Jungen mögen es nicht, wenn du rumsabberst. Mach die Lippen auseinander, befiehlt sie Meg. Ja, so, aber laß die Zunge drin.

Jungen dürfen alles, hab ich das Gefühl. Ich habe schon zwei Jungen geküßt. Die Zunge von dem einen hat in meinem Mund rumgewühlt, als hätte sie ein Eigenleben und wäre ganz wild auf einen Ringkampf. Der andere Junge hat den Mund so weit aufgemacht, daß mein halbes Gesicht, Nase und Lippen, drin verschwand, und ich konnte es kaum erwarten, endlich wieder Luft holen und mir das Gesicht abwischen zu können. So küsse ich nicht, wenn ich der Junge bin, aber ich versuche schon, Lyla oder Meg die Zunge zwischen die zusammengepreßten Lippen zu schieben. Ein bißchen feucht ist nämlich schön. Und schön ist auch, wenn sie sich vergessen und mich die Zunge weit genug vorschieben lassen, daß sie die Stelle berührt, wo die Haut im Mund glatt wird wie geschälte Weintrauben.

Manchmal geht es mit mir durch, und dann sagen sie: Nicht so weit, laß den Mund zu, du sollst nicht so mit der Zunge herummachen, das kitzelt. Sie reden, und ich lasse sie reden, weil ich weiß, wenn sie sich abreagiert haben, dann wollen sie ja doch beide weitermachen.

Meg kann beim Küssen nicht stillstehen. Ihre spitzen Knie bohren sich in meine, ihre knochigen Schultern streifen meinen Busen. Sie hat noch gar keinen Busen, aber ihre Warzen werden spitzig, wenn wir üben. Sie sind so hart, daß ich sie noch durch beide Hemden spüre.

Lyla nimmt Küssen sehr ernst. Sie ist Profi, sagt sie. Wenn ich sie in die Arme nehme, wird sie ganz schwach – wie so eine Kino-Blondine, und dann muß ich sie halten, weil sie allein nicht mehr stehen kann. Jungen gefällt so was, sagt sie. Ich zucke mit den Schultern. Kann sein. Sie seufzt. Ehe sich unsere Lippen überhaupt berührt haben, stöhnt Lyla so schön leise.

Der Sommer ist fast schon vorbei, als uns Meg sagt, daß ihre Familie noch vor Ende der Schulferien nach Kalifornien zieht. Für Lyla und mich könnte es ebensogut New York sein; läuft aufs gleiche hinaus. Beides ist weiter weg, als wir je kommen werden. Wir versuchen, uns Sand vorzustellen, der so weiß ist wie der Schnee bei uns in Montana. Im Geiste sehen wir Meg mit einem Jungen Händchen halten, der Haar wie Gold hat und Haut wie Bronze. Wir kennen kalifornische Jungs von Fotos: Die sind alle so. Hier bei uns haben die einzigen Jungen mit brauner Haut glattes, pechschwarzes Haar. Sie kommen freitagabends aus dem Reservat hochgefahren, hocken im Saloon, trinken Bier und knacken Nüsse.

Ich besuche euch, sagt Meg. Nächsten Sommer. Bestimmt.

Aber Lyla und ich wissen, daß niemand, der diesen gottverlassenen Ort zwischen nirgends und der kanadischen Grenze hinter sich läßt, jemals einen wirklich guten Grund findet zurückzukommen.

Donnerstagabends spielen meine Eltern Bridge. Donnerstag ist Megs letzter Tag, und Lyla und ich wollen eine Party geben. Ich liege Mom damit in den Ohren. Wir machen auch bestimmt keine Unordnung; wir gehen früh ins Bett; wir nerven Noreen auch überhaupt nicht, ehrlich. Noreen ist meine Schwester. Sie ist drei Jahre älter als ich. Sie raucht Zigaretten und trägt Strumpfhosen. Immer, wenn sie aus dem Haus geht, bleibt sie in der nächsten Querstraße stehen, holt ihren Make-up-Spiegel hervor und trägt dort, wo es Daddy nicht sehen kann, Lippenstift und Mascara auf.

Lyla meint, wir sollten auch die Zwillinge einladen, sonst ist es irgendwie keine richtige Party. Schließlich kennen wir die Zwillinge alle, seit wir zwei sind. Die Zwillinge sehen sich so wenig ähnlich, daß man sie nicht mal für Schwestern halten würde. Die eine ist hübsch, ihr Haar hat die Farbe von Weizen in der Spätnachmittagssonne. Ihre Haut ist rosig, ihre Lippen rot. Die andere ist eine blasse Flachsblonde mit fast unsichtbaren Augenbrauen, so hell sind sie, und trotzdem sieht man die eine nie ohne die andere, und solange ich denken kann, hat alle Welt sie die Zwillinge genannt und nicht etwa Tamara und Theresa. Sie reden nicht viel mit anderen, tuscheln dafür permanent miteinander. Manchmal beobachte ich sie dabei und frage mich, was sie wohl flüstern. Sie recken die Hälse wie Ponys. Ihre Köpfe berühren sich fast.

Als Kinder haben Noreen und ich uns mindestens einmal am Tag in der Wolle gehabt. Einmal habe ich sie so fest in die Hand gebissen, daß es blutete. Jetzt streiten wir uns nicht mehr so oft, aber die dicksten Freunde sind wir auch nicht gerade, weil sie ja nächstes Jahr mit der Highschool fertig wird und so. Aber von manchen Dingen hat sie wirklich Ahnung, und als ich am Donnerstag bettele, ob sie uns fünf nicht zu den Wasserlöchern rausfahren kann, sagt sie gleich ja. Vielleicht hat sie selber was vor.

Die Wasserlöcher, das sind drei Tümpel nebeneinander hinterm Ort, ein paar Meilen nach Westen raus. Um diese Jahreszeit sind sie fast weggeschrumpft und ganz sumpfig. Noreen tut so, als würde sie nicht merken, daß jede von uns eine Tasche anschleppt, fünf Flaschen mit süßem Wein – von Lyla, die so lange genervt hat, bis der Freund ihrer Mutter sie ihr besorgt hat. Wir sind da draußen nicht die ersten. Ein paar Jungen, die wir kennen, haben sich schon am kleinsten Wasserloch breitgemacht, also verziehen wir uns an den größeren Tümpel, den mittleren.

Meine Freundinnen sind alle schon mal betrunken gewesen, behaupten sie jedenfalls, während ich keine Ahnung habe, wie das geht und wieviel ich dazu intus haben muß. Wir hocken uns im Kreis auf einen wackligen Steg. Im Mai würden die Wellen bis zu den Brettern hochschwappen, und der Steg wäre feucht, aber heute abend reicht das Wasser nicht annähernd ran. Jede von uns hat eine Flasche zum Rumgehenlassen. Alles verschiedene Geschmacksrichtungen – Aprikose, Erdbeer, alles mögliche. Lylas Mutter würde ihren Typen umbringen, wenn sie wüßte, daß er uns Wein besorgt hat, aber der Kerl hat Lyla gern, und so alt ist er auch noch nicht, also riskiert er schon mal was.

Wenn du wirklich high werden willst, sagt Lyla, mußt du von jeder Flasche, die rumkommt, immer einen ordentlichen Schluck nehmen. Ich bin einen halben Kopf größer als alle anderen, eins zweiundsiebzig und noch kein Ende abzusehen. Also gehen wir davon aus, daß ich mehr brauche, bis ich breit bin.

Ich tue, was sie sagt. Die anderen hören irgendwann auf, aber ich trinke weiter, bis sämtliche Flaschen in einer Reihe leer vor mir stehen. Die Zwillinge haken sich unter und stimmen ein Lied an, das wir anderen nicht kennen. Wir fragen nach. Die Antwort kommt wie aus einem Munde: Es ist ein Trinklied, das unser Vater immer singt.

Ich merke überhaupt nichts von dem Wein, nur daß er mir im aufgeblähten Bauch herumschwappt. Von drüben am Nachbarloch hören wir die Jungen – abgehackte Silben, die keinen Sinn ergeben. Die Typen sind älter, gehören zur Footballmannschaft. Für den einen schwärmt Lyla schon seit der siebten Klasse, und letztes Jahr hat sie mich und Meg zu sämtlichen Spielen mitgeschleift. Jetzt überredet sie mich, mit ihr vorbeizuschauen: nur mal Hallo sagen. Als ich aufstehe, kippt die ganze Welt weg. Ich höre mich lachen. Es tut weh in der Brust und klingt, als würde es aus einer Quelle zwischen meinen Rippen rauslaufen.

Ich komme nicht weit, da haut mich der Wein dermaßen um, daß ich taumele; als wäre ich voll in eine Backsteinmauer gelaufen, von der ich nichts sehe. Einen Augenblick lang wird alles schwarz, dann kehrt die Sicht zurück, aber verschwommen. Lylas rosa Hemd schwebt davon, als würde ein Ballon vor mir herwabern. Sie ist nicht gegen die Mauer gelaufen, nur ich.

Lyla, sage ich, ich kann nicht mehr.

Jetzt komm, sagt sie, weiter. Du schaffst das schon.

Ich muß mich darauf konzentrieren, einen Fuß vor den anderen zu setzen.

Die Jungen liegen auf ihren Schlafsäcken, trinken Bier und warten darauf, daß die Sterne rauskommen.

Ja, wen haben wir denn da? meint Lylas Footballheld. Wayne Caldwell beachtet mich nicht weiter, aber sein Freund, und der sieht es kommen und schafft es gerade noch rechtzeitig auf die Knie, um meinen Fall abzufedern.

Ich bin noch gar nicht unten, da hat mich Lyla schon vergessen. Der Junge, der mich auffängt, packt mich von hinten an den Schultern, und ich kotze ins hohe Gras. Ich weiß, daß er Tim heißt, aber es gibt keinen Grund, warum er wissen sollte, wer ich bin. Er reicht mir irgend etwas zum Mundabwischen – eine Socke, glaube ich.

Ich versuche aufzustehen, weil ich hoffe, daß ich es zu Meg zurückschaffe und weiterfeiern kann, aber ich kann nicht einmal kriechen, und Tim hilft mir auf seinen Schlafsack. Er nimmt mich in den Arm. Lyla seufzt. Ihr muß verdammt schwach sein inzwischen. Waynes Küsse sind feucht und geräuschvoll. Ich weiß, daß er die Zunge in ihrem Mund hat und es ihr nichts ausmacht. Er grunzt – wie ein Schwein, das sich mit dem Rüssel voran in die Ecke gewühlt hat und zu blöd ist, ein paar Schritte zurückzumachen.

Ich schlafe halb. Lylas Stöhnen und den Jungen, der über ihr atmet, nehme ich nur am Rande wahr, wie im Traum. Nimm ihn in die Hand, sagt er, und seine Stimme ist aus der Puste wie die eines alten Mannes.

Fluchend komme ich wieder zu mir, weil sich mein Magen erneut zusammenkrampft. Tim springt auf die Füße und zerrt mich weit genug ins Gras hinüber, daß sein Schlafsack nichts abkriegt. Während ich würge, stützt er mich mit einem Arm um den Bauch. Mit der anderen Hand hält er mir im Nacken das Haar fest, damit es mir nicht ins Gesicht fällt.

Lylas Junge heult auf wie ein tollwütiger Hund beim ersten Treffer in die Flanke. Von Lyla kein Piep – kein Seufzer, kein schön leises Stöhnen, auch nicht das weiche Schmatzen eines fast trockenen Kusses. Ihr Körper ist steif wie ein Brett. Ich weiß gar nicht, wie ich das so genau wissen kann. Sie liegt ein paar Meter weg, und ich kann sie nicht sehen, aber in meiner Vorstellung liegt sie da wie ein Stein auf dem Grund eines Sees.

Jetzt stolpern Meg und die Zwillinge im Dunkeln um den Tümpel herum auf uns zu. Die Zwillinge zanken sich. Mir wird plötzlich klar, daß ich ihre Stimmen nicht unterscheiden kann, wenn ich die beiden nicht sehe. Und da frage ich mich, ob sie nicht vielleicht ein Mensch in zwei Körpern sind und das Ganze ein dummer Streich: daß sie so verschieden aussehen.

Ich spüre Megs Hand auf dem Kopf. Sie tätschelt mich, massiert mir die Schläfen. Dann packt sie ein Bündel Haar und reißt einmal kräftig daran. Mein letzter Abend, sagt sie, tolle Party.

Tamara oder Theresa, eine von ihnen sieht die Scheinwerfer als erste. Sie schlägt Alarm. Meg sagt, ich soll lieber machen, daß ich auf die Beine komme, damit meine Schwester mich nicht in dem Zustand sieht.

Noreen sieht sowieso alles. Obwohl sie die Jungen kennt, begrüßt sie keinen von beiden. Dazu ist sie sich zu fein, ein ganzes Jahr älter immerhin, und bloß, weil Wayne Caldwell schon im zweiten Highschooljahr Quarterback in der ersten Mannschaft war, heißt das noch lange nicht, daß meine Schwester Noreen sich herabläßt, mit ihm zu reden, wenn ihr nicht danach ist.

Wir quetschen uns alle ins Auto. Meine Freundinnen steigen hinten ein und lassen mich vorne mit Noreen allein. Lyla und Meg und die Zwillinge sitzen da hinten wie die Sardinen, sie können sich kaum rühren. Ich kann gerade noch die vier Gesichter erkennen, rund und weiß wie kleine Monde, aber ich sehe nur fünf Arme und drei Körper, und ich muß an Rinder denken, wenn sie in Viehwaggons gepfercht werden: wie dann die Köpfe alle an die Ritzen drängen, an die Luft. Sie würden sich gegenseitig tottrampeln, um Luft zu kriegen, und immer, wenn die Gatter aufgeschoben werden, um wieder Kühe aus dem Waggon zu lassen, sieht man mehr Mäuler als Schwänze.

Noreen blickt mich im schwachen Schein der Innenbeleuchtung scharf an, ehe sie die Tür zuwirft, den Motor anläßt und mit durchdrehenden Reifen in einer Riesenstaubwolke losbraust. Mein Haar fühlt sich verfilzt an. Meine Knie sind verdreckt, weil ich im feuchten Gras gekniet habe, mein Hemd ist vorn bekleckert und verkrustet. Als wir über die holprige Schotterstraße in den Ort zurückbrettern, kommt vom Rücksitz nichts, kein Kreischen bei den Schlaglöchern. Die ganze Fahrt über halte ich mir den Bauch, schaukele mit verschränkten Armen vor und zurück und entschuldige mich bestimmt hundertmal. Meine Schwester will, daß ich den Mund halte. Sie sagt keinen Ton. Daher weiß ich das. Sobald wir zu Hause sind, bringt sie mich nach unten. Sie muß mich stützen. Ich murmele irgendwas von Freundinnen, und sie sagt, vergiß es. Obwohl sie älter ist, ist sie kaum größer als Lyla oder Meg; aber sie ist stärker als alle Mädchen, die ich kenne, und als sie mir um die Taille greift und ich einen Arm über ihre Schulter schlinge, weiß ich, daß sie mich nie fallen lassen würde.

Im Bad zieht sie mich komplett aus, setzt mich unter die Dusche und dreht voll auf. Kopf runter, sagt sie. Wenn du hochguckst, ersäufst du wie ein blödes Huhn im Regen.

Nach einer Weile kommt sie mich holen und wickelt mich in ein Handtuch. Ich liege längst brav im Bett, als Mom und Dad vom Bridgespielen heimkommen.

Ich nehme heimlich vier Pillen aus dem Arzneischränkchen im Bad, bevor Lyla und die Zwillinge und ich Meg heimbegleiten. In meinem Kopf sind lauter Stöcke und Steine. Jedesmal, wenn meine nackten Sohlen auf den Bürgersteig klatschen, klappert's.

Wir sagen Meg Lebwohl, und sie steigt zu ihren zwei kleinen Brüdern, ihrer Mutter und ihrem Vater ins Auto.

Sie grinst. Sie winkt. Sie fahren ab, fertig. Es geht alles so schnell, daß mir zum Nachdenken keine Zeit bleibt.

Dann sitzen wir vier auf den Stufen vor Megs Haus und haben nichts zu tun. Ich wühle in meinen Taschen nach den Pillen. Meine Mutter nimmt sie für ihren Rücken – oder ihre Migräne oder ihren Nacken. Ich weiß es nicht mehr. Sie helfen gegen die Schmerzen, sagt sie, aber ich habe mal eine genommen, und mir war, als könnte ich den ganzen Tag in Felswänden herumkraxeln, ohne müde zu werden. Ich denke, wir können sie jetzt brauchen. Meine Freundinnen sehen noch ziemlich mitgenommen aus, und wahrscheinlich kann ich von Glück sagen, daß ich mich selbst nicht sehen muß.

Was ist das? fragt Lyla.

Was gegen Kater, sage ich.

Wir gehen ums Haus herum und drehen das Wasser auf. Megs Vater hat seinen Gartenschlauch vergessen. Er windet sich verknäult über den Rasen, und beim ersten Wasserstoß zischt er, peitscht hin und her, spuckt. Sobald klares Wasser herausläuft, schlucken wir jede eine dicke, grüne Kapsel. Ich drehe den Hahn zu, fast. Niemand sieht das Rinnsal, das aus dem Schlauchende sickert. Soll es doch den ganzen Tag laufen, denke ich, und die ganze Nacht, vielleicht morgen auch noch. Der ganze Garten wird zum Sumpf werden. Der Keller wird vollaufen. Es wird monatelang keiner in Megs Haus wohnen können.

Schon bald spüren wir die Wirkung. Wir werden äußerlich ganz ruhig, treiben durch breiige Luft. Innen sind wir zapplig. Unsere Herzen flattern wild wie Flügel. Wir müssen los. Wir wissen nicht, wohin, und es braucht alles ewig, unsere Hände sind so langsam. Wir lachen über sie, als gehörten sie gar nicht zu uns.

Es ist heiß. Wir schwitzen nicht. Unsere Kehlen sind rauh, aber Durst haben wir nicht. Unsere Mägen knurren wie Bärenjunge, aber essen ist unwichtig. So wirken die Pillen. Wir fühlen alles, aber ausnahmsweise, dieses eine Mal, wollen wir nichts.

Die Zwillinge laufen heim, um ihre Fahrräder zu holen. Lylas Rad hat einen Platten, also sage ich ihr, daß sie auf meinem mitfahren kann. Wir fahren und fahren, bis ganz zu den Wasserlöchern hinaus. Ich strampele im Stehen, weil Lyla auf dem Sattel sitzt. Die ganze Kraft, die ich eben noch hatte, wird aus mir herausgepumpt. Sobald wir anhalten, lasse ich mich ins Gras fallen. Als ich die Augen aufschlage, ist mir, als wäre sehr viel Zeit vergangen, ein Tag, eine Nacht und der Großteil des nächsten Tages. Die Zwillinge sind zum Essen heimgefahren, und nur Lyla liegt noch neben mir, kaut auf einem Grashalm und starrt ins leere blaue Gesicht des Himmels.

Sagen oder wagen, fordere ich sie auf.

Sagen, meint sie.

Einen Augenblick lang glaube ich, daß sie mir von Wayne Caldwell erzählen will, daß sie es schon die ganze Zeit will, aber ich frage nicht: Hat er da hingefaßt? Ich frage: Hast du Meg geliebt?

Lyla stützt sich auf die Ellbogen und kaut auf dem Grashalm zwischen ihren Zähnen, als wollte sie ihn zermalmen.

Ich nehm doch lieber wagen, sagt sie.

Normalerweise würde ich ihr das nicht durchgehen lassen, daß sie sich um eine Antwort drückt, aber ausnahmsweise sage ich: Na gut. Ich verlange statt dessen, daß sie mich küßt. Ich sage ihr, daß sie der Junge sein soll.

Sie läßt sich auf den Rücken fallen, rupft einen neuen Grashalm ab, schiebt ihn sich zwischen die Zähne. Schließlich sagt sie: In zwei Wochen gehen wir auf die Highschool, und irgendwie finde ich, daß wir zu alt werden für diese Spiele. Verstehst du, was ich meine?

Ja, sage ich. Ich verstehe, was du meinst.

Ein Vogel verharrt so hoch über uns in der Luft, daß es nur ein Adler sein kann. Er stößt hinunter, fängt sich, steigt plötzlich auf und läßt sich vom Wind zu seinem Horst in den Felsen tragen. Ich frage mich, ob er sich verguckt hat, ob er uns den Bruchteil einer Sekunde für leichte Beute gehalten hat, zwei vom Jäger angeschossene stumme Hasen, oder ob ich mich täusche und ihm die ganze Zeit klar war, daß wir bloß Mädchen im Gras sind.

Deutsch von
Uda Strätling

«Bist eine verklemmte Kuh» – «Mußt du gerade sagen»
Ein Selbstgespräch zwischen Meike, 16, und Frau Winnemuth, 38
Meike Winnemuth

MEIKE Gruselige Bluse. Die sieht so aus wie die, die ich letzten Monat in die Altkleidersammlung gegeben habe.

FRAU WINNEMUTH Wahrscheinlich ist sie das sogar. Die habe ich für 200 Mark als Original-Siebziger-Modell im Designer-Second-Hand gekauft.

MEIKE Glückwunsch. Schlechter Geschmack zum zehnfachen Preis, das bringt das Erwachsenwerden auf den Punkt. Immerhin paßt du noch rein in das Teil. Und sonst bist du auch nicht weitergekommen?

FRAU WINNEMUTH Sei mir nicht böse, Kleine, aber ich sehe besser aus als du. Was soll das eigentlich, dieser alte Anorak von Papa? Und ist das etwa sein Hemd? Da paßt du doch zweimal rein.

MEIKE Das ist jetzt mein neuer Stil. Ich habe keine Lust mehr, mich so anzuziehen wie die anderen Schnepfen. Ich kann diese Röcke nicht ausstehen, in denen man sich überhaupt nicht richtig bewegen kann und immer hübsch die Beine zusammenklemmen muß, wenn man sitzt.

FRAU WINNEMUTH Dabei würde ich eine Menge dafür geben, deine Beine zu haben.

MEIKE Hast du doch.

FRAU WINNEMUTH Irgendwo da drinnen stecken sie sicher noch. Aber zehn Kilo mehr und zwanzig Jahre Schwerkraft später ...

MEIKE Herrje. Sag bloß, daß ich mal zu so einem Frauchen werde, die ständig über ihr Gewicht jammert.

FRAU WINNEMUTH Ist leider nicht aufzuhalten. Aber laß uns in der Zwischenzeit doch lieber über Männer reden. Erinnerst du dich noch an den ersten Typen, den du scharf fandst? Ich bilde mir ein, es war Barry Gibb, und zwar seit dem Tag, als dieses Stück vom Bravo-Starschnitt mit der Beule in seiner Hose rauskam. Ich weiß noch, wie wir den Teil ausgeschnitten und mit Tesa an seinen Oberschenkel geklebt haben.

MEIKE Stimmt, aber ich finde den eher doof. Martina steht auf «Bee Gees», und da habe ich ihn aus Solidarität auch ein bißchen verehrt. Besser als Maurice und Robin sieht er ja zumindest aus. Nein, ich glaube, es war eher Tony aus der «West Side Story». Wie der «Maria» gesungen hat ... Und Michel Vaillant, der Rennfahrer aus dem Comic. Wegen der Locke, die ihm immer in die Stirn fiel, und dem Grübchen im Kinn. Und Herr Seliger.

FRAU WINNEMUTH Herr Seliger? Mit seinem dicken Hintern in der engen beigen Hose?

MEIKE Quatsch, der ist nicht dick, der ist nur ... prall. Und man kann den immer so schön studieren, wenn Seliger was an der Landkarte zeigt. Aber jetzt hat er sich ja leider den Schnurrbart abrasiert, und nun ist es vorbei mit uns.

FRAU WINNEMUTH Sag nicht, daß du auf Schnurrbärte stehst. Die sind doch fürchterlich beim Küssen.

MEIKE Kann sein. Ich habe noch nie einen Bart geküßt.

FRAU WINNEMUTH Und sonst?

MEIKE Meine Güte, natürlich! Erinnerst du dich nicht?

FRAU WINNEMUTH   Vage. Da war dieser Typ aus der Tanzstunde ...

MEIKE   Matthias. Der einzige, der größer war als ich. Der hat mich aufgefordert und nach Hause gebracht, was ich süß fand, weil wir ja doch ziemlich weit draußen wohnen, und dann hat er mich halt vor der Haustür geküßt. Wenn ich ehrlich bin, fand ich das am Anfang nicht gerade gut. Ziemlich eklig sogar, dieses Geschlabbere, dieser Zungenpropeller ... bäh!

FRAU WINNEMUTH   Ganz schön verklemmt, was?

MEIKE   Quatsch. Es ist nur zuerst so komisch gewesen, so ein fremdes Organ reingeschoben zu kriegen. Ich wollte vor Schreck fast zubeißen. Aber jetzt mit Micha geht das schon besser.

FRAU WINNEMUTH   Micha! *Der* Michael? Den treffe ich noch manchmal zum Essen.

MEIKE   Echt? Komisch. Ich meine, ich finde ihn gut, aber ich kann mir gar nicht vorstellen, daß das was für die Ewigkeit ist.

FRAU WINNEMUTH   War es ja auch nicht. Ich glaube, es hat ein knappes Jahr gedauert.

MEIKE   Oh. Immerhin.

FRAU WINNEMUTH   Und ihr habt noch nie – Moment, wie alt bist du jetzt? Sechzehn? Du hast noch nie mit einem Jungen geschlafen? Wieso eigentlich nicht, du hattest doch sogar seit vierzehn die Pille?

MEIKE   Die «Diane». Wegen der Akne. Zu viele männliche Hormone bei mir, hat der Gynäkologe von Mama gesagt.

FRAU WINNEMUTH   Aber daß du die Pille deshalb nimmst, hast du natürlich niemandem auf die Nase gebunden.

MEIKE   Ich bin doch nicht blöd. Ich sage immer, meine Mutter erlaubt mir die Pille. Und auf der Klassenfahrt habe ich die Packung ganz zufällig aus meinem Kulturbeutel rutschen lassen. Sonst erzähle ich nie was, sondern grinse nur, wenn mich jemand ausfragen will. Und jeder hält mich für 'ne Sau. Ein guter Trick, solltest du auch mal probieren.

FRAU WINNEMUTH Danke, die Nummer habe ich inzwischen in allen Varianten darauf. Aber sag doch jetzt mal: Warum hast du die Pille noch nicht ausgenutzt?

MEIKE Mir war nicht danach. Ich finde dieses ganze blöde Affentheater um Jungs sowieso völlig bescheuert. Ist doch würdelos, wie die Tussis völlig ausrasten, wenn so ein Typ um die Ecke biegt. Allein die endlosen Debatten darum, welche Jungs von der Holstenschule wir zum Klassenfest einladen: «Die III c, da ist Martin Klassensprecher, der ist so süß.» – «Nein, die b, da ist Thorsten drin, der hat sich gerade von seiner Freundin getrennt.» Ist doch widerlich. Und am schlimmsten sind solche Schlampen wie Gitta, mit ihren doofen roten Haaren und ihren dicken Titten und ihren affigen Lederarmbändern. Weil sie sonst nichts in der Birne haben, müssen sie jede einzelne Doktor-Sommer-Kolumne persönlich nachspielen.

FRAU WINNEMUTH Jetzt mal langsam. Was ist denn so schlimm an Jungs?

MEIKE Was ist so toll an ihnen? Sie sind picklig, reden nur Scheiße, nehmen dich nicht ernst, tun cool und oberschlau ...

FRAU WINNEMUTH ... genau wie du.

MEIKE Schön. Jetzt mal im Ernst: Ich glaube, ich habe mit Mädchen die größeren Probleme, mit dem ganzen Zauber, den die veranstalten. Ich verstehe zum Beispiel nicht, warum man plötzlich was Besseres ist, nur weil man was mit Jungs hat. Dabei mögen die meisten es nicht mal. Ute zum Beispiel. Hat sie selbst gesagt, daß sie eigentlich gar nicht mit ihrem Typen schlafen wollte. Hat sich aber doch breitquatschen lassen. Und jetzt hält sie sich eigentlich nur hin, damit er sie nicht sitzenläßt. Ist doch schwach, etwas mitzumachen, wozu man gar keine Lust hat, bloß weil Jungs einen so lange nerven, bis man endlich nachgibt. Da habe ich keinen Bock drauf.

FRAU WINNEMUTH Sehr beeindruckend, die kleine Ansprache. Und jetzt mal wirklich im Ernst: Hast du vielleicht einfach nur Schiß vor Sex?

MEIKE Schiß kaum. Und Sex, was ist das schon? Die offizielle Version haben wir gerade wieder in Bio durchgehechelt: Eileiter, Schwellkörper, Zellteilung, dieses ganze technische Zeug. Eileiter ist da doch gleichrangig mit Harnleitern – irgendwelche Röhren, die von hier nach da führen. Und die inoffizielle Version ist auch nicht viel besser: der Bravo-Fotoroman, kommentiert von Titten-Gitta.

FRAU WINNEMUTH Stop. Stichwort Titten. Damit scheinst du Probleme zu haben.

MEIKE Danke der Nachfrage – weder Probleme noch Titten.

FRAU WINNEMUTH Aha.

MEIKE Nix aha. Die dümmsten Mädchen haben die dicksten Titten. Ist einfach so. Guck dir doch nur «Drei Engel für Charlie» an. Die einzig Schlaue ist Kate Jackson als Sabrina, und die hat keine Titten.

FRAU WINNEMUTH Mußt du eigentlich immer dieses Wort verwenden?

MEIKE Mann, bist du spießig. Habt ihr denn inzwischen ein besseres erfunden?

FRAU WINNEMUTH Brüste.

MEIKE Lahm.

FRAU WINNEMUTH Busen.

MEIKE Das ist das dazwischen.

FRAU WINNEMUTH Klugscheißerin.

MEIKE *Das* sagt man in den Neunzigern zu Titten?

FRAU WINNEMUTH   Mädchen, wie willst du so bloß einen Mann abkriegen?
MEIKE   Eben. Gitta hat die Titten, ich habe die Klappe. Rate, was bei Jungs besser zieht. Ich stelle übrigens fest, daß du noch genau dieselben Titten hast wie ich. Schade, da geht eine Hoffnung hin.
FRAU WINNEMUTH   Ich schwöre dir, ich würde keine anderen mehr wollen. Es spart enorm: Ich habe bis heute keinen einzigen BH. Und in der Zwischenzeit haben sich auch ein paar Kerle gefunden, die drauf stehen.
MEIKE   Echt? Erzähl doch mal: Wann hast du …? Wann haben wir denn zum ersten Mal …?
FRAU WINNEMUTH   Mit neunzehn. Erstes Semester, kurz nachdem ich weggezogen bin von zu Hause. Amerikanischer Austauschstudent, weiß nicht mehr, wie er hieß. Eric oder so. Hat mir im Proseminar ein komisches Gedicht geschrieben, in dem er ein Tennisspieler und ich eine Beton-Übungswand war, an der seine Bälle abprallten. Ich schätze, das hat mich überzeugt. Ich fühlte mich hinreichend gewürdigt. Das ist genau die Art, wie man mich kriegen kann: indem man mich intelligent beleidigt.
MEIKE   Mit neunzehn! Erst! Wie peinlich! Ich dachte, spätestens mit siebzehn …
FRAU WINNEMUTH   Nee, war nicht. Rumknutschen. Bißchen Fummeln. Irgendwie wollte auch keiner mehr. Oder ich wollte nicht, daß einer mehr wollte, das wirst du besser wissen als ich.
MEIKE   Lenk nicht ab: Wie war's?
FRAU WINNEMUTH   Nicht doll.
MEIKE   Bißchen genauer.
FRAU WINNEMUTH   Er hat ihn nicht reingekriegt.
MEIKE   Meine Güte.
FRAU WINNEMUTH   Es ging halt nicht. War nicht feucht genug, was weiß ich. So scharf war ich auf den Ty-

pen auch gar nicht. Ich fand halt nur, daß es jetzt allmählich mal passieren müßte. Wie du schon sagst: neunzehn. Peinlich.

MEIKE Und dann?

FRAU WINNEMUTH Ich sagte: ‹Beton, wie du schon so richtig geschrieben hast.› Er war stinksauer und ist abgehauen. Erst dann habe ich geheult.

MEIKE Ich wäre gestorben. Das ist genau das, wovor ich immer Angst habe. Daß mein Körper nicht funktioniert. Ich kann den doch nicht steuern. Ich kann doch nicht sagen, so, jetzt komm mal. Sei erregt. Fühl dies, fühl das ...

FRAU WINNEMUTH Und was du nicht kontrollieren kannst, läßt du besser gleich, was? Aber was ätze ich hier: Daß ich die Coole spielen mußte, hat mir die erste Nummer ja verdorben.

MEIKE Du hast ihm nicht gesagt, daß es dein erstes Mal ist?

FRAU WINNEMUTH Natürlich nicht. Den Triumph wollte ich ihm gönnen. Ich wollte kein Mitleid und keine Zurückhaltung, deshalb habe ich nichts gesagt. Es ist ja immer leicht, wenn du die Stadt wechselst. Mit der neuen Umgebung hast du nicht nur eine neue Zukunft, sondern auch eine neue Vergangenheit. Wir haben es übrigens eine Woche später noch mal probiert. Da waren zumindest die technischen Probleme beseitigt, aber ich fand es immer noch nicht doll. Ich habe mir das Ganze inniger vorgestellt, näher, intimer. Er hat die Augen zugemacht und ich meine, und jeder war für sich. Ich habe mich selten so einsam gefühlt wie in dem Moment. Und sonderlich erotisch fand ich das Ganze auch nicht. Wenn du es genau wissen willst: Ich war komplett enttäuscht. Das soll es gewesen sein? Das war wirklich alles?

MEIKE Na bitte. Meine Rede. Aber was ich nicht kapiere: daß du nach dieser Erfahrung doch wieder aufs Pferd gestiegen bist. Sozusagen (kichert).

FRAU WINNEMUTH Ich wünschte, ich könnte dir das erklären. Ich weiß nur, daß ich relativ lange gebraucht habe, um mich nicht für total verklemmt, gestört, frigide zu halten. Ich habe immer geglaubt, alle Welt da draußen hat supergeilen Sex, bloß ich nicht. Inzwischen denke ich das Gegenteil. Dafür habe ich zwanzig Jahre gebraucht, wenn es dich tröstet. Und trotzdem: Ich stoße spätnachts beim Zappen auf die knallblöden Werbespots für Telefonsex, wo sich irgendwelche Weiber vor Erregung die Telefonschnur um die Brüste wickeln, weil sie sich kaum noch beherrschen können. Ich sehe das, ich weiß, daß das ein schlechtes Schauspiel für hirnamputierte Männer ist, und ich frage mich trotzdem, ob ich noch normal bin, weil ich mich in meinem Leben nie so brünftig gefühlt habe.

MEIKE Zappen? Telefonsex? Was ist das denn?

FRAU WINNEMUTH Vergiß es erst mal. Das kommt noch früh genug auf dich zu.

MEIKE Jetzt sei nicht so gönnerhaft. Mich nervt, daß alle immer so wissend tun. Ich weiß zum Beispiel nicht, warum alle immer so bescheuert lachen, wenn ich nach dem Schwimmen eine Leckmuschel kaufe.

FRAU WINNEMUTH (lacht bescheuert) Leckmuschel?

MEIKE Gibt es die nicht mehr in deinem Jahrhundert? So weiße Plastikmuscheln mit roter oder gelber Lollimasse drin, die man rausschlecken muß, für zwanzig Pfennig ...

FRAU WINNEMUTH O Gott, ich weiß wieder. Nee, gibt's nicht mehr. Wahrscheinlich irgendwann mal vom Papst verboten worden (lacht schon wieder bescheuert).

MEIKE Jetzt fängst du auch schon an. Es ist überhaupt so fies, wie einen immer alle als Dummchen behandeln, bloß weil man die kindischen Anspielungen nicht versteht.

FRAU WINNEMUTH Du hast recht, tut mir leid. Ich

habe auch erst Jahre später kapiert, daß die «Village People» schwul sind. Ich dachte, wieso singen ein Bauarbeiter, ein GI und ein Indianer von einer Jugendherberge?

MEIKE   O Mann, das will ich gar nicht so genau wissen.

FRAU WINNEMUTH   Du mußt übrigens gar nicht so unschuldig tun. Immerhin hast du die blödeste Form der Selbstbefriedigung erfunden, von der ich bis heute gehört habe. Ihr habt doch im Sport die Bauchschaukel geübt ...

MEIKE   (rot anlaufend) Hör auf!

FRAU WINNEMUTH   ... wo man auf dem Bauch lag, die Knöchel packte und dann immer so von vorn nach hinten schaukelte. Dabei hast du es entdeckt, dieses angenehm ziehende, kribbelige Gefühl, bis irgendwann alles ganz heiß wurde und sich zusammenzog ...

MEIKE   (knallrot) Schnauze!

FRAU WINNEMUTH   Sorry, aber das war dein erster Orgasmus.

MEIKE   (bleich) Das kann unmöglich ein Orgasmus gewesen sein. Dieses lächerliche kleine ...

FRAU WINNEMUTH   Und warum hast du das dann immer heimlich auf dem Boden in deinem Kinderzimmer gemacht, neben dem Sitzsack, extra mit einem Kissen unter der Hüfte, weil du so spitze Hüftknochen hattest, auf denen man schlecht schaukeln konnte?

MEIKE   Hat eben Spaß gemacht. Aber du willst mir doch nicht im Ernst erzählen, daß DAS alles gewesen sein soll? Ich meine, wenn wir schon davon reden, ich habe 'ne ganze Menge ausprobiert, Filzschreiber in mich reingesteckt und Möhren in allen Größen direkt aus dem Kühlschrank – keine gute Idee übrigens – und einmal eine Banane. War alles nichts. Wie soll da eigentlich ein Schwanz besser funktionieren?

FRAU WINNEMUTH Reicht es dir, wenn ich schwöre, daß er besser funktioniert? Da hängt nämlich noch ein Mann dran, das ist das ganze Geheimnis.
MEIKE Du willst damit sagen, daß es doch wieder nur vom Mann abhängt, ob du Spaß am Sex hast?
FRAU WINNEMUTH Nein. Es hängt von dir ab, den Mann auszusuchen, mit dem du Spaß hast.
MEIKE Wischiwaschi.
FRAU WINNEMUTH Hör zu. Ich sollte dir das eigentlich nicht sagen, aber: das Leben ist eine permanente Pubertät. Wir fragen uns auch mit dreißig noch: ‹Wird mich je einer richtig lieben?› Wir fragen uns noch mit vierzig: ‹Bin ich normal?› Wir vergleichen uns immer noch mit anderen, zwar nicht mehr in der Turnstunde, aber im Fitness-Center, zwar nicht mehr hinterm Fahrradständer, aber in Talkshows und «STERN»-Titelgeschichten und Frauenzeitschriften. Ich will dich nicht entmutigen, aber es ist nie vorbei. Dafür ist es dann aber ab dreißig zehnmal so peinlich. Und dir geht die Intensität flöten. Ich beneide dich darum, wirklich heulen zu können zu Leonard Cohen. Ich kann mich nur an Tränen *erinnern*, wenn ich die alten Platten höre. Ich glaube, die höre ich als Ersatz für die Gefühle, die ich mal hatte dabei. Wenn ich heute auf einer Party bei Suzi Quatro mitgröle, fühle ich mich wie eine schlechte Schauspielerin.
MEIKE Aber du wirst doch andere, neue Dinge gut finden?
FRAU WINNEMUTH Gut schon, aber es ist schon verdammt lange her, daß ich dieselbe Platte zwanzigmal hintereinander gehört habe. Oder Köpfe von Verflossenen mit der Nagelschere aus jedem einzelnen Foto geschnitten habe. Verstehst du? Im Lauf der Zeit ist mir die Leidenschaft abhanden gekommen und durch Leben ersetzt worden: Meine Klamotten sind aus den Siebzigern, die Kar-

riere aus den Achtzigern und die Augencreme aus den Neunzigern. Es sammelt sich immer mehr an, und es geht immer mehr verloren.

MEIKE Gib mir einen Grund, nicht auf der Stelle Selbstmord zu begehen.

FRAU WINNEMUTH Du wirst mit 33 den Mann treffen, der dich retten wird und der dir beibringen wird, daß du Rettung nie gebraucht hast. Der dir die Hände auf den Bauch legt und sagt: Den mußt du nicht einziehen. Der dich überhaupt nicht normal findet, sondern ganz außergewöhnlich. Der dich nie an ihm zweifeln läßt und nie an dir. Der der Richtige ist, auch wenn du längst aufgehört hast, an so was zu glauben.

MEIKE Du bist ja richtig kitschig. Ist dir denn gar nichts von mir geblieben?

FRAU WINNEMUTH Ich kaue immer noch an meinen Nägeln, wenn ich nervös bin, also meistens. Ich trage immer noch lieber Hosen als Röcke, hasse Porree, liebe Spaghetti ...

MEIKE ... jeder liebt Spaghetti. Lebenslänglich.

FRAU WINNEMUTH Okay. Vielleicht bin ich ja doch normal.

MEIKE Weißt du, was mir gerade eingefallen ist? Auf die Frage ‹Bin ich normal?› gibt es zwei Antworten, und beide sind unbefriedigend. Ist es vielleicht möglich, daß die Frage falsch ist?

FRAU WINNEMUTH Sehr tiefsinnig. Ist das deine Botschaft ans Volk, Fräulein?

MEIKE Das, und daß wir ganz offensichtlich die bessere Musik haben.

FRAU WINNEMUTH Nett, dich kennengelernt zu haben.

MEIKE Gleichfalls. Man sieht sich.

Biographien

Annegrit Arens geboren 1950, studierte Germanistik und Geschichtswissenschaften und lebt heute als freie Autorin mit ihren vier Söhnen in ihrer Heimatstadt Köln.
Im Scherz Verlag erschien u. a. ihr Roman «Der Mann in meinem Bett». Annegrit Arens neuesten Roman «Süße Zitrone» veröffentlichte der Econ Verlag.

Sibylle Berg geboren in Weimar. Nach vielen Versuchen, einem Beruf nachzugehen, die daran scheiterten, daß Frau Berg zu sehr mit dem Ausstopfen von Tieren beschäftigt war, lebt sie heute zufrieden als Tierpräparatorin in Zürich. In ihrer Freizeit schreibt sie für: ZEIT-Magazin u. a. 1997 erschien ihr erster Roman «Ein paar Leute suchen das Glück und lachen sich tot», 1998 «Sex II».

Brigitte Blobel

Copyright © Holger André

1942 in Hamburg geboren, studierte Theaterwissenschaft und Politik. Sie war zweimal verheiratet und lebt jetzt mit dem Journalisten Wolfram Bickerich abwechselnd in Hamburg und in einer Reetdachkate an der dänischen Grenze. Zusammen haben sie sieben Kinder. Neben ihren Romanen schreibt Brigitte Blobel auch Jugendbücher, die mehrfach ausgezeichnet und in 14 Sprachen übersetzt wurden, und arbeitet für das Fernsehen. Ihr neuester Roman «Die Kerze brennt nur bis zum Morgenrot» erschien im Wunderlich Verlag.

Rita Mae Brown

Copyright © Isolde Ohlbaum

geboren in Hanover, Pennsylvania, gilt als Kultfigur der Frauenbewegung. Sie lebt als Schriftstellerin und Drehbuchautorin auf einer Farm in Charlottesville, Virginia. Bei Rowohlt erschienen u. a. «Mord in Monticello» (rororo 22167), «Virus im Netz» (rororo 22360), «Herz Dame sticht», «Rubinrote Rita» (Rowohlt 1998).

Pia Frankenberg

wurde 1957 in Köln geboren. Seit 1976 lebt sie in Hamburg und arbeitet als Regisseurin, Produzentin und Drehbuchautorin. 1985 entstand ihr erster Spielfilm «Nicht nichts ohne dich», der mit dem Max-Ophüls-Preis für den besten deutschsprachigen Debütfilm ausgezeichnet wurde. 1988 folgte «Brennende Betten» mit Ian Dury in der Hauptrolle. Im Rowohlt Verlag erschien ihr erster Roman «Die Kellner und ich» (rororo 13778).

Ina Freiwald

geboren 1962 in Gießen, studierte Theaterwissenschaften und arbeitet heute als freie Journalistin und Autorin. Sie lebt mit ihrem Mann und ihren beiden Kindern (fünf und fünfzehn) in einem kleinen Ort bei Lüneburg. Im Rowohlt Taschenbuch Verlag veröffentlichte sie «Keine Angst vorm schwachen Mann. Wie moderne Frauen den richtigen Partner finden»; im März 1999 erscheint dort «Stützstrümpfe unterm Minirock. Das harte Leben der Frauen über 30».

Amelie Fried

Copyright © Isolde Ohlbaum

geboren 1958, moderierte nach ihrem Studium zahlreiche Fernsehsendungen, darunter «Live aus dem Alabama», «Live aus der Alten Oper», «Stern-TV» und «Kinderella». Sie wurde mit dem Grimme-Preis, dem Telestar-Förderpreis und dem Bambi ausgezeichnet. Sie schrieb Geschichten über ihre Kinder («Die Störenfrieds», «Neues von den Störenfrieds») sowie Drehbücher und Kinderbücher. 1996 erschien ihr erster Roman, «Traumfrau mit Nebenwirkungen», und 1998 «Am Anfang war der Seitensprung». Die Autorin lebt mit ihrer Familie bei München.

Olivia Goldsmith

lebt in New York City, Vermont und Hollywood/Florida. Ihre Bücher wurden weltweit zu Bestsellern. Zu den größten Erfolgen gehören «Der Club der Teufelinnen», «Die schönen Hyänen» und «Stil mit Gefühl» (Wunderlich 1997, gemeinsam mit Amy Fine Collins).

Copyright © Sigrid Estrada

Susannah Jowitt

Copyright © Alice Boyd

1969 geboren, lebt in London. Ihren Job als politische PR-Managerin gab sie auf, um sich ganz dem Schreiben widmen zu können. Mit Reiseberichten und Reportagen, unter anderem für die «Daily Mail», hielt sich die junge Autorin eine Zeitlang über Wasser. Inzwischen hat sie in England bereits ihren zweiten Roman veröffentlicht, «In the Red». Im Rowohlt Taschenbuch Verlag liegt Susannah Jowitts erster Roman vor, «Der Mann, der noch erfunden werden muß» (rororo 22223).

Copyright © Christoph Kienzendorf

Alexa Hennig von Lange

ist 1973 geboren. Mit ihrem ersten Roman «Relax» gelang ihr ein vielbeachtetes Debüt. Sie lebt in Hamburg und Berlin, hat eine Zeitlang die Kindersendung «Bim Bam Bino» moderiert und ist u. a. auch als Drehbuchautorin fürs Fernsehen tätig. «Relax» erscheint bei Rowohlt als Taschenbuch (rororo 22494).

Marti Leimbach wuchs in Maryland auf, studierte am Radcliffe College und nahm an einem «Writers Program» der Universität Maryland teil. Ihr erster Roman «Wen die Götter lieben» (rororo 26138) wurde mit Julia Roberts unter dem Titel «Entscheidung aus Liebe» verfilmt. Heute lebt Marti Leimbach mit ihrem Mann und zwei kleinen Kindern in England. Im Wunderlich Verlag ist gerade ihr neuer Roman «Liebe und Häuser» erschienen.

Kathy Lette geboren in Sydney, brach mit sechzehn Jahren ihre Schulausbildung ab und gründete das Kabarettduo «Salami-Sisters». Damit begann eine abwechslungsreiche Karriere: Unter anderem arbeitete sie als Fernsehreporterin, Kolumnistin und Drehbuchautorin. Ihr erster Roman «Puberty Blues» gelangte sofort nach Erscheinen auf die australische Bestsellerliste. Seit 1989 lebt sie mit ihrem Mann, einem Anwalt, und zwei Kindern in London. Wegen ihrer unverblümten Äußerungen über Männer, Beziehungen und andere heikle Themen avancierte sie in den letzten Jahren zum beliebtesten Enfant terrible der britischen Medien. In der Reihe der rororo-Taschenbücher erschienen bereits ihre Stories «Die Sushi-Schwestern» (rororo 13598) und «Mein Bett gehört mir» (rororo 22270), im Rowohlt Verlag ihr Roman «Kinderwahn» (1998).

Wiebke Lorenz

geboren 1972, studierte Amerikanistik und Medienwissenschaften in Trier. Heute lebt und arbeitet sie als Journalistin in Hamburg. Ihr erster Roman entstand, als sie eigentlich ihre Magisterarbeit schreiben sollte. Im Wunderlich Taschenbuch Verlag liegt dieser Roman unter dem Titel «Männer bevorzugt» (Nr. 26002) vor.

1963 in Zürich geboren, hat eine Buchhändlerlehre absolviert – und immer schon geschrieben, zunächst für Schweizer Rundfunkanstalten, fast sofort mit gewaltigem Erfolg: 1991 erschienen ihre Kurzgeschichten «Gebrochene Herzen oder Mein erster bis elfter Mord» (rororo 12974), 1992 der Roman «Die Putzfraueninsel» (rororo 22454), 1993 «Das Schlampenbuch» (rororo 13358), 1994 «Blondinenträume», 1996 «Mein Vater und andere Betrüger» und zuletzt «Das Leben der Matrosen», 1998. Sie lebt in San Francisco.

Milena Moser

Petra Oelker

Copyright © Kristina Jentzsch

Jahrgang 1947, arbeitet als freie Journalistin. Sie hat bereits zahlreiche Jugend- und Sachbücher veröffentlicht, u. a. «Nichts als eine Komödiantin – Die Lebensgeschichte der Friederike Caroline Neuber» (1993) und «‹Eigentlich sind wir uns ganz ähnlich› – Wie Mütter und Töchter miteinander auskommen» (rororo 60544). Ihr erster Roman «Tod am Zollhaus» (rororo 22116) eroberte auf Anhieb die Taschenbuch-Bestsellerlisten. Mittlerweile liegen zwei weitere historische Hamburg-Krimis vor: «Der Sommer des Kometen» (rororo 22256) und «Lorettas letzter Vorhang» (rororo 22444).

Jutta Raulwing

Copyright ©Helga Paris

geboren 1964 in Bünde / Westfalen, studierte Germanistik, Philosophie und Szenisches Schreiben in Bielefeld und Berlin. Heute lebt sie als freie Autorin in Berlin. Im Rowohlt Taschenbuch Verlag liegt ihr Roman «Der General, Marlene Dietrich und ich» (rororo 22364) vor.

Asta Scheib

geboren 1939 in Bergneustadt/Rheinland, arbeitete zunächst als Redakteurin bei verschiedenen Zeitschriften. Heute lebt sie als Schriftstellerin und Drehbuchautorin in München. Viele ihrer erfolgreichen Bücher entwickelten sich zu Longsellern, unter anderem «Beschütz mein Herz vor Liebe» (rororo 22438). Im Wunderlich Verlag erschien 1998 ihr neuer Roman «Eine Zierde in ihrem Hause. Die Geschichte der Otilie von Faber-Castell».

Copyright © Regina Schmeken

Annemarie Schoenle

widmet sich nach ihren ersten Erfolgen mit Kurzgeschichten ausschließlich der Schriftstellerei. Ihre sämtlichen Romane wurden erfolgreich verfilmt. Die Drehbücher dazu verfaßte sie selbst und erhielt für «Nur eine kleine Affäre» den begehrten Adolf-Grimme-Preis. Ihr neuer Roman «Frauen lügen besser» erschien 1998 im Droemer Knaur Verlag.

Copyright © Christine Strub

Melanie Rae Thon

ist in Montana geboren und aufgewachsen. Sie studierte Creative Writing an der Universität Boston. Für ihre Romane und Kurzgeschichten hat sie bereits zahlreiche Auszeichnungen erhalten. 1998 erschien «Das zweite Gesicht des Mondes» bei Rowohlt. Thon lebt in Cambridge, Massachusetts.

Meike Winnemuth

geboren 1960 in Neumünster. Liebte in der Pubertät Simon & Garfunkel, Leckmuscheln und Sean Connery. Liebt als Erwachsene Jay Jay Johansen, Haribo-Weinland-Gummi und Sean Connery. Arbeitete als Journalistin u. a. für Viva, RTL, NBI/extra magazin, Stern. Seit Ende 1995 Autorin und Kolumnistin bei der Zeitschrift *Amica*.

Naomi Wolf

1962 in San Francisco geboren, studierte Literaturwissenschaft an der Yale University und am New College in Oxford. Ihre Bücher sind internationale Bestseller. Im Rowohlt Verlag erschienen «Vom Ende der Unschuld» (1999) und «Der Mythos Schönheit» (rororo 9512). Sie erhielt zahlreiche Preise und Auszeichnungen, darunter den Academy of American Poets Prize. Ihre Artikel erscheinen regelmäßig u. a. in The New York Times, The Wall Street Journal, Glamour, Ms., Esquire und The Washington Post. Naomi Wolf lebt mit ihrem Mann und ihrer Tochter in Washington, D. C.

Copyright © Martine Barrat

Weitere Hinweise zum Copyright

Rita Mae Brown, «First Love»: Copyright © Rita Mae Brown. Veröffentlicht mit Genehmigung Nr. 58835 der Paul & Peter Fritz AG in Zürich.
Deutsch von Margarete Längsfeld

Melanie Rae Thon, «Girls in the Grass» First published in the USA Cutbank 1987; Copyright © Melanie Rae Thon, 1987. By arrangement with Irene Skolnick Literary Agency, New York, and Agence Hoffman, Munich.
Deutsch von Uda Strätling

Die Originaltitel der weiteren in dieser Anthologie erstmals auf deutsch veröffentlichten Beiträge lauten:

Olivia Goldsmith, «My First Love»
Deutsch von Barbara Ostrop

Susannah Jowitt, «Educated Fleas»
Deutsch von Miriam Mandelkow

Marti Leimbach, «The Currency of Desire»
Deutsch von Patricia Klobusiczky

Kathy Lette, «Looking for Mr. Right»
Deutsch von Siv Bublitz

Naomi Wolf, «The First Time»
Deutsch von Ursula Locke-Groß

Starke Frauen

Starke Frauen, freche Bücher, scharfsinnige Geschichten mit viel Witz aus einer exotischen Welt: dem Frauenalltag.

Janice Deaner
Als der Blues begann Roman
(rororo 13707)
«Janice Deaner ist mit ihrem ersten Roman etwas ganz besonderes gelungen: eine spannende, zärtliche Geschichte aus der Sicht eines zehnjährigen Mädchens zu erzählen.»
Münchner Merkur

Pia Frankenberg
Die Kellner & ich *Roman*
(rororo 13778)

Jane Fraser
Lippenbekenntnisse *Roman*
(rororo 22351)

Christine Howieler
Ja, ich will! *Heiraten – die letzte Herausforderung für starke Frauen*
192 Seiten. Gebunden
(Wunderlich Verlag)

Kathy Lette
Mein Bett gehört mir *Roman*
320 Seiten. Gebunden und als rororo 22270
Eine australische Lebenskünstlerin, hoffnungslos verliebt, folgt ihrem Auserwählten nach London. Aus Lust und Liebe wird eine gar nicht nette Katastrophe: ein sprachliches Feuerwerk liebevoll ausgedachter Gemeinheiten.
Kinderwahn *Roman*
Deutsch von
Thomas Bodmer
320 Seiten. Gebunden

Clare Nonhebel
Tea for One *Roman*
(rororo 22340)
«Witz, Charme und ganz viel Herz: Claire Nonhegel landete mit ihrem Debüt einen Volltreffer.» *Freundin*

Francine Prose
Jäger und Sammler *Roman*
(rororo 13793)
Eine geistreiche, witzige Gesellschaftssatire.

Julie Taylor
Was Mädchen wissen sollten
Roman
(rororo 22353)

rororo Unterhaltung

Ein Gesamtverzeichnis aller lieferbaren Titel der *Rowohlt Verlage, Rowohlt Berlin, Wunderlich* und *Wunderlich Taschenbuch* finden Sie in der *Rowohlt Revue*. Vierteljährlich neu. Kostenlos in Ihrer Buchhandlung.

Rowohlt im Internet:
http://www.rowohlt.de

Milena Moser

Milena Moser, 1963 geboren, in Zürich lebend, besitzt eine funkelnde satirische Begabung; ihr Erzählen swingt.

Gebrochene Herzen oder Mein erster bis elfter Mord
(rororo 12974)
In ihrem Erstling führt uns Milena Moser Frauen und Mädels vor, die einfach vor nichts zurückschrecken: Sie morden aus nichtigem Anlaß. Wegen eines Mißverständnisses. Aus Liebe.

Mein Vater und andere Betrüger
Roman
272 Seiten. Gebunden und als rororo Band 22233
Teenager Charlotte hat's schwer: Ihre Mutter ist verschwunden, und nun hat die Tochter den Vater allein am Hals. Einmal mehr erweist sich Milena Moser als die Erzählerin in der tragikomischen Achterbahn von Neigungen und Bindungen in unserer Zeit.

Die Putzfraueninsel *Roman*
(rororo 22454)

Das Leben der Matrosen *Ein Zeitungsroman*
320 Seiten. Gebunden
Mit turbulentem Witz begleitet die genial-chaotische Paula Perropuet die Ereignisse in einer Zeitungs-Redaktion.

Das Schlampenbuch
Erzählungen
(rororo neue frau 13358)
Wenn Pippi Langstrumpf und die Rote Zora je erwachsen geworden wären, müßte ihr Leben dem von Milena Mosers Schlampen verflucht ähnlich sein.

Blondinenträume *Roman*
272 Seiten. Gebunden und als rororo Band 13943
Ein Mann zieht ein! Mitten ins Paradies (von bösen Zungen «Siedlung» genannt) alleinbekinderter Frauen, die mit Pampers, halbvernarbten Liebeswunden, platzenden Reißverschlüssen und verruchten Wünschen kämpfen.

Milena Moser /
Angela Praesent
Das Faxenbuch
(rororo 13928)

Milena Moser /
Janwillem van de Wetering /
Heidi Brang u. a.
Bloody Mummy *Jeder Tag ist Muttertag*
(rororo thriller 43253)

Ein Gesamtverzeichnis aller lieferbaren Titel der *Rowohlt Verlage, Wunderlich* und *Wunderlich Taschenbuch* finden Sie in der *Rowohlt Revue*. Vierteljährlich neu. Kostenlos in Ihrer Buchhandlung.

Rowohlt im Internet:
www.rowohlt.de

rororo Unterhaltung

Film und Fernsehen

Paul Auster
Smoke. Blue in the Face *Zwei Filme*
(rororo 13666)

Chris Carter
Akte X: Der Film *Der Roman zum Kinofilm*
(rororo 22420)
Akte X: Der Film *Der Jugendroman zum Kinofilm*
(rororo 20934)
Die offiziellen Romane zum großen Kinoereignis: die FBI Agenten Dana Scully und Fox Mulder stehen vor ihrer größten Herausforderung.

Dean Devlin / Roland Emmerich / Stephen Molstad
Independence Day. Der Tag, an dem wir zurückschlagen *Der Roman zum Film*
(rororo 13949)

Stephen Molstad
**Independence Day
Was geschah in Area 51?** *Nach einer Idee von Dean Delvin und Roland Emmerich*
(rororo 22346)

Tom Tykwer
Lola rennt *Mit Bildern von Frank Griebe. Das Buch zum Film. Mit Mini-CD*
(rororo 22455)
Manni sitzt in der Patsche, und Lola muß ihn retten. Sie hat zwanzig Minuten. Und drei Chancen ...
Nach «Winterschläfer» Tom Tykwers neuer Film mit Moritz Bleibtreu und Franka Polente in den Hauptrollen.

Carolly Erickson
Katharina die Große *Eine deutsche Prinzessin auf dem Zarenthron. Mit Fotos aus dem ZDF-Film*
(rororo 13935)

rororo Unterhaltung

Stephen McCauley
Liebe in jeder Beziehung *Der Roman zum Film von Nicholas Hytner*
(rororo 22517)
George lernt Nina auf einer Party kennen, als ihm gerade sein Freund Robert den Laufpaß gibt. Kurzentschlossen nimmt er Ninas Angebot an und zieht zu ihr: der Beginn einer wunderbaren Freundschaft. Dann ist Nina schwanger. Doch statt sich mit Howard, dem Vater, auf das Kind zu freuen, entscheidet Nina, das Kind mit George aufzuziehen. Der fällt aus allen Wolken, schließlich waren Frau und Kind bisher in seiner Lebensplanung nicht vorgesehen ...
In den Hauptrollen der brillanten Beziehungskomödie: Jennifer Aniston und Paul Rudd.

H. B. Gilmour
Tage wie dieser ... *Roman zum Film*
(rororo 22203)

Rowohlt im Internet:
www.rowohlt.de